JN037157

ミステリ

HIE HÉNAFF

パリ警視庁迷宮捜査班

—魅惑の南仏殺人ツアー—

RESTER GROUPÉS

ソフィー・エナフ

山本知子・山田　文訳

TOKYO HAYAKAWA BOOKS

A HAYAKAWA
POCKET MYSTERY BOOK

日本語版翻訳権独占
早　川　書　房
© 2020 Hayakawa Publishing, Inc.

RESTER GROUPÉS
by
SOPHIE HÉNAFF
Copyright © 2016 by
ÉDITIONS ALBIN MICHEL - PARIS
Translated by
TOMOKO YAMAMOTO and FUMI YAMADA
First published 2020 in Japan by
HAYAKAWA PUBLISHING, INC.
This book is published in Japan by
direct arrangement with
ÉDITIONS ALBIN MICHEL - PARIS

装幀／水戸部 功

今回もまた、私のちびっ子ギャングに捧ぐ

パリ警視庁迷宮捜査班

―魅惑の南仏殺人ツアー―

登場人物

アンヌ・カペスタン……………パリ司法警察警視正。特別班のリーダー
ビュロン……………………………パリ司法警察局長
ルイ＝バティスト・ルブルトン……特別班メンバー。警視。元監査室勤務
エヴァ・ロジエール……………特別班メンバー。警部。兼業小説家／脚本家
ジョゼ・トレズ……………………特別班メンバー。警部補。通称「死神」
メルロ………………………………特別班メンバー。警部。酒好き
オルシーニ…………………………特別班メンバー。警部。情報通
ダクス………………………………特別班メンバー。警部。元ボクサーのパソコンオタク
ブランシュ・エヴラール…………特別班メンバー。警部補。元ギャンブル依存症
レヴィッツ…………………………特別班メンバー。巡査部長。スピード狂
アンリ・サン＝ロウ………………特別班メンバー。警部。不屈の銃士
ピロット（ピルー）………………特別班補助員。ロジエールの飼い犬
ラタフィア…………………………特別班補助員。メルロのペットのネズミ
ポール・リュフュス………………カペスタンの別れた夫。元人気コメディアン

セルジュ・リュフュス……………元パリ司法警察警視正。ポールの父
ジャック・メール……………リスル＝シュル＝ラ＝ソルグの名士
アレクシス・ヴェロウスキ……………リヨンに住む男
マクス・ラミエール……………元服役囚
フロスト……………捜査介入部（ＢＲＩ）の司令官
バジル・ディアマン……………警部補。ＢＲＩロッククライミング部隊所属
デュペリ……………刑事部部長
ドニ……………アクション俳優。ポールのコメディアン時代の相棒

「不死鳥は灰のなかでもがいていた」

エヴァ・ロジエール『ローラ・フラムと迷宮捜査班』

プロローグ

二〇一二年十一月二十四日、ヴォクリューズ県

ジャック・メールは、リスル＝シュル＝ラ＝ソルグを横切るように流れる川沿いを歩いていた。透明な水に緑を添える川面の草がゆっくりと揺れ、きらめく日の光のなかを見え隠れしている。のどかな川辺には何艘かのボートが繋がれ、数羽のカモメの姿もある。その光景にジャックは歩みを緩めた。

遠くから地元の図書館員が「こんにちは」と声をかけてきた。ジャックは、村の慈善家らしい自信に満ちた笑顔で応え、プラタナスの並木道を通ってパン屋に向かう。中央広場にさしかかると、戦没者の記念碑に取りつけられた大理石の板が目にとまった。新しい名前が刻まれたばかりのようだ。塗料もまだ乾いていないのか、その名前の最後の母音からは金色のペンキが滴っていた。

ジャック・メール——一九四三年八月十七日～二〇一二年十一月二十五日。

明日だ。

二〇一二年十一月二十五日。

第一章

二〇二二年十一月二十八日、パリ

アンヌ・カペスタン警視正は、本部の物品係が気前よく特別班に配給してくれたおんぼろプリンターと格闘していた。カートリッジを交換したというのに「インク切れ」の表示は頑として消えない。プリンターに付いているボタンを片っ端から押してもみたが、ついにあきらめた。まあ、何がなんでもいますぐ印刷しなきゃならないものがあるわけではなく、差しせまった仕事があるわけでもない。というより、そもそも仕事がなかった。

カペスタンは、射撃のオリンピック・メダルをひっさげて警察でキャリアを歩みはじめ、最年少記録を更新するような昇進をつぎつぎと果たし、未成年保護部に配属された。そこが感情的忍耐力の限界を試される場だとはつゆ知らず。やがて、とんでもなくおぞましい事件が勃発する。頭に血が上ったカペスタンは、あっという間に容疑者を撃ち殺してしまった。職場の仲間のエヴァ・ロジエールいわく「ブルジョワ女性がカラシニコフの誘惑に負けた」のだ。どうにか解雇は免れたものの、カペスタンははみ出し者の警察官が集められた特別班を率いることに。それは、司法警察を牛耳るビュロンのアイデアだった。ありとあらゆる厄介者を一カ所に集めて、本部から一掃しようというわけだ。

カペスタンの特別班は先月、最初の難事件を解決した。ところが警察内で評価されるどころか、メンバーはふたたび軽蔑の墓に葬られた。警察官仲間の秘密を暴いた者として、「密告者」、あるいは「裏切り者」

に成り下がったのだ。そんなレッテルにカペスタンのプライドは深く傷つき、なんとかしたくてたまらなかった。

　ルブルトン警視は、いつもと変わらず冷静にそんな状況を受け入れていた。同僚からの軽蔑には慣れている。フランス国家警察特別介入部隊（ＲＡＩＤ）での栄光のひとときは、彼が同性愛者だと知られたとたんに終わりを告げ、監察官室（ＩＧＳ）に異動させられた。制服の代わりに「裏切り者《ユダ》」と書かれた札を首から下げているような部署だ。パートナーに先立たれたばかりで、その悲しみも癒えていなかったルブルトンは、偏見に耐えられず、思わず上司を告発してしまう。たちまちビュロン特製の〝物置〟のなかに放り込まれた。いまルブルトンは、特別班のためのオフィスで椅子をうしろに傾け、組んだ脚を机にのせ、ル・モンド紙日曜版の付録をめくっている。廊下に積まれたダンボール箱のなかの未解決事件記録に目を通すという、むなしい仕事の合間の休憩時間だ。突然、隣の部屋から大声が聞こえてきた。ルブルトンは新聞から顔を上げ、耳をすましたが、眉を少し動かすとふたたび記事に目を戻した。

　大声の主は、瞬間湯沸かし器の異名をとるエヴァ・ロジエールと、どんなときにも〝へこむ〟ことを知らないメルロ。ふたりは何かにつけて言い合いになる。毎回話題は違うが、ふたりにとってはそんなことどうでもいい。どうやら、今回はビリヤードをめぐっての口論のようだ。小説家からシナリオライターに転じて大金持ちになったロジエール警部が、つい最近、オフィスにビリヤード台を持ち込んだのだ。ロジエールといえば、テレビドラマ・シリーズ『ローラ・フラム』の脚本のなかで司法警察のお偉方を笑い者にしたために、当人たちから怒りを買ったことで有名だった。そのせいでイノサン通りのこの署に異動させられると、オフィスのインテリア係を買って出て室内を飾り立て、いまや歯止めがきかなくなっている。前日にはダクスとレヴィッツのためにテーブル・サッカーの台を買うと言いだし、カペスタンに「それで、会費制にするの？　それともその都度チップを買わせるつもり？」と質問された（隣で聞いていたメルロはそれが皮肉だと気づかず、どちらがいいだろうと真剣に考え込んだ）。カペスタンのその言葉に、さすがのロジエールも引き下がった。だが、ロジエールは一見がさつに見えるものの、実は策士だ。今回もあくまで戦略的な一時撤退に違いないとカペスタンはにらんでいる。

カペスタンはプリンターのもとを離れ、〝ビリヤード室〟と化している部屋に入った。数週間前にイギリス製の台が到着し、それと同時に、フリンジのついた四角いランプシェードや四本脚の革張りひじ掛け椅子、キュー・ラック、さらにオーク天板の立派なバーカウンターとひと揃いのスツールもやってきた。ロジエールは「これでよし。だって、この班の一員に加わりたいなんて人はまずいない。でしょ、アンヌ？　少しでもスペースを埋めるものを置かないと寂しくてやってられないわよ」と言っていたが、いまや部屋のどこにも寂しさなど微塵《みじん》も漂っておらず、埋めるべき空間もほとんどなかった。

立方体のような体型のメルロは、男のプライドを顔ににじませ、その場にどっしりと立っている。かつて麻薬・売春・風俗営業取締警察に所属していた警部メルロは、情報屋としては一流だが、その実態はアルコール依存症のフリーメイソン会員だ。ロジエールが大声でまくし立てているあいだ、片手にビリヤードのキューを、もう片方の手には赤い球を持ってじっとしていた。上着のあちこちに青いチョークの跡が見える。

ロジエールはまだ続けている。

「……まったく同じことよ……サイの角《つの》だってそう。ある日、どっかのふにゃふにゃ男がサイとすれ違って思ったのよ。『おお、たくましい。こんなのがおれにもあったらなあ。そうだ、粉にして飲んじゃえば効果てきめんかも！』ってね。それ以来、世界じゅうのふにゃ男たちが、あそこに元気を取りもどすために、サイを絶滅の危機に追いやってるってわけ」

ロジエールの足元では、熱心に耳を傾けていた愛犬のピロットが、メルロのほうに顔を向けた。メルロがなんて答えるのか、興味津々だ。

「わが友よ、そのとおり。大事なのは精力だよ！　そう、精力こそが科学的な進歩と成功をもたらすのだ！」メルロは厳《おごそ》かにそう宣言すると、キューの先で危うくエヴラール警部補の目をつつきそうになった。

そのエヴラールは、カジノにはまったことで賭博対策部を放逐されてこの班にやってきた。ビリヤード台の端に腰かけ、つやつやした台の縁《ふち》を指で規則正しく叩きながらロジエールとメルロの会話が終わるのを待っている。トレズ警部補にはわざと背を向けているようだ。トレズは部屋の奥のひじ掛け椅子に腰を下ろしていた。ひじ掛けにキューが立てかけられている。カペスタンはトレズに声をかけた。

「誰が勝ってんの？」

「論争のことですか？　それともビリヤード？」

「ビリヤードよ」

「だったら、おれですね」

「誰と組んでるの？」

「おれとです」トレズは顔をしかめた。

トレズはまたもや誰とも組まずに、三対一でプレイしているようだ。だが、これでもだいぶましになった。一カ月前までは、トレズが部屋に入ったとたんにみんな一目散に逃げ出していたのだから。たしかに、トレズが不幸を運んでくるとばかりに〝疫病神〟よばわりされることは減ってきた。ただし、少しずつ、少しずつだ。トレズ本人も含めてみんな（いや、とくに本人は）、いまだに警戒心を解いていない。カペスタンだけは、つまらない迷信に振りまわされて行きたいところにも行けないなんて馬鹿馬鹿しいと、平気でトレズに近づいていた。

突然、カペスタンのポケットからコオロギの鳴き声が聞こえてきた。携帯電話の着信音だ。画面に表示されたのはビュロンの名前。司法警察局長ビュロンから電話がかかってくるのは一カ月ぶりだ。前回は、約束どおり、ふつうに動く新車を手配したという連絡だった。だが、スピード狂のレヴィッツがあっという間にその車を大破させてしまった。その後、ビュロンは、同僚たちの間やメディアでの噂が落ち着くまでは目立つな、おとなしくしていろ、と言ってきたが、カペスタンは「そもそもこの班が目立ってたことなんてあるんですか?」と反論した。とはいえ、カペスタンもここで少し時間稼ぎしておいたほうがいいとは思った。

今日ビュロンが連絡してきたのは、きっといい知らせだ。カペスタンは電話に出た。

「おはようございます、局長。なんでしょう?」

いつもは〈ラジオ・クラシーク〉にダイヤルを合わせているオルシーニ警部のオーディオセットから、シューベルトのソナタが流れている。だが、警部は聴いていない。ラ・プロヴァンス紙のあるページを手できれいに伸ばしているからだ。

そのページにはこんな見出しが躍っていた。〝リスル=シュル=ラ=ソルグの名士ジャック・メール、路上で殺害される〟

オルシーニは鉛筆立てからはさみを取り、その記事をていねいに切り抜いた。それから引き出しを開け、赤い厚紙でできたファイルを取り出してそこに切り抜きを入れた。ゴムバンドをかけてファイルを閉じ、黒のマーカーペンのキャップをはずしたが、その手はしばらく止まったままだった。何を書けばいいのかわからなかったからだ。

オルシーニは結局、ペンを置いて、表紙に何も書かれていないファイルを引き出しにしまった。

第二章

どんよりとした空の下、パリの街は冬特有の暗さに満ちていた。気が滅入《めい》るような霧雨のせいで、誰もが暗くうつむいたまま歩いている。一日が始まったばかりだというのにもうみんなぐったりだ。カペスタンは、フード付きの分厚い黒のコートに身を包み、まだら模様の大きなスカーフに顎をうずめたまま、行き交う人びとの傘の森をかきわけてダゲール通りを急いだ。そこからガッサンディ通りへ向かい、フロワドゥヴォー通りに入ったところで足を止める。犯行現場だ。

二時間前に遺体が見つかったばかりという、起こりたてほやほやの事件だった。カペスタンの机には大昔の事件のファイルが山積みだというのに最新事件が回ってくるとは、どういう風の吹きまわしだろう？

現場には規制線が張られていた。その向こうでは、頑丈そうな警察官の肩ごしに現場の動きをひと目見ようと見物人たちが首を伸ばしている。カペスタンは野次馬のあいだを通りぬけ、笑顔で警察証を見せて規制線を越えた。司法警察のボス、ビュロンの姿を探す。地元の警察と鑑識班にまじって刑事部の警部補がふたりいた。この事件を解決したくてうずうずしているようだ。どういうわけか、捜査介入部（BRI）のバンも通りに停まっていた。そのうえカペスタンまで動員されているとなれば、ただの殺人事件でないのは明らかだろう。ビュロンに呼び出されたのには、何か理由《わけ》がありそうだ。

ビュロンは、カーキ色のダッフルコートのポケットに両手を突っ込んだまま、現場の動きを監視していた。あまり機嫌がよくないようだ。カペスタンが近づくと反射的に笑顔になったが、それもすぐに消えた。

「おはよう、警視正」

カペスタンはフードを脱ぐと、あいさつを返した。

「おはようございます、局長。で、何があったんです？ ずいぶんと集まってますけど」

「ああ、多すぎるぐらいだ」そう言うとビュロンは、せわしなく動きまわる警察官たちのほうを向いた。

カペスタンは肩をすくめた。

「どうして、私たちの班にまでお呼びがかかったんですか？」

「被害者がBRIの大物なんだ。BRIや刑事部がどこに向かうのかは想像がつく。いろんな犯罪の恨みを一緒くたにして、パリ警視庁の名警視ブルサールの時代からいままでの警察の歴史を掘り起こし、BRIの伝説づくりに役に立たない手がかりは片っ端からなかったことにする……」

大物が殺された？ 伝説に役に立たない手がかりですって？ カペスタンはそれ以上知るのが恐くなった。

「局長、また私が警察官を逮捕するなんてことにならないでしょうね。すでに、さんざん恨まれてるっていうのに」

カペスタンはこれまで、自分の評判を気にすることはほとんどなかった。そのほうが都合がよかったからだ。だが、周りからつらく当たられるのも、それがあまりに長期にわたると、どんなに図太い人間でも消耗するものだ。ブーイングの嵐のなかで平然としているには、かなりの度胸か無頓着さが必要だった。

「いや、必ずしも〝警察官の犯行〟とは限らない。捜査の基本どおり、どんな手がかりも見逃さないでほしい。そのためにはまた、きみへの風当たりが強くなるかもしれんがな」

ビュロンは小さなため息をつくと、手袋をはめた両手をこすり合わせた。どうやら率直に話そうと決めたようだ。

「正直なところ、きみたちをこの事件に加えることに反対の連中も多かった。刑事部は捜査にほかの部署の助けはいらないと言っていて、BRIが首を突っ込んできたことすら嫌がっている。そこにきみたち厄介者が加わるなんてとんでもないってことだ」

カペスタンは濡れた髪をうしろに払いのけた。

「そうでしょうね。でも、よくわからないんですけど……。検事局が私たちを動員したってことですか？」

朝の空気のなか、ビュロンは顔をしかめたまま首を振り、組んだ手の指を動かした。「いや、正確にはそうとは言えない。まだつまらん事務上の手続きが残ってるからな」つまり、「検事局ではない」ということだろう。そもそも検事局は、カペスタン率いる特別班の存在を知らないはずだ。司法警察局長のビュロンがこっそりと動員したということだ。カペスタンはなぜ自分がここに呼ばれたのか、何度も考えてみた。謙遜ではなく、今回のような事件に自分たちが貢献できるとは思えない。考えても考えても、ビュロンの意図がわからなかった。

「しつこくすみません。でも、どうして、私たちなんです？」

ビュロンが何か言いかけたそのとき、筋肉でできた山のような大男が通りかかった。男は、その顔色と同じカフェオレ色のレザージャケットを着ている。なかなかハンサムだが、表情は硬い。ビュロンは男の肘をつかんで呼び止めた。男は振り返った。その巨体はまるで超高層ビルのようだ。ビュロンだと気づいた男は足を止め、気をつけの姿勢をとる。ビュロンはうなずくと、カペスタンに向かって言った。

「警視正、紹介しよう。こちら、ディアマン警部補。BRIのロッククライミング部隊所属だ、そうだったよな？」

男はさらに背筋を伸ばした。伝説のエリート部隊に属していることが自慢なのだろう。ロッククライミング部隊とは、ビルの壁面をロープを使って降りたり、そのロープにぶら下がったまま百戦錬磨のギャングたちのアジトに弾丸を撃ち込んだりするのが仕事だ。男の身体の大きさたるや、カペスタンがロープとギャングを気の毒に思ったほどだ。

「おっしゃるとおりです、局長」男は答えた。

「BRIと刑事部、そしてカペスタンの特別班との連絡役はきみだと聞いているが」

「おっしゃるとおりです」男の声は小さくなった。

「はじめまして、警部補」カペスタンはできるだけ感じのいい笑顔をつくり、手を差しだした。

男はその手を取り、握手してうなずいたものの、けっしてカペスタンと目を合わせようとはしない。こちらを取るに足りない相手と見て軽蔑したり、いらだったりしているわけではないようだ。カペスタンは、男の目にかすかな悲しみを感じた。おそらく今回の一件とは関係ない何かがあるのだろう。

「現場捜査官の報告書ができしだい、警部補がきみにコピーを送ってくれるはずだ。各部署の捜査の進捗《しんちょく》も逐一知らせてくれる。きみの班でも何かわかったことがあったら警部補にすぐに知らせてもらいたい。この事件では、司法警察のそれぞれの部署の有能な者たちが互いに協力し、情報も完全に共有してほしい。いいかな？　警部補？　警視正？」

ディアマンは軍隊式にうなずき、カペスタンは「了解した」という印ににっこりしながら肩を上げた。

ディアマンが立ち去ってからもカペスタンは引き下がらず、なぜ自分が呼ばれたのかと質問を続けた。

「それで」ビュロンのほうを向いて尋ねる。「どうして、私たちなんです？」

ビュロンはついてくるようにと身ぶりで示すと、遺体のほうへ向かった。遺体はキャンバス地のシートで覆われ、足には紙の室内履きのようなものがかぶせられている。鑑識官が脚立にのって、通りの名を示す標識から指紋を採取していた。脚立の下では、その同僚がドライバーを手に待機している。標識の文字はその通りの名前「ガッサンディ通り」ではなかった。「セルジュ・リュフュス通り（一九四九〜二〇一二年、ろくでなしの警視正）」と記されていたのだ。

カペスタンは、自分がなぜビュロンに呼ばれたのかをたちまち理解した。

第三章

ポールは輝かしい栄光を手にしたが、それも終わりを告げていた。脚光を浴びていたのはさほど昔のことではない。だが、やがてポールは周りから、輝きを失ったとみなされる。いや、すでに過去の人間だと思われていたのかもしれない。そういうことは、たいてい本人がいちばん最後に気づくものだ。いずれにしても、テレビ番組制作会社から突然電話がかかってきたとき、ポールは、自分はもう必要とされていないと感じた。リアリティ番組への出演依頼だったからだ。リアリティ番組に出たらあとはない、といわれている。

もちろん、ポールは一瞬考えた。長く屈辱的な一瞬だった。どんな番組あれ、テレビに出ればかつての人気を取り戻せるかもしれない。テレビ出演には、『ジャングル・ブック』に出てくる大蛇カーの催眠術のように抗いがたい魅力がある。とはいえ、ポールはすでに現役ではない。少なくとも、虚飾だけの世界からは足を洗っていた。ときには復帰したいと思うこともあった。そんな日がきたら今度こそうまくやれるだろう。でもいまは、劇場の経営者としてスタンドアップ・コメディアンたちを管理することが彼の仕事だ。

ベージュのシャツの袖をまくり上げ、ポールは机に向かってメールをチェックした。売りだし中の新人、ユゴーから何通もメールが届いている。生きることへの不安をまぎらわすために、褒められたくて必死なのだろう。次から次へとメッセージを送ってくる。ポールは椅子に深く腰かけて、つかの間気持ちを落ち着けてから、携帯電話を手に取った。いつもの癖で頬と顎をこすり、髭の剃り具合を確かめる。

無意識に、前の壁に掛けた額入りのポスターに目が行った。そこには、二十年前の自分がいる。両脇は幼なじみで〈レ・ブレロー（アナグマ）〉の仲間でもあった友人がふたり。一九九〇年代、〈レ・ブレロー〉はコメディアン・トリオとして一世を風靡した。

彼らには、才能、努力、幸運の三拍子がそろっていた。売れるべくして売れたといえるだろう。この三人なら成功するのも当然、人気は永遠に続くとさえ思われていた。かっこいいジーンズに、ボタンが取れたシャツ。そういう格好をするだけで人気者になれたティーンエイジャー時代の延長のように、三人はスターになり、舞台に立った。拍手をしてくれていた学校の友だちの歓声が観客の拍手に代わっただけだ。やがてテレビ出演の依頼がくると、三人はパーティー漬けの毎日を送った。有名になったのは自然の成り行き以外の何ものでもない。あとは、ただその栄光の瞬間の恩恵にあずかって生きていけばいい——そう思っていた。

ところが、すべてが消えてなくなった。

当時、〈レ・ブレロー〉は先端を走っていた。だが、気づいたらスタンドアップ・コメディの時代に変わっていたのだ。トリオは解散する。そこでポールは、せめて自分が出演できる場を確保しておきたいという思いから、ある劇場に出資する。それも思いどおりにはいかなかった。舞台に出ても投資した分さえ回収できなかったのだ。もちろん、街行く人は誰もがまだポールの顔を知っていた。でも、もはやお金を払ってまで彼のパフォーマンスを見に来ようとはしない。誰かに話しかけられたとしても、話題はいつもポールの昔の持ちネタだった。しかもたいていは、ほかのコメディアンのネタと混同されていた。ファンだとか言いながら、好きだというネタさえ間違っている。つまり、観客なんてその程度のものなのだ。

ポールはだんだんと新人コメディアンのプロデュースを手がけるようになっていく。ポールに頼るコメディアンが増えていった。若者たちはポールを慕っているようなふりをしていたが、実際には見下していた。自分たちこそが、新しい笑いをつくりだす時代のトップランナーだと信じ込んでいるからだ。かつてのポールとまったく同じだった。

ポールはわれに返ると、手のひらで机を叩いた。とにかく、このところすっかり調子に乗っている、あのいけ好かないユゴーに電話しなければ。まあ、たしかに、いまやあいつがいちばんの稼ぎ頭なのだが……。

ポールは身を乗り出してふたたび携帯電話に手を伸ばす。そのとき、画面にメッセージが現れた。〝どうも。いま、家？〟妻からだ。いや、元妻からだった。

思わず涙がこみあげてきた。ポールは息を止めて、なんとか泣くのをやめようとした。顎を震わせながら、いまだにそんな状態の自分を情けなく思った。それでもまた携帯に目が行き、画面をじっと見つめる。まるでその画面が自分に語りかけ、説明し、すべてを消し去って別の人生を約束してくれるかのように。

一年前、ポールは、最後の頼みの綱、最後の味方、唯一の支えである妻のもとを去った。自分が愛したたったひとりの女性を捨てたのだ。

それ以来、彼女のことがいつも頭から離れず、この街のどこかに彼女がいると思っただけで、いてもたってもいられなかった。彼女の優しさ、強さ、器の大きさ、それにもちろん、彼女の顔、彼女の身体、ともに過ごした夜……。

自分から家を出たものの、彼女のもとを去るのは過去の栄光すべてを失うよりずっと辛いとわかっていた。ポールは実際、人生の波のいちばん低いところにいる。これ以下のどん底はないと感じるほどだ。

急いで携帯のロックを解除すると、祈りをこめて入力した。〝ああ、家にいるよ〟

そして、ひたすら反応を待った。

玄関のベルが鳴ったとき、ポールは思わずにっこりした。

第四章

カペスタンはドアの前に立ちすくみ、ポケットのなかで両手の拳を握りしめた。まるで、ようやくドアを見つけたのに開けるのを恐がっているみたいに……。カペスタンはもちろん、自分の意志でここに来た。一瞬たりとも逃げ出したいと思ったわけではない。だが、しゃんとした姿勢を保ち、こみあげてくる怒りが暴走しないようにするのは大変だった。それでもどうにか、悲しみと同情の気持ちが怒りを抑え込んでいた。

これからポールに再会し、彼の新しい住まいに足を踏み入れる。カペスタンのもとを去ったとき、ポールは太っ腹なところを見せてカペスタンにアパルトマンを残していったのだ。さらにポールの肩を持つなら、彼はけっして太っ腹なところを見せようとしたわけではない。実際、彼はいつでも気前がよかった。そのアパルトマンは、ポールがかつて抱えていた莫大な資産の最後の名残だった。いまやそんな彼も、ふつうの生活を送る庶民に戻ってしまったが……。ポールは、祖父母の代からの家具、洗濯機、食器洗い機だけを持って出ていった。どっちみち使っていたのはぼくだけだっただろ？　とでも言いたげに。

だが、ポールは、最初のトラブルでもう逃げ出したのだ。まるでものわかりがいい道徳家のような口ぶりであれこれ言いながら。カペスタンが卑劣な犯人を撃ち殺してキャリアを棒に振った日のことだ。カペスタンはそのことを後悔しているようには見えず、なんの説明も言い訳もしなかった。そもそもそのことについてはひとことも語ろうとしなかった。数分後、ポールはカペスタンのもとを去った。

カペスタンの耳に足音が近づいてくるのが聞こえた。

その瞬間、身体がこわばり、周囲のものがすべて意識から消えていく。

ドアが開いた。そこにはカペスタンがこれまでに出会ったなかでいちばんハンサムと思える男の姿があった。夫、ポールだ。街の明かりをすべて吸い込んだような輝き。彼が部屋に入っただけで、LEDの真ん中に花火が打ちあがったように華やかになる。ポールの母親は本来は謙虚な人だが、こと息子のことになると自慢しないではいられなかった。「私たち夫婦も的外れじゃなかったわけよね。ポール・ニューマンにあやかって名前をつけたんだけど、むしろレッドフォードそっくりね」それを受けて、ふだんは暗い父親までもが言っていた。「ああ、たしかに映画俳優みたいだよな」すぐに褒め言葉は消えたが、そこに本人がいないときには、両親の誇らしい気持ちはいっそう際立って感じられた。

その父親が今日死んだ。殺害されたのだ。カペスタンはそれを知らせるために、ここにやってきた。

ポールはにっこりしながらドアを開けたが、カペスタンのこわばった表情を見て笑顔が消えた。カペスタンは実際、とんでもなく暗い知らせを告げに来た。せっかくの再会も冷たく重苦しいものになるだろう。だがとにかく、伝えなければ。

「久しぶり。ちょっと入ってもいい？」

ポールは頬にキスをしようかとカペスタンのほうに身を寄せたが、彼女があまりに恐い顔をしているので思いとどまった。結局、何も言わずにカペスタンを部屋に通す。カペスタンがポールの横を通り過ぎると、なじみのある〈キールズ〉のムスクの香りがした。

「ありがとう」

カペスタンはポールの部屋に入った。きょろきょろと眺めまわしたくてしかたなかったが、なんとかプライドが打ち勝った。

「座ってもいい?」

カペスタンが一年ぶりにいきなり会おうと言ってきたことといい、彼女の声の調子といい、ポールは何かが起きたのだろうと考えないではいられなかった。妻のことはよく知っている。こんなふうに相手をからかうような人間ではけっしてない。ポールはカペスタンにソファを勧めると、自分はその向かいのひじ掛け椅子に座った。カペスタンはコートも脱がずにソファに腰を下ろす。そして両手を組み、さっと左手の人さし指の傷に目をやった。

そして、どこからどう話を切り出そうかと言葉を探した。仕事柄こういう状況は初めてではない。しかし、相手がポールとなると話は別だ。ポールはこちらをじっと見ている。まるで、厳しく訓練され、悲しみのなかでも運命を受け入れられる兵士のように、どんなショックも受け止める覚悟ができているといわんばかりに、カペスタンを見つめていた。顔から微笑みが消えてからというもの、ポールはいい知らせなどまったく期待していないようだった。そのとおりだ。カペスタンはポールが気の毒になった。それでも意を決して口を開いた。その声は、自分が望んでいたよりはるかに緊張した声だった。

「つらい知らせがあるの。あなたのお父さまが……」

カペスタンはそこでうつむいた。すぐに目を上げると、ポールはすでに悟っていた。ただ確認しようとしているだけだ。カペスタンはついに口に出した。

「殺されたの。おそらく、今朝」

ポールは椅子の背に深くもたれかかり、カフェテーブルの下をじっと見つめた。右手でひじ掛けの茶色い革をゆっくりと撫でている。呆然としたまま、後悔する気持ちと取り乱してはいけないという気持ちにはさまれ、どんな反応も示さないようにした。だが、両脚がかすかに震えている。カペスタンはそれに気づかないふりをした。

夫のつらい表情をじっと見たくはない。できれば目も合わせないほうがいいと思ったカペスタンは、室内のインテリアに目をやった。その部屋は予想していたとおり、温かみがあり、同時に男くさかった。リビングの壁面にはオークの大きな本棚があり、そこには書籍、コミックス、DVD、ラグビーのトロフィー、アクション・フィギュア、おもに海辺の景色を描いた小さな絵などがところ狭しとばらばらに並んでいる。ダイニングにテーブルはなく、きれいに片づいた机がひとつ置かれているだけだ。その向こうに最新の設備が整ったオープン・キッチンがあった。

重苦しい空気のなか、カペスタンのなかで刑事特有のセンサーが働き、周囲の様子をざっと捉えて情報を集め、データを分析した。この部屋には女性の存在をうかがわせるものはない。生まれたばかりの赤ちゃんやこれから生まれる赤ちゃんの気配ももちろんない。誰かが訪ねてきている様子すらないのだ。ポールはまだひとりなのだろう。カペスタンのなかで、怒りや恨みの感情は隅に追いやられ、うれしさが湧きあがった。怒りはすぐにまた戻ってくるに違いない。そんなふうにうれしがっている自分が嫌だ。一瞬でもそんなふうに思った自分が許せなかった。

キッチンの脇に大きな食器棚が置かれていて、その向こうに裏返しになった額《がく》の端が見えた。ずいぶん昔のものだがよく覚えている。ポールの三十歳の誕生日にカペスタンが贈った額だからだ。縦一メートル横二メートルのレリーフ。額のなかは、映画チケット、小石、コンサートの半券、カモメの羽根、そのほか一緒に遠出したときのちょっとした記念品のコラージュだ。当時、スターだったポールはなんでも持っていて、どんなプレゼントをもらっても驚かなかった。だが、この思いがけない贈り物には目が釘づけになり、とても喜んでいた。手づくりのものをもらうのは初めてだったらしい。あれから十五年経ったいまも、カペスタンはポールがあんなにもこのプレゼントに心を奪われたのはなぜなのだろうと不思議に思っていた。お互い恥ずかしがり屋なので、ふたりの関係をあえて人目にさらすつもりはなく、このコラージュは引っ越すたびに目につかないところに置かれていた。とはいえ、処分されることもなければ、物置にしまい込まれることもなかった。

不本意にも胸が熱くなったカペスタンは、ポールをじっと見た。金色の髪が黄金色ともいえる目にかかっている。

ポールは泣いていなかった。

自分がポールでも、あの父親のためには涙は流さないだろうとカペスタンは思った。

とはいえ、ポールは悲しみに表情を歪め、歯を食いしばっていた。

もしかしたら、何か言葉をかけ、ポールを慰めるべきだったのかもしれない。カペスタンもほんとうは慰めたかったのかもしれない。だが、結局何も言わずにじっとしていた。

ポールもカペスタンを見つめて言葉を探したものの、諦めた。椅子から重い腰を上げるとキッチンに向かい、コーヒーメーカーに水を入れてカップをふたつ手に取った。

「コーヒー飲む？」

「ええ、ありがとう」

なんともいえない静寂が部屋じゅうを支配し、ふたりのあいだに壁をつくっていく。ふたりの愛の名残が亡霊のように部屋に漂っていた。ふたりとも言うべき言葉が見つからなかった。言うべき言葉などなかったからだ。

ポールはカペスタンの前のカフェテーブルに角砂糖を半分とティースプーンを添えたカップを置いた。そして、自分もコーヒーを飲むためにひじ掛け椅子に戻った。

長いあいだコーヒーをかき混ぜていたポールが、ついに口を開いた。

「きみが捜査を担当するわけじゃないよな？」

カペスタンは、その口調に諦めを感じたが、同時にとげがある気がした。短く答えた。

「担当よ」

ポールはため息をつくと、コーヒーを飲みほした。

「父のこと、嫌いだったじゃないか」

こんな状況で話題にしたいことではないが、それは事実だ。

「たしかに」

「父に変な評判を立てないでくれよ」

カペスタンは反射的にうなずいたが、すぐに後悔した。そんな約束は守れないかもしれない。

第五章

カペスタンは、この事件に長い時間をかけるつもりはなかった。ましてや、チームのほかのメンバーに解決させるつもりは毛頭ない。部下たちが解決したあとに平気な顔をしてポールの家に押しかけ、殺人犯の正体を明かす。そして、ポールの父親を嫌っていた人間のリストやら父親の生前の放蕩ぶりやらについて話をする。そんなことはごめんだ。

カペスタンは、犯行現場を分析し、ポールの父セルジュ・リュフュスがどんなふうに殺害されたのかについて考えていた。遺体は膝を曲げて横を向き、腕は背中に回され、額には弾丸の跡があった。犯人は、リュフュスを自分の正面にひざまずかせ、目と目を合わせて撃ったのだ。情け容赦ない殺し方。力を見せつけたかったのか、あるいは復讐か？　それともサイコパスの冷淡な犯行なのか？　道路標識のサディスティックな演出のこともある。

犯人は、強い殺意を持った危険な人物に違いない。

犯行現場では警察官がひしめきあっていた。カペスタンは、これからの戦いに向けて準備しているその警察官たちを押しのけて捜査するつもりだった。そこにいた数十人は誰もが膨大な資料を利用でき、最新のソフトウェアとデータベースがインストールされたパソコンを持っていて、査問委員会にも通じている。どの警察官もやる気満々で、復讐の鬼と化しているようだ。カペスタンも、自分のチームを今まで以上に奮い立たせようと思った。

カペスタンはオフィスのドアを開けた。ビリヤードの玉が他の玉とぶつかる音が耳に飛び込んでくる。とはいえ、全員がビリヤード部屋でさぼっているわけではなかった。リビングでは、ロジエールがルブルトンとレヴィッツに、暖炉のそばに高さ二メートルのクリスマスツリーをどう置くかについて指示していた。ふたりの運び手の疲れきった表情から察するに、ロジエールはずいぶん前から、ああでもないこうでもないと迷っているのだろう。メルロはといえば、右手に雑誌、左手にグラスを持ってソファに深く腰かけ、ツリーについてあれこれと口出ししている。

「土台がぐらついてるじゃないか、ほら支えて、支えて！　ああ、見ちゃいられん、見ちゃいられんな」

「見ちゃいられんな、ですって？　口だけ出すの、やめてよね」ロジエールはぶつぶつ言いながら首を傾け、ツリーの枝が鏡にどう映るかを確かめた。「そこ、それで完璧！　ツリーのライトが反射してすっごくいい感じ！」

「まさに私が言ったとおりですな」メルロが言う。

「おっと、これは興味深い記事だ――」

「ちょっといいかしら」カペスタンの声がした。いまや一刻も無駄にできない。「あ、ごめんなさいね、メルロ。話さなきゃならないことがあって。レヴィッツ、みんなを集めてくれない？」

レヴィッツはビリヤード室のドアのほうに向かうと、その部屋のなかに首を突っ込んで声をかけた。

「リビングに集まれって」

ダクスとエヴラールが戻ってくる。トレズがその数歩あとに続いている。

「で、話さなきゃならないことって？」ロジエールは、そう言いながら大きな胸の上に載った何枚もの守護天使のメダイをぽっちゃりした指で数えはじめた。「あたしたち、バツ島に飛ばされるとか？　じゃなきゃ、射撃練習場の動く標的に昇格とか？」

カペスタンは、手で「まあまあまあ」とロジエールの皮肉をなだめた。

「今朝、十四区で殺人があった。私たちも捜査を一部担当することになったの」

メンバーたちは、不謹慎にも小躍りした。たしかに人がひとり死んでいるが、被害者のことは知らないし、新しい事件を手がければおおいに箔もつく。ロジエールだけは、カペスタンの言葉に少し引っかかった。

「〝一部〟ってどういうこと？」

「刑事部が捜査を仕切っていて、BRIも応援に入ってる。私たちは……」

「私たちは、朝から晩まで裏切り者扱いされてこき使われる。そういうことよね？　だったら、私抜きでどうぞ」ロジエールはそう言うと、クリスマス飾りがたくさん入ったダンボール箱を持ち上げた。

「エヴァ……」カペスタンが何かを言いかける。

「そのとおりだ」ルブルトンが諦め顔で肩をすくめて、口をはさむ。

「それに私たちが捜査したら、今度もまた犯人は警察官ってことになって……」エヴラールが悲しい笑顔で続けた。

カペスタンが話しはじめたばかりだというのに、みんなまったくやる気がない。当然といえば当然だ。これまで司法警察と関わるたびに屈辱を受けてきた。エヴラールのスニーカーから十センチのところに唾を吐かれたこともある。ここの仲間たちの支えがなければ、エヴラールは確実にまた鬱状態になって長期休職を余儀なくされただろう。それぞれ復職はしたものの、この班のメンバーには、疲れた犬にたかるダニのように失望感がついてまわった。

メルロが気分を変えるために、深く息を吸ってから雑誌を振りかざして言った。

「この『アヴァンタージュ』のなかにすごい記事を見つけましたぞ。〝動物の嗅覚が科学と警察に役立つ〟っていう記事です」メルロはダクスとレヴィッツに向かって言った。「〝国立農学研究所によると、豚の嗅覚受容体は人間や犬やネズミよりも多いことがわかった。イスラエルとアメリカでは、ドラッグ、武器、地雷を見つけるために豚が利用されている。フランスの税関も試験的にブルターニュの豚を使ってみたらしい〟いや、それだけではない！〝火薬とドラッグのにおいを嗅ぎ分ける訓練を受けた五匹のネズミが、オランダのロッテルダムで警察に協力することになった〟らしいですぞ。ネズミに豚！　いやはや。信じられませんな」

すると、誰も何ごともなかったかのようにそれまでやっていたことをまたやりはじめたので、カペスタンはがっかりした。話もろくに聞こうとしないで、この有り様だ。部屋じゅうに無気力な空気が充満していて、危険なことに、班全体がその空虚感をむしろ面白がりはじめていた。

「メルロ、それってなんの捜査に役立つの？　結局、あなたたちみんな、それぞれのレクリエーションセンターに幼虫みたいに張り付いたままでいることにしたってわけね。警察ネズミっていったい誰のため？　そもそもここには警察官なんていやしないじゃないの！」

「警視正……」

「どういうこと？　この様子じゃ、そのうちみんなパジャマ姿で出勤してくるんじゃないの？　いい？　私の話をちゃんと聞かないなら、いますぐこの署を閉鎖する。そうなったら、どうぞ下のカフェでのんびりしてちょうだい」

カペスタンの声は怒りに震えていた。一日の始まりがこれじゃ、先が思いやられる。ようやく部屋のなかが静かになった。あとは威厳を保ちながらも、なんとかみんなの関心を引きつけなければ。

「ビュロンが電話してきたのにはそれなりの理由があるの。私たちは刑事部のために仕事をするわけじゃなくて刑事部といっしょに仕事をするのよ。エヴラール、犯人が警察官かどうかはわからない、でも被害者は警察官。みんな彼のこと、知ってると思う。セルジュ・リュフュス、少なくとも名前は聞いたことあるはず。リュフュス」

一同はカペスタンの話に耳を傾け、クリスマスツリーのために脇に追いやられたホワイトボードに注目した。カペスタンはマーカーペンを手に取ってキャップをはずし、「セルジュ・リュフュス」と書くと、さあ、ミーティングを始めるわよとばかりにみんなのほうを向いた。みんなが話に飽きてしまわないように、どんどん話を進めなければ。

「セルジュ・リュフュスは定年退職する前、ギャング対策部でトップクラスの警視正だった。司法警察の警察官たちは、お互いがどれぐらい近しいかによって、仲間を守ろうとするから、あるいはライバルを蹴落とすから、次から次へと大騒ぎになるはずよ。でも私たちは、いつだって中立、どっちにも加担しないで自立してる。だから、本部の人間たちが無視しかねない手がかりを調べることができるのよ」

「私たちもほかの連中と同じ情報にアクセスできるってことですか?」エヴラールが質問する。

「おそらくね。BRIの担当者が、部局間で情報を共有できるようにするって言ってたわ」

「上層部の連中より先に事件を解決したら、私たちの勝ちってことですね?」筋金入りのギャンブラー、エヴラールがさらに言った。

「連中には大きな屈辱ってわけですな」メルロが相棒に同調する。

「めった打ちよね」ロジエールが、冗談というよりは先ほどの発言を埋め合わせようとして話を合わせた。

みんな、詳しい話を聞こうと思い思いのところに陣取った。メルロはいつものようにソファのいちばんいいところにどかっと座る。その横のエヴラール、ダクス、レヴィッツはきつそうだ。ルブルトンは壁ぎわに立ったままで、ロジエールはクッションの効いたひじ掛け椅子をみんなの輪に近づけた。その横には、スフィンクスのようにピロットがきちんとお座りしている。トレズは廊下のスツールに腰かけながらも、話し合いに加わろうと上半身だけはこちらに乗り出した。

「私たちには最初からハンデがある。リュフュス殺害が実際にギャング対策部への仕返しだとしても、私たちにはこれまでの事件の資料もなければ、この分野についての知識、つまり土地勘もない。でも、ここには、みんなもすでに知ってのとおりいくつか、きわめつきの切り札がある。そうよね?」カペスタンはそう言って、みんなに少しでもプライドを取りもどさせようとした。

「おお、そうだよな!」ダクスが大声で言い、仲のいいレヴィッツの腿をはたいた。

そのとき、せっかくの盛りあがりに水を差すように、玄関のブザーが鳴った。最初から立っていたルブルトンが入り口に向かい、ドアを開けると驚いた。自分より背の高い男が踊り場に立っていたからだ。ルブルトンが相手を見上げなければならないことなどめったにない。その大男は、まるで裁判でも受けているかのように直立不動だった。部屋に入るには少しかがまなければならないだろう。男は薄い封筒を差しだしながら、こう言った。

「ロッククライミング部隊のディアマン警部補です。リュフュス事件に関する資料をお持ちしました。検死と銃創についての報告書はまだ届いていませんが、被害者の住居の写真、聞き込み捜査結果、それと被疑者数人分のファイルが入っています。進展がありしだい、またお知らせします」

そう言い終わるとディアマンは、さっさと回れ右してエレベーターのボタンを押した。ルブルトンは眉を上げ、あっという間に目の前からいなくなった相手に向かって「お疲れさま」とつぶやくと、そっとドアを閉めた。

リビングに戻ると、みんながルブルトンのほうを見た。ダクスとレヴィッツはなんだか愉快そうだ。

「なあ聞いたか、〝ロッククライミング部隊〟だって！　屁みたいだよな。おい」レヴィッツはそう言って手を差し出す。「ピンポン部隊のレヴィッツ巡査部長です」

ダクスがその手を取って握手する。

「コンピューターゲーム部隊のダクス警部補です」

「ラケットゲーム部隊のエヴラールです」指を振りながら警部補が言う。

「安ワイン部隊のメルロです」警部もいつもの自虐ネタで返す。

「アーハハハ」みんな大はしゃぎだ。

四人が顔を真っ赤にして自分の腿を叩きながら大笑いしているなか、ルブルトンは封筒をカペスタンに渡した。カペスタンはなかの書類に目を通した。読みおえたものから順にメンバーに渡していく。すると、最後のほうの書類に黄色い付箋がついていた。

付箋には大急ぎで書きなぐったような字でこう書かれていた。「捜査は本物の警察官たちに任せて、被害者の息子をさっさと慰めに行け」それを読んだカペスタンは怒り心頭に発し、頬が熱くなった。心拍がどんどん速くなり、燃えるような怒りを抑えるためにハアハアと息をする。それから付箋をくしゃくしゃに丸めると、書類の続きに目を通した。だが、頭のなかは二方向に分かれていた。一方ではいま持ちこまれた資料を分析し、もう一方では屈辱に憤慨し、すでに復讐を企てていたのだ。

「電話の通話記録が六月分から八月分までしかないな。これだけなのか?」ルブルトンが意外そうに言う。

たしかにここ三カ月分が抜けている。銀行の取引明細も同じだ。どの書類も重要な部分がすべて省かれている。

「どうやらあの連絡係はフェアプレイでいく気はないようね」不機嫌すぎる声にならないように気をつけながら、カペスタンは言った。「ま、それならそれで。別にあの人たちに頼る必要はない。足りない部分は自分たちで埋めればいいのよ。それにもう、捜査を始めるのに十分な情報があるじゃない。セルジュ・リュフュスは路上で眉間に弾丸を撃ち込まれて射殺された。両手は背中に回されて手錠がかけられていた。検死結果はまだだけど、顔のあちこちにあざができていたことから、殴られたとわかる。拷問を受けたのかも。犯人の快楽のため? 復讐のため? それとも口を割らせるため?」

その答えはわからないが、ひとつたしかなことがあった。どんな手段を使ったにしても、誰もあの男からはひとことも聞きだせなかっただろうという点だ。

「ガッサンディ通りにはお店こそほとんどないけど、

昼も夜も人通りは多い。誰にも見られないで殴り倒すなんてできないはず。となると、すぐ近くのモンパルナス墓地で暴行を加えたのかもしれない。そのあと、射殺するためにセルジュを自宅前まで連れていった。歩道の上にはっきりとした血痕があったから、引き金はそこで引かれたのよ。標識の前でね。弾丸が撃ち込まれた部分のまわりの焼け方を見ると、きっとサイレンサー付きね。銃創の報告書がなくても九ミリ弾と考えていいと思う。手錠はフランス警察が使っているのとは違って、一見したところウクライナ製のようだった」そう言ってカペスタンは別の書類を掲げた。「殺害の手口と使われた道具から、刑事部はキエフを拠点にするギャング団のメンバーを疑っている。三年前、セルジュはキエフのギャングふたりを刑務所に送り込み、ひとりを集中治療室行きにしてるの。病院送りになった男はいまも入院中で、セルジュに強い恨みを抱いてるっていう噂よ。ただ、BRIはほかの手がかりや他のギャング団の線も排除してはいない。セルジュたちはそもそも、いろんな連中を敵に回しているし、そういう連中はほとんどみんな、たちが悪い。もちろん、その情報の出所を考えたら、話半分に聞いておいたほうがいいかもだけど」

となれば、刑事部とBRIにはいくらでも洗い出すべきことがある。二つか三つのグループをつくって取り組んでも、事件を過去までたどり、時系列を検討して、被疑者をリストアップするのには何カ月もかかるだろう。そういう点では、カペスタンの班が張り合う余地はない。別のところで活路を見出さなければ。

まずは、あの道路標識だ。ディアマンに渡された書類のどこにも道路標識に触れている箇所はなかった。故意にではないにしても、司法警察にとって現時点ではさほど重要なものではないのだろう。凶器、血痕、復讐……そういうお決まりごとが優先され、一風変わった部分は後回しというわけだ。標識は、被害者の最期を予告し、恐怖を抱かせ、被害者の不安を呼び起こすための演出のはずだ。そもそも犯罪の世界にはサディストがたくさんいるが、なかでもこんなふうに皮肉な告知をするのは、邪悪な計画性にもとづく洗練されたやり方といえる。ふつうのギャングはこんなことはしない。かなり頭が回る犯人でなければ、考えつかないはずだ。

カペスタンはホワイトボードのところに戻ると、やるべきことを書きあげた。

そして、カフェテーブルに置かれた写真の一枚をマーカーペンで指した。

「何者かが道路標識をはずして、被害者の名前、生年と没年、つまり二〇一二年ね、それに職業を記した標識と取り替えたのよ。〝ろくでなしの警視正〟って書いてあった」

「その標識はいつからそこにあったんですか？」エヴラールが小さな声で訊く。

「わからない。墓地がすぐ近くだから、ひょっとしたら監視カメラがあるかもね」

「ロッククライミング部隊のやつらに訊いてみようよ。あいつらなら、スパイダーマンのウェブシューターを使ってカメラを引きずりおろせるぜ」レヴィッツはそう言うと、ダクスの腿を叩いた。

「もちろん映像がないか、訊いてみるわ。司法警察のほうで検証が終わったら、こっちに回してくれるかもしれないし」

「犯人は被害者の生年月日を知ってた……。それって何かありそうじゃない？」ロジエールが言う。

「たしかに妙よね」カペスタンはダクスのほうを向いた。まだスパイダーマンの話をして笑っている。「ダクス、調べてくれない？　その情報ってインターネットですぐに見つかるものなのか、それとも警察の公式サイトをハッキングしないとわからないものなのか」

「ところで、そんな標識、どこでつくれるんだ？」壁にもたれていた身体を少し起こしながらルブルトンが口をはさんだ。「日曜大工店か？　印刷所？　それともネットでか？」

ロジエールは書類をあれこれめくっていたが、すぐに声を上げた

「被害者の妻は数年前に死んでるのね。でも息子がいる。ポール・リュフュス。彼の調書がないわ。誰も息子には伝えてないってこと？　少なくともまだ息子から話は聞いてないみたいだけど」

カペスタンはうつむいてブーツのつま先を見つめた。そろそろ、この班が事件を担当することになった本当の理由を知らせないとまずそうだ。それに、カペスタンの判断をくもらせるおそれのある利害の対立についても。カペスタンはため息をついた。どんな些細なことでも私生活について明かすのはいやでしかたない。警察官として何年も他人の暮らしを深追いしてきたせいだろうか、カペスタンは自分のプライバシーに対しては警戒心が強かった。だがいまは、秘密を守ることより正直に話すことが先決だ。カペスタンは顔を上げると、あえて淡々と言った。

「息子に伝えたのは私よ。ポール・リュフュスは私の元夫なの。つまり、被害者は元義理の父ってことになる」

部屋のなかに動揺が走った。それぞれお互いに目と目を見合わせ、気まずい空気が流れだす。

「だけど、それってすっごいことですよね！」エヴラールは思わずそう言ったが、すぐに後悔した。「いえ、ごめんなさい、そういう意味じゃなくて……。被害者についてとか、背景とか、すでにいろいろわかってるわけじゃないですか。それって、私たちがずいぶんと優位なんじゃないかと思って……」

「ある意味ではね」カペスタンは認めた。

「で、この被害者はどんな人だったんですか？　クリーン？　それともダーティー？」

カペスタンは窓の外に視線を向けた。「汚職警官」とまでは言えないが、素行が悪かったことは間違いない。たとえ当時のカペスタンが夫の父親にさほど関心を向けていたわけではないとしても。

第六章

一九九二年二月、ローヌ県サン＝シル＝オー＝モン＝ドール国立高等警察学校

「カペスタン、またもやビュロン警視正に助けてもらったな。ビュロンの気が知れんが、まあ、趣味みたいなもんだろう。だが、おれは違うぞ。命令は命令だ。従ってもらうからな」

「反抗するつもりはないんですけど、警視正からの命令のなかには、あと当てこすりのなかにもですけど、適切ではないと思われるものもあります」

横柄とまではいかないが、まったく怖いもの知らずの口調だ。十九歳になったばかりのカペスタンは、ク

ラスのなかでいちばん若かった。ほぼすべてにおいて優秀だったが、政治的な駆け引きと婉曲な言い回しという点ではまだまだ未熟だった。自分でもわかってていしょっちゅう反省したが、それも長くは続かなかった。そういうことは、まだまだ先、一人前になってからいくらでもマスターすればいいと思っていたからだ。ともあれ、教官のなかで最も感じの悪いセルジュ・リュフュスを前にしたら、行動の自由などほとんどない。つぶされるか、反逆するか、二つに一つだ。

リュフュスとカペスタンは庭を横切り、入り口の鉄柵に向かっていた。目の前に広がる広い土手を見ながら、カペスタンはどうしたらこのうんざりする会話から逃げ出せるか、そればかりを考えていた。

「カペスタン、おまえの口ぶりはどうも気に入らんな。おれは小学校の算数教師じゃない。教室のうしろで小便を漏らしてるやつらにからかわれて黙ってる輩《やから》とはまったく違う」

リュフュスの最後のひとことは、まったくカペスタンの耳に入ってこなかった。そのとき、カペスタンは、リュフュスがそこにいることすら忘れていた。土手の反対側、日の光がテキサスの夕焼けのような色に変わるなか、紺色のタートルネックシャツに〈カーハート〉のジャケットを着た、人間とは思えぬ美しさの男性が現れたからだ。カペスタンはひと目で心を奪われた。男性はカペスタンのほうにまっすぐやってきた。ふたりの顔に同時に、なんのためらいもなく大きな微笑みが広がった。一メートルの距離まで来たところで、男性は足を止めた。カペスタンも止まる。セルジュ・リュフュスも立ち止まった。

「やあ、父さん」

「ポール、おまえ、こんなとこで何してんだ?」警視正は乱暴な口調で言った。

最悪なやつの息子だったのか。カペスタンは一瞬、身をこわばらせた。だが、たったいま浴びせられた冷水も、ポールの温かいまなざしの下ではあっという間に最後の一滴まで蒸発していく。ポール……。彼は折りたたんだ紙をリュフュスに手渡した。

「情報提供者からだよ。名前は言いたくないって。なんか急いでるみたいだった、打ち合わせかなんかがあるとかで。そんな出迎え方されるなら……」そう言うと、ポールはカペスタンのほうを向いた。「父さんじゃなくてこちらの方にお渡ししたほうがよさそうだな。ずっとにこやかに迎えてくれてるし……」

カペスタンはすでに心ここにあらずだった。エンドルフィンが身体じゅうを駆けめぐり、頭のなかがまっ白で、話すことも反応することもできない。紙を受け取ることさえ忘れていた。ただただ呆然として、頭は銀河系をすべて飲み込んでいた。十九年間待ちつづけていた瞬間が訪れ、カペスタンはたったいま、天使の顔をした気取り屋、クジャクの羽根より玉虫色のエゴの塊、まったく影のないシンプルな宇宙人のような目立ちたがり屋と恋に落ちたのだ。

セルジュがポールの動きを制する。とたんにポールの目のなかに恐怖が浮かび、反射的に手首を引っ込め、口がかたく結ばれた。カペスタンの脳がようやく動きだした。舞い上がっている場合ではない。セルジュ・リュフュスは無情な人間で、息子ほどそれをよく知る人はいないだろう。そう思った。

第七章

二〇一二年十一月二十九日、パリ

「このサイトで注文したんです」ダクスが画面を指さして言う。

ダクスがハッキングしたばかりのウェブサイトには、オーダーメイドの退職記念品の画像が並んでいる。おかしなフレーミングをされたり、ハートで縁取られたりした写真入りのビアグラスやマグカップ……。〈道路標識〉のページでは、さまざまな素材の標識が売られていた。サンプルの標識には、〝ペタンク広場〟、〝不機嫌な者立ち入り禁止〟、〝新婚通り〟など、いろいろなことが書かれている。自分でメッセージを入力することもできる。これなら、殺人を予告して被害者を怯えさせる標識も簡単につくれるわけだ。

「配達先の住所を残してないか、見てくれない？」犯人はそこまで馬鹿ではないと思いながらも、カペスタンは言うだけ言ってみた。

「もちろんです！」自分が犯人だったら住所を残しかねないダクスが答える。

若きボクサーはキーボードを叩き、そうすればページがもっとスピーディーに表示されるとでもいわんばかりに鼻にしわを寄せている。ダクスがどこに行きつき、何を見つけるかは誰にもわからない。このパソコンオタクは、脳みそのほとんどをボクシングのリングに置いてきた。コンピューターに関しての技術は一流だが、誰かがそばにいて何を検索するのかを教えてあげる必要がある。とはいえ、カペスタンはそこまではしたくなかったので、自分の机に戻る前に、ダクスにただ、こうリクエストをした。

「クレジットカード番号か銀行の取引記録、あとはほかに何を買っているかがわかる方法があれば、やってみて。データを集めて分析しましょう。がんばって！」

ダクスは喜びに身を震わせ、キーボードに向かってにかっと笑った。シューティングゲーム『コール・オブ・デューティ』とまではいかないが、かなりワクワクする。

司法警察のお偉方たちを出し抜いて犯人を逮捕し、それをそっとポールに伝えなければ……。今日一日、やりたいこと、やらなければならないこと、そしてつらいことが次々と押し寄せてきて、カペスタンは心が押しつぶされそうだった。それでも特別班のメンバーと連携しながら、アドレナリンに身を任せて捜査を指揮することにした。そもそもこの班は最初から不利な立場にある。そのうえボスがふさぎこんでいたら、みんなの足を引っ張るだけだ。

入り口のドアが突然開き、ロジエールの犬が元気いっぱいに飛び込んできて、一直線にメルロの股間に向かった。メルロは驚いて悲鳴をあげる。同時に飼い主の大声が部屋じゅうに響いた。

「ピルー、お行儀よくしてなさい！　ええっ！　何それ？」

茶色い毛をしたネズミが一匹、メルロのジャケットのポケットから顔をのぞかせていた。犬の登場にびっくりして、何が起こったのかと髭をぴくぴくさせている。メルロは安心させようとネズミの背を撫でた。

「私が飼ってるんだ。仕事をさせるために訓練しているんですよ」

ピロットは、その生き物に警戒しながらも飼い主のハイヒールの足元まで小走りで戻った。金色の縁飾りがついた濃い紫色のダウンジャケットを着こんで豊満な身体をさらにひとまわり大きく見せているロジエールは、奥歯を噛みしめてごくんと唾を飲み込んだ。それから話題を変えるために、腕の下に抱えていた紙の箱を聖遺物か何かのようにうやうやしく差し出した。

「スイーツで有名な〈マゼ〉のアドベント・カレンダーよ。二十ユーロもしたけど、中のチョコレートは甘くておいしいの。ただし警告しておくわよ。私の許可なしに勝手に次の日のぶんのチョコを食べちゃう人がいたら、絶対に許しませんからね」ロジエールはそう言うと、脅すような目でメルロを見た。メルロは早くも両手をこすり合わせている。

　それからロジエールは、机のうしろの壁に付けられた真鍮のフックにダウンジャケットを掛け、アンピール（ナポレオン帝政下で流行した美術様式のこと）風のひじ掛け椅子に腰かけた。それからまわりを見まわして、買ってきたばかりのご自慢のアドベント・カレンダーを飾るのにふさわしい場所を探した。ようやく、右手の壁に取りつけられている装飾用テーブルがそのお眼鏡にかなったようだ。

　ロジエールはテーブルの真ん中にアドベント・カレンダーを置くと、フォトフレームのように開いていった。きれいなイラスト入りの扉がついた小さな窓が整然と並んでいる。今日はまだ十一月末なのでどの扉も閉じられたままだ。ロジエールは満足げににっこりすると、カペスタンのほうを向いて尋ねた。

「ところでお嬢さん《ココット》、その後どう？　元義理のお父さまの事件の進展は？」

　ロジエールの軽口にもかかわらず、いやむしろそのおかげで、〝ココット〟はつい笑顔になった。

「検死と銃創の報告書をまだ待ってるところ。トレズは被害者の口座を調べてて、レヴィッツは通話記録を当たってる。ダクスは犯人が標識を買ったと思われるサイトを見つけたわ。あのサイズと色でエナメル加工してある標識って、どうやらそのサイトでしか売られてないみたい。いまダクスには、そのサイトに顧客情報が残ってないかを裏で調べてもらってる」

「〈パサージュ・デュ・グラン＝セルフ〉にある店が、荷物の配達先住所として登録されてるみたいです」ダクスが太い指でグーグル・マップの画面を指さした。

「よくやったわ、警部補」そう言ってカペスタンは立ち上がった。

ルブルトンは満足そうにうなずくと、着ている黒のレザージャケットのしわを無意識に伸ばし、パソコン画面のほうにゆっくりと歩いていく。

「すぐ近くだな。行ってきましょうか？」カペスタンに尋ねる。

「ええ、行ってちょうだい。私はここにいて〝連絡官〟をお出迎えしなきゃならないから」

ルブルトンがいつもの相棒、ロジエールに向かって微笑むと、その顔に少ししわが寄った。ロジエールはすでに立ち上がってダウンを羽織っている。ピロットがずっと外に出してもらえなかった犬のようにぴょんぴょんジャンプし、空気、机、ごみ箱をはじめそこらじゅうのものをしっぽではたいて歩く。ロジエールがリードを持って立っているのを見て、ようやく落ち着いた。

カペスタンはもう一度ダクスのところに行き、標識が注文された日を確かめた。そして、部屋を出ていこうとしているロジエールとルブルトンにそれを伝えた。

「十月五日に注文されて、十月二十日に配達されてるわ」

「計画的な犯行ってわけか。支払いは？」

「使い捨てのプリペイドカード」

「ああ、プリペイドの携帯電話と同じやつね」ロジエールが言う。「あのやり口をクレジットカードにも使うなんてとんでもないわよね。警察官たちが見逃すとでも思ってんのかしら。〝みんな！　証拠を残さないで怪しいものを買いたくない？　簡単に詐欺ができるよ！〟ってことでしょ？　ひどい話だわ、まったく。あの射殺犯が直接荷物を受け取りに行ってて、お店の人がその顔を覚えてることを願うしかないわね。ちょっと時間が経っちゃってるのが残念だけど……」

ロジエールとルブルトンが署を出ていくと、レヴィッツがリビングのカペスタンのもとへやってきた。通話記録が印刷された紙を持っていて、そこに記されたいくつかの番号に下線が引いてある。

「リュフュスはおしゃべりじゃないみたいですね。通話はいつも二、三分で、そもそもあまり電話をしない。それでも、何度かかけている相手を洗い出してみました。かかりつけの医者、腎臓病の専門医、歯医者、それに射撃クラブとか、元同僚レオンの家とか、家政婦のマダム・ジョルジュとか。そのマダムに電話して訊いたら、たしかにリュフュスは口数が少なかったらしいです。ただ、騒ぎを起こすような人には見えなかったとも言ってました。めったに外出しないでテレビばかり見ていて、人と会うこともなかったようです。あと息子のポール・リュフュスにも何度か電話してますけど、いつもすぐに切ってました。関係はあまりよくなかったみたいです」レヴィッツが途方に暮れた顔で言った。「で、ちょっと気になる唯一の番号がこれです」そうつけ加え、携帯電話の番号を指さした。「ドニ・ヴェローヌです。たしか俳優ですよね？」

ドニ・ヴェローヌは、ポールが所属していたコメディアン・グループの元メンバーだ。その後、人気者になった。ポールの父親のリュフュスは、おそらく別のルートから手を回して知り合ったに違いない。

「そうね、息子の昔の友だちよ。何があったのかしら。最後の電話から何かわかるかもね。ダクスが標識のことを調べ終わったら、そっちに取りかかってちょうだい」

そのとき、こちらを馬鹿にしているのかと思えるような短い玄関ベルの音が、部屋のなかに響きわたった。ディアマンだ。カペスタンはドアを開けた。

ディアマンは、にこりともせずに書類を差し出した。

「ＢＲＩは容疑者をふたり拘束しました。詳細はそちらに記されています。事件はすぐに解決しそうです」

ディアマンはそうなることを望んでいるようだ。ドアを閉め、エレベーターが動く音を聞いてから、カペスタンはドアに額を当てた。容疑者ふたりを拘束ですって？　こっちは始めたばかりだっていうのに、司法警察は解決寸前？　怒りが喉につかえた。するとドアがまた開いたので、カペスタンはあとずさりした。

今度はオルシーニだった。フランスじゅうのありとあらゆるジャーナリストに顔が利くベテラン警部。警察の不祥事についての情報を流しては記者たちに喜ばれている。オルシーニは休暇から戻ってきたところだった。

「おはよう警部。旅行は楽しかった？　ちょうどいいときに戻ってきてくれたわ。新しい事件よ」

「おはようございます。ええ、ありがとうございます」

オルシーニはそう答えると、トレンチコートをていねいにたたんで腕にかけた。そして、怪訝な顔で言った。

「どんな事件です？」

第八章

〈イノサンの泉〉からいつも賑やかなサン＝ドニ通りへ。かつてはセックスショップが立ち並んでいたこの通りも、いまは古着屋とスニーカーショップでいっぱいだ。とはいえ、かつての景観を少しでも残して、観光客や、日曜の朝にクロワッサンを買うと言い訳をして家を出てきた人たちを楽しませようとするかのように、以前の店を思わせる看板もわずかに残っている。ルブルトンとロジエールは、サン＝ドニ通りを足早に抜けると、チュルビゴ通りを渡って二区に入った。ここにはいかがわしい店はなく、小洒落た今風のカフェが軒を連ねる。ふたりはすぐに〈パサージュ・デュ・グラン＝セルフ〉にたどり着いた。モントルグイユ地区に抜けるアーケードだ。最近改装されて、パリで最も高いガラス屋根で覆われた〈グラン＝セルフ〉は、古くからの個性的な店が並び、ゾウや丸眼鏡が描かれた看板、紙粘土でできたカニなどが時空を越えた旅をさせてくれる。ルブルトンはここが大好きだった。パートナーだったヴァンサンはここで小さな建築事務所を営んでいた。ヴァンサンがまだ生きていた幸福なときを思い出させてくれる場所だ。

クリスマスの飾りつけとイルミネーションがアーケードの美しさを際立たせ、ルブルトンの悲しみをかき立てた。ひとり身になって初めてのクリスマス。どこもかしこも喜びと活気にあふれ、ルブルトンは胸を締めつけられる思いだった。十二月を飛ばしてすぐに一月が来てくれればいいのにと心から思った。十二月がなければ、歯を食いしばってパーティーを耐えることなく冬を越せる。だがもちろん、自殺者が最も多いこの季節を避けて通ることはできず、日々の苦しみが一定のリズムを取りもどすまでただ待たなければならない。難破船から投げ出された人が浜辺まで泳ぎついて陸に倒れ込むように、なんとか一月までもちこたえないと。

晩秋ともいえるこの季節、天からの光が広いガラス屋根を抜けて差し込み、アーケードに穏やかな雰囲気をもたらしている。チェス盤のような模様の床を歩く足音が響くだけで、無言で進むふたりの警官の耳に届くのは、ときどきすれちがう通行人のくぐもった話し声ぐらいだった。ルブルトンとロジエールはダクスが言っていた店の前で足を止めた。ダクスから聞いていた営業時間とは違って、店は閉まっている。

「こんなことだろうと思った」ロジエールの口調はいらだっている。「また、ダクスがやってくれたわね」

ルブルトンはウィンドウに貼られたステッカーを確認した。

「大丈夫だ。十五分後には店が開く」

「あ、そうね。待って、あのクッション、かっわいい！」ロジエールはそう言うと向かいの店に吸い込まれていった。チリンチリンとドアの鈴の音が響き、ルブルトンは小さなため息をついて、ロジエールのあとを追った。

数分後、ロジエールと店を出たルブルトンは、色とりどりのクッションでいっぱいのビニール袋を両手に抱え、キックスクーターで走り抜ける元気な少女から間一髪で身をかわした。少し遠くで、少女の母親が「もっとゆっくり走りなさい」と手を上げている。ダクスが見つけた店がようやく開いたようだ。ロジエールとルブルトンはどちらも笑顔を浮かべ、荷物の受け取り場所になっていたその店〈フィラ・ラ・パット〉に入っていった。

店主は満面の笑みでふたりを迎えた。歯はすべて入れ歯のようだが、茶色い口髭は丹念に整えられている。店で売っているのは靴下だけで、ひとりの客も逃したくないようだ。大きな買い物袋を抱えてやってきたとなれば、なおのことだろう。ロジエールは警察証を見せた。

「おはようございます。覚えていてくださってたらありがたいんですけど、一ヵ月ほど前、persorigolo.comからの荷物をここで受け取りましたよね。琺瑯《ほうろう》引きの標識です。けっこう重くてこれぐらいの大きさかしら」そう言ってロジエールは、両手を五十センチメートルほどに広げて見せた。「それを受け取りに来た人のこと、覚えてないですか？」

店主は狡猾そうな表情を浮かべて答えた。

「はっきりとは覚えてませんな……かなり前のことですからね……ひょっとしたら、ちょっと助けてもらえれば思い出せるかもしれんが……」

ロジエールはにこにこしながらもいぶかしげに店主を見つめ、それから大声で笑いだした。

「信じられない！　ジャカードのセーターを着たこのお父さん、『刑事スタスキー&ハッチ』の登場人物にでもなったつもりみたいよ。ぬけぬけとお金を要求するなんて！　私はさんざん見てたからわかってるの。でも、いまどきそんなの流行らない。何を言いたいかわかるわよね？」ロジエールは機関銃のように言葉をくりだした。「まずは市民としての義務を果たすことね。そうしたら、どうぞエピソードの続きを演じてちょうだい。スタスキーがあなたのお店の口座を徹底的に調べるから」

正当な取引を提案したつもりだった店主は、この不当な扱いについての証人になってほしいとでもいうかのように、ルブルトンをすがるような目で見た。ルブルトンは、〝善意〟に満ちた店主に丁重に接し、その尊厳を回復しようとよい警官を演じはじめた。

「同僚がたいへん失礼いたしました。誤解があったのだと思います。なんにつけ、大げさなやつでして……」落ち着くようにとロジエールに目で合図しながらルブルトンは言った。「細かいことも覚えていらっしゃる方のようにお見受けしました。記憶をたどるのには少し時間が必要でしょう。当然です。思い出しそうになったら教えてください」

ルブルトンはポケットから手帳とペンを取り出して、真剣な表情で店主を見つめた。ロジエールが与えた悪い印象をこれでなかったことにできればと願いながら。当のロジエールは唇を震わせていて爆笑寸前だ。いずれにしても、店主が怒って口をつぐんでしまったら、何を言おうが無駄だろう。ちょっとした笑い話のネタを仕入れただけで、手ぶらで帰ることになる。

ところがルブルトンの作戦が功を奏したようで、店主は額に手を当てて何かを思い出そうとしている。ルブルトンによって、何も思い出さなくてもプライドが保てると安心した店主は、むしろ少しでも情報を提供しようという気になったようだ。

「ああ、そういえば男がひとり来たな。黒っぽい髪の中肉中背のやつだ。分厚いレンズの四角っぽい眼鏡をかけてた。顎髭があって、髪もうしろは長かったな。一九八〇年代の初めに流行ったみたいに」

「かつら、ではない？」

「あれは地毛だな」

店主は自信満々にうなずいた。

「細かく思い出してくださってありがとうございます。あとで署に来てモンタージュ写真の作成にご協力いただけますか？」

店主は誇らしげに立ち上がって答えた。

「必要だっていうなら、行きますよ。今日は店が四時までだから、そのあとでいいならね」

「ありがたいです」ルブルトンはそう言うと、手帳に住所を書いてそのページをちぎって渡した。「では、のちほど」

ルブルトンはロジエールの肘に触れてドアのほうへ導いた。ロジエールは笑いをこらえるために、靴下が並ぶ棚のほうを向いたままドアまで歩いた。

彼女は地下鉄《メトロ》の座席に腰かけ、県庁で受け取ったばかりの新しいパスポートをあらためていた。写りは悪くないのに、なんだか写真がほとんど無色透明に見える。姓はエヴラール、名はブランシュ——すなわち白。これは予告だったのか、それとも愛し合っているまだ若い両親が自分の生活を娘に邪魔されたくないという気持ちの表れだったのだろうか？　両親には、こんなふうに色のない名前を娘につける理由があったのだろうか？　すでに存在感がかなり希薄なエヴラールの存在を完全に消してしまう名前。エヴラールはため息をついた。それでも、最近は自分が存在しているという実感があった。その証拠に、パスポートまで持っている。ようやく、周りの人たちが自分よりはるかに大きく見えるということもなくなりつつあった。

向かいの席では、中年女性が六駅前からずっとスクラッチカード〈バンコ〉を見つめている。削らずにいるかぎりあらゆる可能性は残っていて、当たればその女性が抱えている問題もすべて解決するかもしれない。だから、なかなか削ろうとしないのだ。いったいどうしてみんな、この小さな紙に唯一の望みを賭けようとするのだろう？　結局は負けるようにつくられているというのに。

〝わかってるでしょう、ブランシュ。どうしてみんなそんなことをするのか、あなたはわかってるはず。もう、そんなこと考えちゃダメ〟悔い改めた元ギャンブラーのエヴラールは、そんな心の声に反して、女性が手にしているカードの銀の覆いの下に潜む数字を知りたくてしかたなかった。

第九章

数時間後、エヴラールは小さな部屋に足を踏み入れた。そこでは、ダクスが例の店主とともにコンピューターでモンタージュ写真をつくっていた。店主はエヴラールが入ってきたことに気づかない。

「目はどうです？　もっと大きい？　小さい？」マウスに手を置いたダクスが尋ねる。

「もうちょっと大きいな。だけど、すごく分厚いレンズの眼鏡をかけてたんだ。だから本当のところはよくわからない」

店主は慎重に言葉を選んでいた。口ぶりから、ダクスのことをとんでもなく役立たずだと思っている節がうかがえる。さっさと終わらせて帰りたそうだ。

「これでどうです？　似てますか？　つぎは鼻に移ってもいいですかね？」

だが、エヴラールの目から見れば、ダクスはいつもと同じように相手に気をつかっていて、感じもよかった。何より自分の仕事に一生懸命だ。エヴラールは机のまわりをぐるっと回って画面を見た。すぐに店主が気乗りしていない理由がわかった。ポーカーフェイスのエヴラールは、動揺を隠したままダクスに説明を求めた。

「なんでそれ使ってるの？　このシステムのほうが使えるってこと？」

似顔絵づくりに集中しているダクスは、画面から目を離さないで答えた。

「司法警察がモンタージュ写真用のソフトをくれないんだ。この班には贅沢すぎるってことらしい。だからここにアカウントをつくってみた。レベル二十までは無料だし。　意外と使えるよ、そう思わない？　けっこうリアルだよね」

どれどれと近くで見てみると、たしかに悪くはない。

「そうね、それっぽくはあるわね」

リビングでは、カペスタンが『ラ・プロヴァンス』のウェブサイト記事を読んでいる。

「びっくりよ！　偶然とは思えないわね」

「たしかに」オルシーニが言う。「手口があまりに似ている。日付けもほぼ同じだ」

リスル＝シュル＝ラ＝ソルグでジャック・メールが殺害されたときの状況は、リュフュス警視正が殺害されたときとさまざまな点で一致している。すぐにこのジャック・メールの事件について調べ、ふたりの被害者のつながりを探る必要がある。

オルシーニがこの記事を持ってきたとき、カペスタンは司法警察が身柄を拘束した容疑者たちのプロフィールを見ていた。リュフュス射殺に使われた銃は、数年前に盗品の売人が殺されたときに使われたものと同じだった。今回逮捕されたふたりは、当時尋問を受けたが釈放された。リュフュスとのつながりはよくわからない。カペスタンはいらだった。おそらくすべての資料を渡してもらっていないからだろう。

ところが、オルシーニが持ってきた記事のおかげで、形勢逆転も夢ではなくなった。プロヴァンスで同じような殺人事件が起こっていたのだ。捜査の前提がくつがえり、これでカペスタンのチームは戦略的に優位に立った。では、どうすべきか？　そのことを他の部署にも伝えるのがフェアプレイというものだろう。殺人事件を共同で捜査している以上、情報共有の義務もある。加えて、それを知らせればライバルたちに対してつかの間の優越感を抱くこともできる。だが、逆に黙っていればライバルに大きく水をあけることができる。心が揺れた。ディアマンに話すべきだろうか？　あるいはビュロンに？　だが、悩んでいる暇はなかった。

電話が鳴ったからだ。しかも、けたたましい音を立てる固定電話だ。となれば、ビュロンからに違いない。ビュロンだけがここの電話番号を知っていて、叱咤《しった》や忠告を与えるときには必ずこの番号に電話してくる。カペスタンはオルシーニに軽くうなずいて電話に出ることにした。オルシーニは手がかりを調べようと自分の部屋に戻っていった。

やはり、ビュロンだった。

「カペスタン、オンラインショップのウェブサイトに検察の許可なく侵入したな？　しかもその痕跡を消しもせずに」

「はい？　ええっと、ありえなくもない話……ですが」カペスタンはそう言って、部屋の反対側にいるダクスを見た。

「ありえなくもない？　ありえなくもないだって？　きみが指示したのかね？　どうなんだ？」

「侵入のことですか？　もちろん指示しました。でももっと慎重にしてくれると思ってたもので」

「おいおい、言い訳と開き直りか。『バレるとは思ってなかったもんで』なんて、まるで初めて捕まった不良少年のセリフだな」

「たしかに」カペスタンは笑顔で同意した。

「訴えが来た以上、きみたちが見つけた情報は使えない。わかってるな」

「そんな訴えは適当にあしらっておいてください……それはそうと、興味深い手がかりをつかんだんです。私たちがハッキングした標識の販売サイトで、リュフュス殺害とヴォクリューズで起こった別の男の殺人事件がつながってることがわかりました。犯行の手口も同じです」

カペスタンの話に、ビュロンの不機嫌は吹き飛んでしまった。

「どういうことだ?」

カペスタンは『ラ・プロヴァンス』の記事の内容をかいつまんで話した。琺瑯引きの標識についてわかったことも説明した。電話の向こうで、ビュロンの頭のなかの神経回路ががちゃがちゃと音を立てているのがわかった。

「どうやってふたつの事件のつながりを見つけたんだ? プロヴァンスだって? そんな遠くの事件はわれわれの管轄外だ」

「オルシーニが新聞の切り抜きを集めてるんです」

「そういえばそうだったな」

「いまはモンタージュ写真をつくってるところです。ディアマン警部補にも送るつもりです」

「ダメだ。さっきも言ったように、不法にウェブサイトに侵入した以上、そのモンタージュ写真は使えない。チーム全体の捜査の足を引っぱるようなことはやめてくれ。訴えられるのはきみたちのところだけで十分だ」

「もうひとつの事件とのつながりはどうするんです?

その情報も渡さないほうがいいってことですか？　それともフェアプレイでやります？」

「うーん、もうひとつの事件か……いいか、BRIと刑事部にはそれぞれ独自の方針があって、捜査も首尾よく進んでいる。あまり捜査の範囲を広げすぎるのもよくないからな。当面はきみたちだけで当たってみてくれ」

「局長？」

「なんだ？」

「それって本音ですか？　それとも、このあいだの事件のときみたいに、言いたいことをわかれって話ですか？」

　受話器の向こうでビュロンがにやっとするのが伝わってきた気がした。

「言いたいことをわかれなんて思ってない。ただ、いろいろな線で捜査に当たって、いろいろな方法を考えようということだ。いまのところ、BRIは自分たちのことをジャン＝ピエール・メルヴィル（一九一七～一九七三　フランスの映画監督。アラン・ドロン主演の映画を何本か手がけた）の下で働いているとでも思っているようで、アラン・ドロンにしか目を向けていない。きみたち〝みにくいアヒルの子たち〟がいれば、少しは捜査に幅も出ようというものだ」

「〝みにくいアヒルの子たち〟とおっしゃいますが、私たちは……」

「わかってる。わかってる。ところで明日、きみの班に新入りが加わる」

「新入り？」

「ダルタニアンだ。先週末に精神科病棟を出てきた。きみの班にぴったりの人物だ。特別班のリストにも名前があったはずだが」

　ダルタニアン。本名はアンリ・サン＝ロウ。王の銃士としてこの仕事を始めたと思い込み、時代を超えて名を残すと信じているところから、このあだ名がついた。

電話を切ったあと、カペスタンはお茶をいれにキッチンに向かった。ケトルでお湯が沸くのを待つあいだ、テラスにいるルブルトンのところへ行く。ルブルトンはデッキチェアに腰かけ、長い脚を組んで煙草を吸いながら、検死報告書を読んでいた。

「何かあった?」

「いや新しいことは何も。ただ、殺害時刻はもう少し正確に記されている。午前六時から六時三十分のあいだだ。それと、かなりひどく殴られたらしい。拳とピストルの台尻の両方で。犯人はひとりかふたり」

キーという鳴き声が聞こえた。メルロのネズミが月桂樹の下に置かれた自分のエサに向かってちょこちょこ進んでいく。ふたりが見守るなか、ネズミは数粒のドライフードをかりかりと食べた。ルブルトンは足元に置いた灰皿に煙草の灰を落とし、ぼそっと言った。

「これって、豚だったかもしれないってことか?」

カペスタンはネズミを見つめた。

「たしかに。なんとかそれは避けられたみたいだけどね」そう答えてから話題を変えた。

「明日の朝一でミーティングを開くわよ。オルシーニが別の殺人事件に気づいたんだけど、リュフュスの事件とまったく同じ手口なの。オルシーニがいま詳しい情報を探していて、それをみんなで検討するのよ。その事件の記事を前もって読んでおきたければ、リビングに置いてある」

「もちろん読むよ。でも、まずはこれを読み終えてからだ」ルブルトンはそう言って、検死報告書をひらひらと振った。

湯気が立つマグカップを手に、カペスタンは自分の机に戻った。書類の山からあの伝説の銃士のプロフィールを探す。ようやく見つけだすと、デスクランプをつけてその書類に目を通しはじめた。

カペスタンはダルタニアンの経歴書にあまりに没頭していたので、ダクスが近づいてくるのに気づかなかった。ダクスは、カペスタンの机の上をドアのようにノックした。そして背筋をぴんと伸ばすと、両手に握りしめていた書類をカペスタンに渡した。

「モンタージュ写真ができました」

「ありがとう、警部補」カペスタンが笑顔で答える。

モンタージュを見たとたんに、カペスタンの笑顔が消えた。男はたしかに黒っぽい髪に顎髭を生やし、眼鏡をかけていて中肉中背だ。だが、身体は緑の毛皮で覆われていて、剣と鞘を身に着けている。啞然《あぜん》としたカペスタンは、ダクスを見つめながらモンタージュを指さした。

「ああ、これなら気にしないでください。エヴラールを笑わそうとしただけなんです」ダクスはややきまり悪そうに言った。「『ワールド・オブ・ウォークラフト』ですよ」

「『ワールド・オブ・ウォークラフト』？」

「えっとですね、司法警察のモンタージュ写真作成ソフトがないから、『ワールド・オブ・ウォークラフト』のアバター作成機能を使ったんです。架空の世界を舞台にしたヒロイックファンタジーのオンラインゲームですよ。ええっ、聞いたことぐらいあるでしょ？エルフとかオークとかノームとかがいて……超かっこいいキャラをつくれるんです！　あの店主が男の服装を思い出せないって言うもんですから、こうしたら面白いんじゃないかなって……。わかりましたよ、身体はつくり直します。でも、『ワールド・オブ・ウォークラフト』にシャツとズボンがあるかどうか……」

「ちょっと待って。ソフトをもらってないですって？」

「もらってません」

カペスタンは、ケチな司法警察とその侮辱的な態度にあらためて怒りを覚えながら、もう一度モンタージュ写真を見た。たしかにオンライン・ビデオゲームに出てきそうな画像だが、仕上がった顔立ちはびっくりするほどリアルだ。ダクスにはいつも驚かされる。

「すばらしいアイデアね、警部補。よくやってくれたわ」

ダクスは誇らしげに自分の机に戻ろうとした。

「ただ、ひとつ いい？ persorigolo.comに侵入したあと、証拠を消さなかったんじゃない？」

「ええと、そうですね、消せって言われませんでしたから」

「たしかに。そこまでやれとは言わなかった。じゃあ、次からはそう言うからバレないようにしてちょうだい。とくに通話記録を探るときにはね。いつも必ず消してね。それがデフォルト設定よ、いい？」

「わかりました。書いておきます」ダクスはそう言うと、付箋にメモし、自分のモニターの端にそれを貼りつけた。

〝不法侵入の証拠はいつも削除すること〟

お偉方が訪ねてきたときにこれを見たら、いったいなんて言うだろう。

ロジエールは薄紫のふわふわした部屋着姿で、キッチンの大理石の床に水が入ったボウルを置いた。いつもと違う時間に水を出されたピロットは戸惑って、ボウルのにおいをくんくんかいだ。そうやって理由を探ろうとしたものの、結局わからず、片方の耳を立ててロジエールを見つめる。午前四時。まだ起きる時間じゃない。

「オリヴィエが電話してくるはずなんだけど、あの子、時差の計算がまったくできないのよね……」

ロジエールが溺愛している息子のオリヴィエは陽気な性格で、家にいるときにはそれはそれは賑やかだった。だが、いまはタヒチにいる。地の果てだ。オリヴィエからの電話は、ロジエールにとって一大イベントだった。息子との会話を十二分に楽しむためには、頭をクリアにしておかなければならない。昨日、オリヴィエからメールが来て、今日スカイプで話すことになっている。ロジエールは髪をアップにし、Ｍａｃの横にノートとペンを置いた。準備万端。もうすぐクリスマスだ。飛行機の時間をメモして、息子にチケットを送ってやらなければ。

パソコンから信号音がしたので、ロジエールはすぐにオンラインにした。イケメンの息子の感じのいい顔が画面いっぱいに映り、画像はやや粗いものの、その笑顔でリビングが明るくなった。

「やあ、母さん！　元気？」

「元気よ。あなたのほうはどうなの？」

オリヴィエは元気そうだった。馬車馬のように働いては、毎朝カイトサーフィンをしているという。顔色もいい。

「で、いつこっちに帰ってくるの?」ロジエールは尋ねた。

「そう、そのことなんだけど、今年はちょっといろいろあって。いちばん忙しい時期でさ、臨時スタッフまで集めたりして。理学療法診療所は二十四日と二十五日以外はずっと開いててね。断るわけにはいかないんだよ。断ったら代わりの人を雇われちゃう」

「あら、そうなの、それならしかたないわ。ええ、気にしなくていいのよ。仕事は大切よ」ロジエールはあえてきっぱりと言った。

ありきたりのやりとりが少し続いたが、すぐにスカイプは終わった。ロジエールはＭａｃをスリープモードにすると、かがみ込んでピロットを撫でた。しばらくすると、ピロットを腕に抱きかかえた。

そしてロジエールは、いつものように考えた。本当の幸せを知らずにいたほうがよかったのか、それとも幸せを知ったあとでその幸せがこんなふうにしぼんでいくほうがいいのか、いったいどちらがましなのだろう?

第十章

「紳士、淑女のみなさま、予告どおりやってきました ぞ！」その声とともに男が入ってきた。芝居がかった というよりまさに虚勢を張っている感じだ。

小柄で痩せたその男は、入り口でフェルト帽を脱ぎ、部屋に集まっている警察官たちを一瞥する。そして、皮肉っぽい笑みを浮かべると口髭を撫でつけ、ゆっくりとお辞儀をした。

「みなみなさま、ご機嫌よろしゅう。ところで、私のことをダルタニアンと呼ぶのは金輪際やめていただきたい。私の名前はサン＝ロウだ」

みんなはあっけにとられて静まりかえった。予告などまったく聞いていない。ミーティングの準備をしていたところに、いきなりキャラの濃すぎる男が入ってきたのだ。それぞれ手を止めて、男をじっと見た。

この班の暗黙のルールともいえる「来る者拒まず」の空気は、ここにきて一変しそうだ。男は自ら歓迎のスピーチでもするつもりなのだろうか。遠慮のかけらもなければ、なんのためらいも見せずに、帽子を背後に握りしめたまま部屋のなかに入ってきたかと思うと、窓のところまですたすたと歩いていった。その動きは、何かあればすぐ身をかわせるようにしているのか、正確でしなやかだった。

「偉大なるアンリ四世がまさにこの地区で殺されたことを、よもやご存じないなどということはないでしょうな」

この建物の北にはイノサン通りがあるが、南はフェロヌリ通りに面している。その通りには、〝かつての王アンリ四世が狂気の大男ラヴァイヤックに殺害された場所である〟と刻まれた石碑がある。

「このすぐ下ですぞ」

その言葉に、ダクスとレヴィッツが反射的に床を見た。まるでそこから突然、王の血まみれの馬車が現れでもしたかのように。

「そのとき、私はまだ青二才だった。どうすることもできなかった。どうすることも」サン＝ロウは深く恥じているように首を振った。

はいはい、とカペスタンは思った。どうやらサン＝ロウが精神科病棟で過ごした日々は、期待どおりの成果をあげなかったらしい。すると、サン＝ロウはカペスタンのほうを向いて機先を制した。

「あなたが何を考えているか手に取るようにわかる……あなたが考えているのは……」

サン＝ロウはそこで言葉を切ると、手を振りかざしペンで文字を書くまねをした。

「『治療は失敗した』」

それから手を下げると、少しうんざりした調子で続ける。

「実際、失敗などではない。そもそも治療の必要がないのだから。私は自分が何者かわかっておる。どこに閉じ込められようと私は私だ」

「ええ、もちろんです、警部。あなたはあなたです」カペスタンはそう言って、サン＝ロウを落ち着かせようとした。

「お願いだから最後まで言わせてくれ」攻撃的ではないものの断固たる口調でサン＝ロウはカペスタンの言葉を遮ると、前口上を続ける。「私はこうした扱いに抗議することなく耐えてきた。私の任務と俸給を守るためである。病院は、少なくとも平和でいるためには口をつぐんでいるべきだと教えてくれたわけだ。だが、それは間違いだった。ここ数年で学んだことがあるとするなら、沈黙は無益だということぐらいだ。なにせ身を隠している魔女も狩られるぐらいだからな。そこで私は、自分で納得がいくように生きることにした。

諸君が私について嘆かわしい考えを持っていても、そんなことで私の行動が変わることはない。好きなだけ馬鹿にして、好きなだけ怒らせればいい……ここは私が忠誠を誓う三十番目の隊というだけのことだ」

カペスタンは、〝人間は年齢を重ねながら英知と心の安らぎを手に入れられる〟とどこかの本で読んだことを思い出した。この男の存在は、どうやらその考えを根底からくつがえしそうだ。ブッダの千度の生まれ変わりが、たちの悪い人間を生み出したのだろう。ともあれ、ドタバタ喜劇はもうたくさん。いまや、メンバーたちの関心は新しい事件に移っている。サン＝ロウにも、捜査に加わって「いただく」ことになるだろうが。

「自己紹介をありがとう、ようこそ警部。いま捜査中の事件があるの。協力してくれるかしら」

サン＝ロウは、これでも手加減したつもりの闘いをいきなり中断されたことに驚きながらも、うなずいた。

「もちろんですとも。お助けできるものならいたしましょう」

「あなたに頭さえあれば、助けられるわ」

ロジエールは、クリスマスツリーの飾りを包装紙から出しながら、ルブルトンにそっとささやいた。

「もっともダクスを見てるかぎり、頭がついていることすら必要な条件なのかって思えてくるけどね……」

ルブルトンは、その言葉を受け流し、暖炉とクリスマスツリーのあいだのわずかな空間にホワイトボードを置いた。ツリーは、メンバーたちがそれぞれ自分の好きな飾りを加えたのでいっそう賑々《にぎにぎ》しくなっている。高級ブティックや香水店にはまったく似つかわしくないツリーだが、ここにはぴったりだ。カペスタンは鏡のフレームに写真を差しはさんだ。ふたりの被害者、セルジュ・リュフュスとジャック・メールの写真、それに例のモンタージュ写真だ。みんなが席についたところで、ミーティングが始まった。

「おそらく被害者はふたりとも同一犯に殺されたんだと思う。犯人はこの男かもしれない」カペスタンは二枚の写真と男のモンタージュ写真を順番に指さした。

「緑の毛皮は無視してちょうだい。重要なのは顔。この三人のつながりを調べないと。その前にメルロ、リュフュスについてわかったことは？」

人脈の広さを買われて、メルロはリュフュス警視正についての噂、ナイトライフ、不審な交友関係などを調べることになっていた。

「ギャング対策部の警察官のご多分に漏れず、リュフュスもありとあらゆるいかがわしいやつらと連絡をとっていたようですな。情報提供者はたいてい、ポン引き、ゆすり、強盗、足を洗ったギャングといった連中です。特に目を引くような名前、少なくともマフィアの大物の名前はリュフュスの手帳にはない。最近退職してからは、裏世界とは縁を切っていたようでしてね。パリでの動きにもまったく変わったところはなしですな。ただし、リヨンとかビアリッツとか、昔の勤務地でのことまではまだ調べがついてませんがね。それについては、ほかのネットワークを使わなきゃならないもので」

カペスタンは笑顔でメルロに礼を言い、次にルブルトンに報告を促した。

「検死報告書は不完全ではあるが、基本的なことは確認されている。リュフュスは数時間にわたって殴打され、そのあいだずっと手錠をはめられていた――手首に手錠が食いこんでいたらしい。さるぐつわを嚙まされていた形跡は見られなかった。つまり犯人はリュフュスに口を割らせようとしていた可能性が高い。何についてかはまだわからない。そのあと路上に連れていかれて、額の真ん中を撃たれた。九ミリ弾、サイレンサー付きだ。死亡推定時刻は午前六時」

「リュフュスみたいな大きくて屈強な男を、あの場所で射殺するためだけにわざわざ運んだわけよね。それってかなりの重労働なのに、なんでそんなことを？　犯人はあの気味の悪い犯行現場の仕上げとして、リュフュスを道路標識の下に連れていったってことよね。快楽のため？　何かメッセージを伝えるため？　それとも、誰かを怯えさせるため？　次に狙われるほかの誰かを？　その可能性はあるわね。そこでこのジャック・メールが関係してくる」カペスタンはマーカーペンでメールの写真を叩いた。「リュフュスより先に、ジャック・メールが射殺された。そうだったわね？」

「まだ捜査といえるほどの捜査はできていないが」オルシーニが答えた。

「ああ、リュフュスの二日前の十一月二十五日だ。こっちの事件の捜査はアヴィニョンの警察官たちが仕切っている。われわれはふたつの事件のつながりを彼らに伝えようとは思っていない。だとしたら、アヴィニョンに情報提供を求めることはできないな。だが、個人的によく知っているラ・プロヴァンス紙の事件記者がいる。あの記事を書いたのもその記者だ」オルシーニはカペスタンに向かってそう言った。「同じやり口だ。ジャック・メールも顔を殴られているが、リュフュスほどはひどくない。おそらくさっさと口を割ったのだろう。そのあとで額に弾丸を撃ち込まれて殺された。同じく明け方の犯行だ。戦争記念碑に彼の名が記された翌日、十一月二十五日だ」

「この人、怖くなかったのかしらね。だってもし、自分の名前が記念碑に死者として刻まれてたら、私だったら車かバイクで一目散に逃げ出すわ！」ロジエールが言った。

「たしかに。ただ、ジャック・メールはずっとその町に住んでいたんだ。だから、逃げ出すにはいろいろと準備が必要だったんだろう」

「そこっていったいどんな場所なの？」ロジエールがそう言って胸の前で腕を組むと、守護天使のメダイがじゃらじゃらと音を立てた。

足元で眠っていたピロットは耳をぴんと立てたが、外に出るのではないかという期待ははずれた。

「リスル゠シュル゠ラ゠ソルグは、リュベロン地方の小さな町で、アヴィニョンのすぐ東に位置している。パン屋よりもアンティーク・ショップのほうがたくさんあって、四月からは人でいっぱいになる。フォンテーヌ゠ド゠ヴォクリューズ、ゴルド、ルシヨンといったプロヴァンスの名所めぐりをする観光客がそこにも立ち寄るんだ。要するに、観光で成り立っている小さな町だな。ジャック・メールは地元のちょっとした名士だった。地元の大きな企業を何社か経営していて、プロヴァンス風の高級家具や工芸品、高級木材なんかを扱っていた。地元のスポーツクラブやいくつかの協会のスポンサーにもなってるし、託児所や図書館にも金を出している。一見したところ問題はなく、この上なく礼儀正しい人物だ。人望もとても厚い。ただそこで生まれ育ったわけではないから、しょせん〝よそ者〟だと扱われることがあった。小さな田舎町だとたいていそうだろう。ジャック・メールが移り住んできたのは〝たった〟二十年前だからな」

「そうね、でも、お金を注入したとたんに地元の頑固者たちの態度も和らぐのよ。あの手の小うるさいやつらは、いつも文句ばっかり言ってるわりにはなんの一貫性もないんだから」ロジエールが言う。「それで、ジャックについてほかにわかってることは？」

「七十歳で、どちらかというとハンサム。イヴォンヌという妻と五十年連れ添ってきた。イヴォンヌはアルツハイマー病の診断を受けてから、〈レ・ラヴァンド〉という施設で暮らしている。子どもはふたり。四十七歳と四十二歳だ。娘のほうはイングランド北部で暮らしていて、息子は実家から四百メートルのところに家をかまえている」

「記念碑の文字は彫り刻まれていたのか？　それともペンキで書かれていただけか？」ルブルトンが尋ねた。

オルシーニはカフェテーブルのほうに腕を伸ばした。テーブルにはダクスが持ってきた袋いっぱいの小さいオレンジが置かれている。ダクスは三つ目の皮をむくのに忙しそうだ。殺人事件についての話し合いにはまったくそぐわない、柑橘類特有の甘い香りがした。

「両方だ」オルシーニがオレンジをひとつ手に取りながら言った。「電話で話を聞いた地元の職人によると、刻まれた文字はかなり拙《つたな》かったらしい。少なくともプロが使う道具で彫ったわけではないそうだ。ペンキの字も雑に書かれていたそうだ。ただし、職人っていうのは、ほかの人の仕事については辛らつなものだがな……」

「でも、犯人はわざわざ文字を彫ったわけだ。監視カメラに何か映ってたりはしないのか?」

「警察に連絡を取らないことには映像は入手できないな」オルシーニはまるで磨いているかのように丁寧にオレンジの皮をむきながら言った。

「そりゃそうだ」ルブルトンはそう言と、明るい色のオレンジをひとつ取った。「それで、犯行現場のそういう演出は、ほかのだれかを脅すためなのか? それともさっき言ってたように、面白半分でやっているのか? サディストの楽しみとして?」

「そうね。サイコパス的だけど儀式的殺人じゃあないわね。犯行によって何に対して告知するのかは違うわけだし」カペスタンが指摘した。「ふたりの被害者をつきあわせて、次に誰が標的になるかを予想しないと。ダクス、ジャック・メールの記録も当たってもらえる? リュフュスと重なるところがあるか、調べてほしいの。いちばん新しいものから取りかかってちょうだい。ひょっとしたらお互いに電話してたり、同じ相手と話してたりするかもしれない」

ダクスはしばらく宙を見つめていたが、はっとしたように飛び上がると、レザージャケットの内ポケットからメモ帳を取り出し、丹念に指示を書きとめた。

「葬式はもう終わったのか？」ルブルトンが組んでいた脚をほどきながら尋ねた。

オルシーニは首を横に振り、オレンジをまたひと房、口に入れた。

「検死のせいで埋葬が遅れているんだ。おそらく、この金曜の予定だ」

「行ってみるだけの価値はあるかしら、警部？」カペスタンが尋ねた。

答えはすでにわかっていたが、オルシーニに主導権を握っていてもらいたかったのだ。この事件を見つけて捜査を始めたのはオルシーニなのだから。

「ああ。何人かで行くほうがよさそうだ」

カペスタンはメンバー全員を見まわした。オルシーニのほかに、ロジエールとピロットが、いかにも行きたくてたまらない様子でうずうずしている。ルブルトンも確実に加わるだろう。被害者の仕事や交友関係を調べ、リュフュスの写真とモンタージュ写真を見せてまわる……それには、さらに助っ人が必要だ。

「ほかに行ってくれる人は？」

例のネズミがメルロの上着の袖から鼻を出し、エヴラールの膝に飛びのった。

メンバーはそろった。

第十一章

南フランスは汚くて寒くて遠かった。ルブルトンがハンドルを握る〈レクサス〉はポンテからの道を走っている。ロジエールは高級レザーシートに身を預け、雨が打ちつける窓の外を眺めていた。通りすぎていく風景にはプロヴァンスの魅力など微塵も見られない。はやる気持ちに任せてほぼ夜通し車を走らせてきたのだが、いまとなっては馬鹿馬鹿しく思える。ロジエールは南フランスのろくでもない映像にだまされて、ターコイズブルーの空の下でテラコッタのタイルが日に照らされ、灼熱の太陽の下で蟬《せみ》が大合唱する土地を想像していた。全然、そんなところじゃないじゃない！

冬のプロヴァンスは切ないぐらい陰鬱な絵画のようだった。正面が白い漆喰《しっくい》で塗られている家々は、雨を想定してつくられてはいない。まるで吸い取り紙のように雨水を吸収してぼんやりとしたグレーの染みだらけになり、いまにも崩れ落ちそうだ。夏には山腹の村々の美しさが人の目を惹きつける。だが、十二月に目につくのは、雑然と続く商業地区、風にはためく防水シートで覆われた畑、わびしい倉庫群、それに街はずれの巨大ディスカウントストアぐらいだ。片側二車線の道路沿いには葉のない木々がうなだれて並び、強力なミストラルに吹かれて飛んできたレジ袋が枝のあちこちに引っかかっている。穴だらけの白いビニールが亡霊のようにゆらめいていても、おそらく誰も気にかけず、永遠にそこに引っかかったままなのではないかと思えた。ロジエールはいらいらしたまま、ルブルトンに向かって言った。

「眠くなったら言ってちょうだい。目が覚めるほどきれいな景色ってわけでもないし」

「大丈夫だ、ふだんから眠れないしな。それに、もうすぐ着く」

「ああ。ホテルだけはまともであってほしいわ。じゃなけりゃ私、すぐパリに戻るわよ。まったく。次の殺人事件は、ヴェネツィアかアカプルコあたりで起きてほしいものだわ。そうじゃなきゃ二度と出張なんてしないから。もう、うんざり」

ルブルトンは意外そうな表情でロジエールに目をやった。

「何を期待してたんだ？　いまは十二月だぞ。いつもいつも絵ハガキみたいな景色ってわけにはいかないんだ」

「ほんっと、そのとおりよ」

ロジエールとの会話はいつだって愉快だが、それでもルブルトンは全面的に反論したくなった。

「いまいるところは世界で最も美しい。自然が残っているると同時に、繊細に人の手も入っていて、美しいだけじゃなくて印象的な場所だ。一年のうちで二ヵ月だけはいただけないが、その景色でさえ悪くないと思う人もたくさんいる。それにいま走っているのはバイパスじゃないか。それじゃ、パリのことを外周環状道路上であれこれ言っているようなもんだ。だからエヴァ、これ以上プロヴァンスのことを悪く言わないでくれ」

そう言うと、ルブルトンはにっこり笑った。「おれは大好きなところなんだから」

「わかったわかった、だからあなたも、もうそれ以上言わないで」

プロヴァンス、タヒチ……。どうしてみんな太陽を求めて、どうってことのない楽園に行きたがるのだろう。

「ワン！」とりあえず大好きな飼い主に援護射撃しようと、ピルーが吠えた。

「いやいや、ほんとにいいところなんだ。すぐにわかるから」ルブルトンがしつこく言う。「着いたらすぐに、お洒落な界隈にある店に行って静かにコーヒーを飲もう。あとビスケットもな」ピルーのためにルブルトンはそう付け足した。それを聞いたピルーは満足げにブランケットの上にお座りした。

「まあ、ほかにすることもないしね」ロジエールは少し言い過ぎたと思ったのか、不満そうながらも同意した。「私がご馳走するわ、運転手さん。葬儀は何時から?」

「十一時だ。オルシーニは昨夜、列車で現地入りしている。エヴラールとメルロは今朝の列車だ」

「ええ、オルシーニがショートメッセージを送ってきたわ。なんでも葬儀屋さんにまぎれて、情報を仕入れてきたとか。たしかに、あの顔だったらうまく行きそうよね……ネクタイさえ締めれば、葬儀屋ですって言っても誰も疑わないわ。『おはようございます』って挨拶する前にいきなり霊柩車の鍵を渡されちゃったんじゃないかしら。あれだけ不幸そうな顔してる人もめずらしいわよね」

いつものようにルブルトンは、何も言わずにロジエールの悪口を聞き流した。純粋な心の〝聖人君子〟は、聞かなかったふりをしようってわけね……。ロジエールはそう思って少しむっとしたが、その反面、反論されたりたしなめられたりすることなく言いたい放題言わせてもらえるのは、本当にありがたかった。ルブルトンといると、安心して欲求不満を解消できる。心からリラックスできる。本当にいい同僚だ。あえて言うなら、いい仲間だ。同僚の悪口といえば、ロジエールはまだダルタニアンを俎上《そじょう》にあげていなかった。

「ところでどう思う? あの新入り、かなりイカれてるわよね」

今度ばかりはルブルトンも眉を上げて同意した。たしかに、その点は否定しがたい。

「あのビュロンじいさん、パリにいるとんでもない連中を片っ端から私たちのところに送りつけてくる気じゃないでしょうね。たしかに私たちは吹きだまりみたいなもんだけど、それでも程度ってものがあるわよね。だって、私はこう見えても作家よ！　カペスタンは元期待の星だし、あなたもＲＡＩＤの大物だった。オルシーニにはいらいらはさせられるけど、それでもすごい物知りよね。エヴラールはたしかにちょっとした問題を抱えてるけど、かなりノーマル。っていうか、私に言わせるとふつうすぎるぐらいよ。メルロだって……めちゃくちゃな大酒飲みだけど、仕事についてはちゃんと心得てる。ダクスとレヴィッツはおつむの弱いウサギみたいなもんだけど、思いもよらないことをしてくれるからそれがいい結果を生むこともある。だけど、だけど、あの男はどう？　自分は一五九三年に生まれたと思ってるのよ！　変人オリンピックがあったら間違いなく金メダルだわ」

「まあ、だがその点を除けば、考え方はまともに見える」

「そうね、おっしゃるとおり、その点さえ除けばね……まるで昨日ばったり出くわしたみたいにリシュリュー枢機卿のことを話したり、からかわれたらすぐに手袋で相手の顔をはたいたりするなんてことを除いたら、たしかにまともかもね……」

それを聞いて、さすがにルブルトンも笑いをこらえられなかった。そういえば昨日、ダクスがいつもの鈍感さで、サン＝ロウに「元銃士にしては背が低すぎるんじゃない？」と言ったのだ。サン＝ロウはおおいに気を悪くして、こう反論した。中世の村を訪れたこともないくせになんてことを言う。何世紀も前の男性の体格をディズニー映画をもとに想像しているのだとしたら、とんでもない。なんなら歴史上のたくさんの偉人を見てみるがいい。身体の大きさと人間の価値にはなんの関係もないとわかるはずだ――。そう言うと、サン＝ロウは面食らっているダクスの顔に手袋を投げつけ、〝決闘《reparation》〟を求めた。するとダクスは手袋を投げ返しながら、真顔で言った。
「この手袋を〝修繕〟する必要はないと思うよ。破けてないし、きれいだし。もしかして、もう片方は穴でもあいてるの？　渡してくれたら母さんに縫ってもらうけど。母さんは縫い物がすごくうまいんだ」（フランス語のreparationには「修繕」という意味と「決闘」という意味がある）
ダクスの無邪気さに完全に気勢をそがれたサン＝ロウは、なんとも返事のしようがなかった。手袋を返してもらい、「いや、いや、手袋に問題なんてない」と口のなかでぶつぶつとつぶやいただけだ。ロジエールは、その二時間後もまだテラスでげらげら笑っていた。
ロータリーとコンクリート・ブロック店とおぼしき建物を通りすぎると、リスル＝シュル＝ラ＝ソルグと書かれた看板が見えてきた。

皮肉でなく小洒落たホテルに荷物を降ろしたロジエールとルブルトンは、川を見下ろすテーブルで、コートのボタンをはずしてコーヒーを飲んだ。雨は止み、また太陽が顔をのぞかせている。豊かな色彩が目を覚ましつつあった。黄色い壁、オレンジの屋根、赤みがかったテラコッタのタイルが、新たな光の下にパレットをつくりだす。ふたりの足元には清冽なソルグ川が流れ、緑の水草が揺れている。ロジエールはいつの間にか不平を言わなくなっていた。町を横切る運河、のどかに回る水車、小さな橋や立ち並ぶつる棚、木陰の中庭、白い石材……。その風景に目を奪われはじめたのだ。ただし、ルブルトンがホテルのパンフレットを読みあげたときには、つい鼻で笑ってしまった。この町は「プロヴァンスのヴェネツィア」と呼ばれているらしいからだ。
ロジエールのｉＰｈｏｎｅにショートメッセージが届いた。オルシーニからだ。〝葬式は三十分後に始まていた。町の中心にある教会の前で会おう"

「そろそろ行かないと。コーヒー飲んじゃいましょう。お葬式の時間だそうよ」ロジエールはコーヒーを一気に飲みほした。「地元のヒーローが本当にそんなに人気者だったのか、さあ、確かめに行きましょう」

このすばらしい土地にふさわしい青空がようやく広がるなか、教会の広場には人だかりがしていた。たまに漏れる笑い声やおしゃべりもやがて消え、しめやかな雰囲気になった。みんな葬儀っぽい服装をしてはいるものの、そもそも暗い色の服が南の気候に合うはずがない。明らかにワードローブの奥から引っぱり出してきたのだろう。男たちのシャツの袖は短かすぎ、ジャケットのボタンはいまにもはじけ飛びそうだ。ほとんどの女性は、ふつうのワンピースに黒いストールを巻いているだけ。黒のズボンと新品の靴をはかされた少年たちは、まるでウェイターのようだ。そのなかのひとり、ほかよりもがっしりとした身体つきをしていてネクタイで窒息しかけている青年は、心から悲しみに沈んでいるようだった。二十歳にもなっていないだろう。目を赤くして鼻水をすすり、悲しみをこらえようと必死だ。

「家具店の見習いだ」ロジエールとルブルトンのところにやって来たオルシーニが言う。

「かなり落ち込んでるみたい……」ロジエールが言った。

「そうだな。初めて働いたのがジャック・メールのところで、彼を人生の目標にしていたらしいからな。棺をつくるのも手伝ったらしい。ほかの職人と最高のオーク材を選んで、三日かけてつくったと言っていた。棺を祭壇に運ぶのも彼らしい」

ブレーキの音がかすかに聞こえてきたので、オルシーニはそこで話を止めた。広場に車が停まったようだ。

「霊柩車が来たぞ」

ジャックの妻は少しいらだちながら、付き添ってくれているふたりの友人にしきりにこう言っている。

「ところで、ジャックはどこにいるの？　まだうちでぐずぐずしてるに違いないわ」

友人たちはうろたえ、アルツハイマー病のせいで少しずつ脳が蝕《むしば》まれている夫人に、あなたの夫はここにいて、黒くて長いワゴン車が棺を運ぶために今ここに来るところだ、と伝えるにはどうすればいいのかと途方に暮れていた。

「あの人ったらまったく何してるのかしら？　お友だちがみんな集まってるっていうのに……こんなパーティーに来ないなんて、ほんとに残念だわ」

息子と娘とそのパートナーたちは少し距離を取り、そんな母親に父親が死んだと伝えなければならないことにだんだんと耐えられなくなっているようだ。それで、母はそのままにして、自分の悲しみの背後に身を隠していた。

鐘の音が鳴り響くなか、家具店の従業員たちにかつがれた棺が教会の入り口を通りすぎる。

うしろには少し取り乱したジャックの妻が続く。夫が二度と戻ってこないことには気づかず、涙ひとつ見せずに夫に対する文句をぶつぶつ言っている。葬列が教会に入っていった。「プロヴァンス風バロック様式の典型ともいえる美しい建物。智天使《ケルビム》で有名」ルブルトンは、ホテルのフロントで読んだパンフレットの知識をみんなに披露していた。たしかに美しくエレガントな教会で、参列者が悲しみに暮れているというのに建物は明るく、妙に喜びにあふれている。三人の警察官は参列者に変わったところがないか、目を走らせていた。オルシーニは友人の地方紙記者といっしょだった。すらりとした年配の男で、従軍記者のようにポケットがたくさんついたベストを着こんでいる。喜劇役者フェルナンデルのように大きな歯を見せて冷ややかに笑う。この男がオルシーニに情報を提供し、それをまたオルシーニが同僚に伝えるのだ。

「教会にいるのはみんな地元の人間だ。よそ者はいない」

「おかしいな。ジャック・メールがここに来たのはたった二十年前じゃないか。それより前に友だちはいなかったのか？　ほかに家族は？」ルブルトンが言った。

「ぱっと見るかぎり、いないようだ」

「ふつうじゃないわね」ロジエールが言う。「五十歳でゼロからやり直すとか、ありえなくない？　前の生活といまの暮らしがまったく関係ないなんて。昔の自分を捨てて別の人間になりすましているのかも。妻のほうも家族はいないの？」

「妻には兄とふたりの姪がいるが、アリゾナに住んでるんだ。年齢的にここまでやってくるのはたいへんだろう」

　ロジエールが背筋を伸ばして座りなおすと、膝が前の席にぶつかった。席の間隔がとても狭いのだ。ピルーをホテルに置いてきて正解だった。ロジエールは考えた。姪がふたりか……ある作戦が頭のなかでかたちになっていく。

　葬儀は終わろうとしていた。なかほどの列にいたルブルトンからは、息子や娘や従業員たちがすすり泣くなか、ジャックの妻がおかしな質問を立て続けにしているのが見えた。例の見習いは仲間たちと前の列にいて、自分が持てる技術をすべて注ぎ込んで丁寧に磨きあげた棺をいとおしそうに見つめながら、両手をよじっている。説教が終わると司祭が灌水棒（カトリックで、聖水を振りまくために使われる棒）を聖水につけ、高く掲げて、光り輝くオークの棺の上に十字を描いて水をまいた。最初の水滴が落ちると、見習いは職業上の癖で思わず棺に駆けより、棺が染みにならないようにすぐにハンカチでそれをぬぐった。最後の水滴を拭きおわってまた席につくと、驚きの表情を浮かべた司祭が灌水棒を空中に掲げたまま身動きもせず立っていた。真っ赤になった見習いは何かつぶやくと、司祭から目をそらしてそっぽを向いた。参列者はみな瞑想に耽《ふけ》るふりをしながら、笑いをかみ殺している。

ロジエールが頬の内側をかんで笑いをこらえているあいだ、オルシーニとルブルトンはさらに周囲の人たちの様子をうかがっていた。教会の左奥、うしろから二列目にいるグレーのスーツの痩せた男も葬儀そのものには興味がないようだ。教会のなかを見わたしてきょろきょろしている。男は緑に光る包み紙の両端を無意識に引っ張って、〈クオリティ・ストリート〉のチョコレートを取り出した。それを口に入れた瞬間にルブルトンと目が合い、あわてて視線をそらした。

人々が動き出した。棺と、頭を垂れた一団が外へ向かい、人の群れができる。背の高いルブルトンからでさえ、男の姿が見えなくなってしまった。ルブルトンがようやく列から出て群れの向こうをのぞいたときには、男はいなくなっていた。

教会の外では、被害者の息子と娘が心ここにあらずといったぼんやりした様子でお悔やみの言葉を受けていた。そこから数メートル離れたところでは、夫人が驚いた様子ながらも次々とやってくる人の握手や声がけに応じている。育ちのよさゆえか、相手の態度がぶしつけだと感じてもそれに合わせている。

「ちょっと待って。ここにいて。試してみたいことがあるの」ロジエールの言葉にルブルトンはたちまち不安げな表情を浮かべた。

ロジエールは人ごみをかきわけて夫人に近づくと、おもむろに慰めの抱擁をした。

「ああ、おばさま！」

夫人は、ロジエールから突然の抱擁を受けても平然とほほ笑んだ。だが、その表情には、もっとも近しい家族でさえ認識できないというアルツハイマー病の患者によく見られる不安が浮かんでいた。「おばさま」という言葉から思い起こすものは何もなさそうだ。当てがはずれた。ロジエールは少しがっかりはしたものの、確固たる足どりで夫人を取りかこんでいる一団から離れた。

　ロジエールが大好きだった祖母は、生前アルツハイマー病にかかり、話しかけられても相手のことがわからなくなっていた。まずは嫁や婿、次いで孫、そして最後には自分の実の子どもまで。記憶はどんどん失われていったが知能はほぼ問題なく、自分の症状を隠そうと必死だった。祖母は相手の様子を見ながら手がかりを探った。その人が誰かわかるヒントを探し、相手は大好きな孫なのか、それとも郵便配達人なのかを判別しようとした。そんな祖母が戸惑わなくてすむように、ロジエールはいつも会話の最初に「おばあちゃん」と言い、祖母が満面の笑みを浮かべて「私のかわい子ちゃん《ココット》！」と答えるのを待った。祖母は六人の孫全員をそう呼んでいたのだ。おそらく、目の前にいるのがどの孫かまではわかっていなかっただろうが、そんなことはどうでもよかった。それでうまくいっていたのだから。ロジエールはよく思ったものだ。どこかの宗教団体の信者が訪ねてきて、「おばあちゃん」って言ったらどうなるのだろう？　やはり「私のかわい子ちゃん」と答えて、お金を全部渡してしまうのではないだろうか。

「何をしてるんだ？」ルブルトンがロジエールのところまでやってきた。

「心配しないで。なんとも思ってないし、もう忘れちゃってるから。彼女、情報を集めるのに二日しかないのよ。遠回りしてる場合じゃないじゃない」

　ルブルトンが止める間もなく、ロジエールは人ごみにまぎれ込み、またもや夫人に近づいた。

「あら、おばちゃん！」

「まあ、あんた！」

　おばちゃん。的中だ。

「元気にしてた、おばちゃん？　もうずいぶんジャックおじちゃんに会ってなかったわ。このあいだ、おじちゃんのこと考えてたの。私たちが小さいときのおじちゃんの名前って、なんて言ったっけ？」

「ほんと、もうずいぶん経つわね。昨日のことみたいだけど」突然、目にうっすら涙を浮かべて夫人は言った。「ジャック・ムロンヌ、あんたたちが小さいときはね。私もあのころのあの人のほうが好きだった。すごくハンサムで、肩幅が広くて……」

「おばちゃんがセルジュ・リュフュスと知り合いだったのも、そのころのことだったっけ？　それとも、この人のこと、知ってる？」緑の毛皮の部分を切り取ったモンタージュ写真を見せながら、ロジエールは言った。

古い記憶のほうがはっきり残っているはずだ。試すだけの価値はある。

「ええと、いえ、聞いたことがない名前ねえ」

ロジエールは写真をしまって質問を続けた。夫人と話そうと待っている参列者たちがいらいらしているのがわかる。

「ところで、どうして名前を変えちゃったんだっけ？」

「あんた、本当にいろいろ知りたがりよね。チッ、チッ、チッ！　でも、私にもよくわからないのよ。だって、ある日、あの人がうちに帰ってきていきなり言ったのよ。『荷物をまとめろ。子どもたちもだ。ここから出ていくぞ。最初のうちは慣れるのにたいへんかもしれんが、そのうちすべてがうまくいくから。約束する』ってね。実際そのとおりだったわ。私たちとっても幸せで……」

「ええ、でも……」

「あの人に訊いてみたらいいじゃない！　あの人がまるで死んじゃったみたいに話してないで。ジャック！　ジャック！」

夫人はまたその場を離れ、そのあとを弔問客の一団のぼんやりした顔が追っていった。ロジエールは人々に押しのけられて諦めた。なんだか心が沈んでいた。

ロジエールは、自分もいつか死んだら、見知らぬ人たちに自分の人生について面白おかしく語られるのだろう。そうされても、もはやなす術もない。死人に口なしだ。いま自分が騙したばかりの夫人が人の群れに呑まれていくのを見ながら、ロジエールはあらためて心に痛みを覚えた。夫人はもうロジエールとの会話も忘れているのだろう。でも、これもすべて、まだ生きていると夫人が思い込んでいる夫を殺した犯人を見つけるためだ。

ルブルトンは、相棒が腰を振って炎のような髪をなびかせながら戻ってくるのを見ていた。ロジエールのやり方は顰蹙《ひんしゅく》ものとはいえ、被害者の本当の身元が明らかになったのは大きな一歩だと認めざるをえなかった。

第十二章

カフェは町のはずれにあって、打ち捨てられた道路沿いの古びたレストランのようだった。広いテラスは、おそらく夏には人でいっぱいになるのだろうが、いまはただ濁った水たまりとともに脂まみれの紙くずが散らばったむき出しのコンクリートにすぎない。その片隅にはプラスチックの白い椅子が積みあげられ、雨水と鳥の糞がたまっていて、椅子の脚には枯葉がへばりついている。つるのないぶどう棚はまるで物干し場だ。暑さと気だるさを考えてつくられた周囲の景色も、冬ともなると、めったにひっくり返さないコインの裏側のような様相を見せていた。エヴラールとメルロは、顔を見合わせてからそのカフェの扉を開けた。

なかは広くて床はタイル張り、壁は白っぽい漆喰で粗く塗られ、長いカウンターによって空間がふたつに区切られている。カウンターの向こうがレストラン、こちら側がカフェだ。カフェでは毎週カードゲーム〈ブロット〉のトーナメントが開かれている。扉を開けて入ってきたふたりに、店内にいる全員の視線が注がれた。まるでアメリカ西部に足を踏み入れたようだ。〝獅子心王〟と呼ばれたリチャード一世が征服した相手に語りかけるように、メルロはおなじみの低音を効かせて、大声で言った。

「ああ、思いがけずこういうビストロに出会えるのはほんとにすばらしい。さすがはプロヴァンスですな。とびきりのパスティスが飲めるに違いない」

メルロは妙に勝ち誇ったような足取りでカウンターに直行し、バーの女性店員に声をかけた。店員もこの手の客には慣れっこのようだ。

「リカールをふたつ……」

そう言って隣にいた男を肘でつつき、エヴラールのほうを向いて付け加えた。「あと、マダムは何になさいますかな?」

〝マダム〟もリカールを頼んだ。これからまだ何十億年も、カウンターでのこうした軽口がバーの常連たちの共犯意識をいっそう強いものにしていくのだろうと考えながら。

「トーナメントに参加できるかしら?」エヴラールはパスティスに水を一センチだけ注ぎながら店員に尋ねた。パスティスはくすんだ黄色に変わり、なかなかきれいだ。

食前のトーナメントは形式的なものにすぎない。すでに最初の数ラウンドが終わり、敗者たちが別のテーブルでゲームをしていた。閉店時間まで続くのだろう。店の向かいにあるジャック・メールの家具工房のスタッフたちも熱心にゲームに興じている。なかでも帳簿係の男は無我夢中だ。ラ・プロヴァンス紙の記者によると、彼は有能な従業員だが、カードゲーム好きで、酒はさほど強くないらしい。その男がいろいろ知っているはずだという。エヴラールとメルロの仕事は「どんな手を使ってもいいから」その男から情報を引き出すこと。「彼を酔っぱらわせるべきよ」とロジエールはしきりに言っていた。

そのための有効な手は、こちらが立て続けにゲームに負けることだ。ブロットでは昔から、敗者はいっしょに卓を囲んでいるプレイヤーたちに酒をおごることになっている。負けるための戦いをしなければ。エヴラールは過去の「負け」と「破産」について思い出し、背中にじとっと冷たい汗をかいた。カジノでは、「負けること」には「勝つこと」とほとんど同じぐらいの中毒性がある。谷底にダイブするときのように、エヴラールの体内をアドレナリンがかけめぐった。でも、お金のためじゃない……エヴラールは二度とお金のためにプレイはしないと決めていた。

カードに集中する。賭けでなければ、プレイを純粋に楽しめる。しかるべきタイミングでしかるべき切り札を選び、ビッドさせ、エースを切り、十のカードを出して、最終回の十点を受け取る。カードをかき集め、こなれた仕草でテーブルの上でそのカードをトントンとそろえると、フェルトの上にカードの縁をさっと滑らせ、目の前にカードを四角く積むときの感覚。そして、カードがなくなった敵の前の空間にちらりと目をやる。

そこでは、勝つことがよいことで、勝つことが大事でさえある。しかし今日、エヴラールは無理してゲームを落とさなければならない。

「あのムッシュに訊いてください」店員はそう言うと、レジを開けて、メルロが出したしわくちゃのお札を入れた。

そのムッシュは、大きな口髭を生やし、小さな封筒を持っていた。そこに参加者がペアごとに八ユーロの参加費を入れると、大きな方眼紙にふたりの名前を書いてゲーム参加の手はずを整えてくれる。エヴラールとメルロは隅の窓辺のテーブルに案内された。窓は汚れていて、すでに日が暮れたあとの空はほとんど見えず、室内は蛍光灯の明かりに照らされている。

椅子に腰かけながら、エヴラールは、どうしてこんなに陰鬱な場所がこれほど心地いい雰囲気なのだろうと不思議に思った。テーブルに緑のフェルトが敷かれ、部屋の隅にずらりとグラスが並んでいるせい？　あるいはただ、二十人かそこらが集まって楽しそうにおしゃべりしているからだろうか？　ここに来るまでの道にはまったくひと気がなく、歩道を歩く人影すらなかった。ただ車が走っていただけだ。

メルロは目いっぱい椅子を引いて、出っぱったお腹をテーブルと椅子のあいだに収めた。腕をぴんと伸ばさないと手がテーブルに届かない。メルロは満足げに自分のはげ頭を撫でると、上半身をぐるりと回してうしろを向いた。首はこわばったままで、長時間動いているところといえば、グラスを口に運ぶ肘から手の先までだけだ。

「わが友よ、対戦相手をよこしてくれ！」

トーナメントではさまざまな相手と次々に対戦する。ふたりの狙いは、帳簿係のチームに目を光らせ、彼らがトーナメントに留まっているかぎり自分たちも勝ち残り、彼らと同じタイミングでそこから抜けることにあった。そうすれば、自然に声をかけて閉店までいっしょにプレイしようと誘うことができる。

メルロはわざと下手にプレイする気満々だったが、実際にはその必要もなかった。そもそもとんでもなく下手くそだったのだ。エヴラールには基本的な戦術は知っていると豪語していたが、今回もまたいかにもメルロらしく、自分の力を過大評価していた。

手札を見られるのもおかまいなしにカードを振りま

わしながら、メルロは帳簿係のジャン＝マルクと陽気におしゃべりをしている。すでに四杯めをおごられたジャン＝マルクは、クラブとダイヤさえ見分けがつかなくなりはじめていた。メルロと同じぐらいひどいプレイをするようになったら、エヴラールがジャン＝マルクを勝たせてやるのはさらにむずかしくなる。

「さっきも訊いたが、切り札はなんだった？」

「スペードよ」エヴラールが答える。

十秒前に訊いたばかりじゃない、とエヴラールは心の中でつぶやいた。ジャン＝マルクはスイス製鳩時計並みの規則正しさで質問してくる。次に鳩が出てきたらひっぱたいてやりたい。

「誰がビッドした？」

「あなたよ」

「何点？」

「百三十点」

この男が帳簿を管理しているとは信じがたい。集中力がもつのはせいぜい四秒間。少なくともリカールをこれだけ飲んだあとでは。

「惜しい男を亡くしたものだ」メルロが言った。あたかも、自分はそんなふうに評価を下せるだけの人物であるといわんばかりの口ぶりだ。「きみたちにとってもとんでもなく大きな損失じゃないか。あれほどの産業界の大立者にはなかなかお目にかかれないからな」

「産業界の大立者」はさすがに言いすぎだとエヴラールは思った。家具工房はＣＡＣ４０の株式銘柄に入るような会社ではない。しかしいま、エヴラールの目の前に三枚目のエースであるスペードのエースがあった。相手チームを沈めるのに完璧なカードだ。エヴラールの心は揺れた。

「寂しくなるな、あのジャックがいないと」帳簿係のパートナー、カリムがなかば目を閉じ、しかめ面で言った。

「切り札はなんだった？　ハート？」そう言ったあと、

ジャン＝マルクも死者への敬意を口にした。「聖人だった！　おれたちは一週間もしないうちに無職になるが、それでも聖人だった！」

「いや、切り札はスペードだ。完全に酔っぱらってるぞ、ジャン＝マルク。リカールがしゃべってるみたいじゃないか。ぐだぐだ言ってみんなを困らせるんじゃねえ」

「おまえだってわかってるだろ、カリム。ボスがいなけりゃ工房は一カ月で閉鎖だ。誰がスペードを出した？」

ジャン＝マルクの口調に攻撃的なところはなかった。ただ思ったことを口にしているだけなのだ。一方のカリムは自分の席で気まずそうにそわそわしている。ジャン＝マルクのあけすけな発言がこの場にふさわしくないと思っているのだろう。ふたりともプロヴァンス訛りが強く、音節を伸ばして話し、無音のeも発音する。エヴラールは物真似の才を発揮して、同じように一つひとつの語の最後を伸ばし、まるで歌うように話していた。カリムがジャン＝マルクの話の腰を折る前にエヴラールはわざと口を開いた。

「で、誰かが会社を引き継がないの？　誰かが訪ねてきたりした？」

「うーん……いや。切り札はなんだった？」ジャン＝マルクはその答えを求めてテーブルの面々を見まわした。

いったいどうすればこんなに下手くそなプレイができるのだろう、じつに嘆かわしい。トーナメントで戦った他のプレイヤーたちのレベルは悪くなかった。それなのに、このふたりときたら……おそらくだからこそ、ふたりはメルロたちと戦うことをあんなにあっさりオーケーしたのだろう。誰もふたりと対戦しようとはしない。あまりにも下手なのでプレイしても楽しくないからだ。ところが、めずらしくふたりはいいところを見せられると思ったのだろう。観光客に身のほどをわきまえさせ、地元のヒーローとして振る舞える。ジャン＝マルクはすっかり思いあがり、自分が知っていることをひけらかしてはったりをかまそうとするに違いない。エヴラールとメルロにとっては、このうえないチャンスだ。

「すばらしいフィネス（高いカードの配置を利用して低いカードを昇格させようとするプレイ）ね！」エヴラールはそう言って褒めたが、ジャン＝マルクはクラブのエースが出ていることも、自分が十の札を持っていたことも忘れていた。「会社の将来を知りたかったら、帳簿係に訊けって言うわよね」

「まったくそのとおりだ、お嬢さん！　聞いてくれよ。ボスが毎月個人の資産を注ぎ込んでなかったら、とっくのとうに倒産してたさ」

個人の資産。どれぐらい？　どこから？　工房はマネーロンダリングのためのフロント企業だったのだろうか？　決定的な情報を掘り当てたとエヴラールは思った。

「それってかなりの額だったの？」

「ジャン＝マルク、スペードだ。くだらないこと言ってないでゲームに集中しろよ。みんなうんざりしてるぞ」立ち入った質問にいらだちはじめたカリムが言った。

「おいカリム、じゃあ、ボスの金がなくても倒産しないって言うのか？　売れる家具の数より従業員の数のほうが多いんだ。簡単な計算だろ。正直にいこうぜ。ジャックは金の使い方なんて何もわかってなかった。あの工房はビジネスっていうより、まるで公共事業だ」

「でも、会社としてはうまく行ってたみたいじゃない？」

「底なしの赤字さ。ただボスが金持ちだったからな……子どもたちはあとを継ぎたがらないし、奥さんは、まあなんだな、いまや空回りしてるだけだし。だから、おれたちは……」

少なくとも従業員にはジャック・メールを殺害する動機はなかったということだ。どうしてジャックは、そんなふうに金を浪費していたのか？　マフィアからゆすられでもしてたのだろうか？

「セルジュ・リュフュスが会社を引き継ぐはずじゃなかったのかね。あるいは、会社がつぶれないように助けてくれるとか？　たしか、そんな話を聞いたことがあったような……そうじゃなかったかな、わが友よ。なんの話をしてるかわかるだろう？」

いや、ふたりともなんの話かわからなかった。ふたりは眉を上げ、ジャン＝マルクはそのあいだに最後に出された札がなんだったかと尋ねた。すでに忘れていたのだ。メルロは、半分ネズミにかじられたくしゃくしゃのモンタージュ写真を内ポケットから取り出し、それをテーブルの上に広げてふたりに見せた。

「この男はどうだ？　この写真だとまるで雪男みたいだけどな。この男が会社を引き継ぐことになっていたとか？　会社に来なかったか？」

ふたりは首を横に振った。いかにも警察の聞き込みっぽくなっている。これ以上、情報を集めるのはむずかしい。今夜はここまでにしておくべきだ。ようやく枷《かせ》がなくなったエヴラールは、ジャン＝マルクが忘れていた切り札で彼のエースを切り、ハートで手役を宣言した。相手が何を持っていてもこちらの勝ちだ。

「あなたの負けね」ほっとため息をついてエヴラールは言った。

「えっ？　あんたの番だったっけ？」

第十三章

ロッククライミング部隊のバジル・ディアマン警部補は、部局間の連絡調整官という新たな任務のために、窓のない小さなオフィスを与えられていた。司法警察の屋根裏からひとつ下の階、廊下の突きあたりだ。ディアマンが身長二メートル、体重百二十キロの身体を机の前になんとか滑り込ませると、部屋はいっそう狭く見えた。まるでスマーフの村にいるガリバーだ。ただ、誰もこのガリバーとは昼食をともにしたがらず、彼はもう三週間もひとりで食事をしていた。

でも、すぐにまた元の部屋に戻ってこられるだろう。親切な同僚はそう言って、ディアマンを励ました。「ちょっとした経験だよ。よくあることだ。その任務が終わったら、またこっちに戻れるよ」

そうならなければ、とても困る。

バジル・ディアマンが長年歯を食いしばってがんばってきたのは、何も自分の肩幅より狭いオフィスに腰を落ちつけるためではない。たくさんの侮辱に耐え、我慢に我慢を重ねて昇進を一つひとつつかみとってきたのだ。いまさらそこから下りるわけにはいかない。至高の目標、エリート中のエリートの部隊、BRIにたどり着いたのだからなおのこと。そのために、平日週末を問わずに昼も夜もトレーニングに明け暮れてきた。一秒でも長く訓練をすれば、その分、まわりより一歩リードできると思ったからだ。奨学金を獲得したことは母親の自慢になった。だからディアマンは、今回のちょっとした左遷ぐらいで諦めるつもりはなかった。これはただの叱責だ。叱責にすぎない。まずはおとなしく言うとおりにして、それから復活するしかない。最初と同じだ。

最初。ディアマンは、初めてパトロールに出た日のことを思い出した。制服を着てボタンを留め、ベルトを締めて帽子をまっすぐに整えた。共和国の兵士としての服は、全国民のための法と秩序と安全の象徴だった。胸を張って通りを歩きながら、もはや自分のために生きるのではない気がした。この服を着ているということは国を代表しているということ。自分を侮辱する者はフランス国家全体を侮辱するのと同じだ。そして自分が何か過ちを犯したら、国家全体がそれによって損害をこうむることになる。バジル・ディアマンは、自分が背負っているものと国民が自分に寄せている信頼の意味をはっきりと感じた。そしてそれを全身全霊で守るつもりだった。

青い制服を着た同僚たちとともに武器庫で装備品の銃を渡されたディアマンは、少年のようににっこりした。自分の銃。指で重さを確かめ、弾倉をはずしてから戻し、安全装置を確認してからホルスターに銃を収める。どれも、テレビにかじりついて何度も何度も見た動きだ。プロの動きをよく真似したものだが、いまや自分は正真正銘のプロになろうとしている。武器庫の責任者から紙を差し出され、それに署名した。

「街の仲間たちに転売すんじゃねえぞ」クリップボードをしまいながら、その警察官は鼻で笑った。

街ってどこのことだ？　仲間たちって誰だ？　ディアマンの母親は、パリの外周環状道路の内側で暮らせるように朝から晩まで懸命に働いてきた。おかげで、ディアマンはパリ二十区のベルヴィル通りで育った。母親はアルデシュ県出身の白人で、西インド諸島出身の黒人の父親と結婚し、息子ができた。混血のパリっ子というわけだ。

ディアマンの最初の配属先は国境警察だった。

試験の順位を考えると選択の余地はほとんどなく、勤務地にも不満はなく、幸せだった。

そして、若きディアマンはそれなりのポストに就いた。制服に身を包み、空港に配属されて、人生はシャルル・ド・ゴール空港と同じぐらい大きく広がっていると感じていた。

やがて、目つきのぼんやりとした痩せ細った男たちがやってくるようになった。亡命するために粗悪な紙に書かれた書類を差し出すのだが、ルーペを使って見たとたんに偽造だとわかった。ディアマンは疲れきった彼らに説明し、ノーと言わなければならなかった。少し離れたところの一画を指さして、そこで待つように伝える。さんざん待たされた挙句に、彼らはまた入国を拒まれるのだ。

ディアマンは政治に首を突っ込む気はなかった。自分の意見などなく、何につけ決定とは上がするものだと思っていた。上層部の人々は、そういう決定をしなければどういうことになるかをよくわかっているからだ。自分はただ亡命者たちにノーと言うだけだ。だが、その仕事に喜びを感じていないのは自分だけではないかともよく思った。

ときにディアマンは、自分の肌の色のせいでここに配属されたのかもしれないと考えた。これが彼の忠誠心を試すいちばん有効なやり方なのではないか。上層部は、肌の色から自分のことをギャングの一味、あるいは協力者ではないかと疑っているのかもしれない。まるでパントン社の色見本によってギャングが結成されるとでもいうかのように。同じチームには、北アフリカからの移民の第二世代が数人いた。そういう連中にとってのいわば通過儀礼なのだろうか？　とはいえ警察は、いまやさまざまなルーツをもつ人材を採用している。時代は変わったのだ。

たしかに変わった面もある。しかし、白人の労働者階級出身の同僚全員が変わったわけではない。

毎朝、ディアマンはあざけるようなまわりの視線を無視してロッカーを開ける。挑発的な発言や冗談。もちろん、ユーモアはあってしかるべきだ、みんな同じ側にいる仲間なのだから。いや、そんなやつらではない。そもそも、数こそ多くないが口うるさいあいつらには知性の残りかすしかなく、あいつらにとって何より大事なたったひとつのよりどころにしがみついている。白人であることだ。白人であるということでしか優位に立てないので、これ見よがしにそれを示し、磨きたて、誇張して、貧弱な身体を少しでも大きく見せようとする。バジル・ディアマンは身長が二メートルあるおかげでそういう連中と直接対決することはなく、返事をする必要もなかった。ロッカーの扉を閉めて、制服の最後のボタンを確認し、更衣室を出るだけだ。自分の進むべき道が変わることもない。

小さいときから母親に警告されていた。「三十歳になるまでは、どんなことがあっても余計なことを考えちゃダメだからね。最低でもそれぐらいの年にならなきゃ、まともな判断なんかできやしない。おとなしく従っておいて、三十になったら考えたり話したりすればいい。それより前はただ面倒なことになるだけだよ」

ディアマンは鋼鉄とコンクリートで守りを固めた。つくりは頑丈だが、ほんの少し遊びがある。でも、あまりに強い風が吹いたり地震が起きたりしたら、いずれ最初のボルトがはずれ、あっというまにすべてが崩れ落ちるだろう。すぐにそんなことにならないよう、願うばかりだ。

ディアマンは防弾窓のある空港のブースに入り、スツールに腰をかけた。

痩せこけた男がふらふらと近づいてきた。ディアマンの肌の色を見ると、男の目が光った。激しい炎ではなく、マッチの火の最後のあがきのような光。〝ダメだ、ダメだ〟ディアマンは心のなかで男に言った。希望を持たないでくれ。おれの肌の色は関係ない。少なくともおまえには関係ない。関係あるのは、やつらにとってだけだ。

夜になると、ディアマンは寝室でよく泣いた。プレッシャーから解放されるために。そして、国境にたどり着き、すがるような目でこちらを見ていた人たちの顔を忘れるために。彼らはすでにここを去っただろう。何カ月もかけて苦難を乗り越えてきた道を、わずか数時間で逆戻りさせられる。しばらくのあいだ、ディアマンは彼らのことを考えて涙を流した。自分はどちらの側にとっても裏切り者なのだ。

それでも、ディアマンはその仕事に耐え、試験に合格して昇進した。おとなしく従い、三十歳になるのを辛抱強く待っていた。このまま続けていけば、いずれこれまでの苦労も過去のことになる。

ところが先月、わずか一秒の出来事でディアマンは道からはずれた。警察フェアの際の一瞬のせいで、この小さなオフィスに行き着いた。

まだまだ取り返せる。

書類を開き、連絡係をまっとうしたら、ロッククライミング部隊に戻れるだろう。

セルジュ・リュフュス警視正の殺害事件。

指示はこうだ。どうでもいい書類だけを渡すこと。報告書の重要だと思われるページは省くこと。あの間抜けどもに捜査などさせたくはない。われわれの領分を荒らさせるな。そもそも事件は解決したも同然だ。今朝、自白したやつがいる。

では、次はどの山の書類を送ればいいのだろう？

ディアマンは笑みを浮かべた。この山はまさにうってつけに見える。

第十四章

カペスタンは、最新の書類の束を持って部屋を歩いていた。ディアマンは、墓地に設置された監視カメラの映像も送ってきた。

ダクスがマイク付きのヘッドフォンをつけ、一心不乱にキーボードを叩いている。通りがかりにカペスタンがのぞくと、画面いっぱいに荒れ野が広がっていて、たくさんのノームの姿が見えた。手前では緑の毛皮のトロールが飛び跳ねながら剣を振りまわしている。

「ダクス！　被疑者を使ってゲームをしてるんじゃないでしょうね？」

目を大きく見開いたダクスは画面から目を離そうともせずにしぶしぶ返事をした。トロールはまだ敵を殺戮している。

「あ、はい、してますけど、ダメなんですか？　めちゃくちゃうまくできたから、ぼくのアバターにしたんです……。問題ないじゃないですか、だって、どこの誰かもわかんないんですし。名前がわかるまでは……」

「それ、オンラインゲームじゃないの？　誰が見るかわからないじゃない」

「そうなんです。だから目撃者も探せるし！」

「目撃者を探したいわけじゃないの！　その男が殺害に関係しているかさえまだはっきりしてないのよ！　いまのところ、その男を知る人は現れてないし、根拠はあの店の主人の記憶だけで。ひょっとしたら店主が間違ってるかもしれないし、日にちを勘違いしてる可能性だってある。その男は妹にあげるマグカップを受け取りに来ただけかもしれないでしょ？　ダクス、こんなこと……」

そこまで言うと、カペスタンは画面の端に吸い寄せられた。

「うそっ！　〝殺人犯〟て名づけたわけ？」

ダクスはゲームを中断した。さすがに何かやばいことをしたようだとわかったのだ。ダクスは声を低くして答える。

「ええ、まあ……だって、まだ名前がわかんないから……」

反省はしたようだが、何がまずいのかはよくわかっていないらしい。カペスタンは説明する気になれず、ざっくりとこう言った。

「いい？　理由をくだくだ説明してる時間はないから、とにかく別のアバターを使って、こっちのほうはパソコンのどこかすぐに見つからないところに隠しておいてちょうだい。わかった？」

ダクスはしぶしぶ、命令ならしかたないと眉をひそめたままうなずいた。

「メモします」

そして実際、付箋に大文字で「被疑者を使ってプレイしないこと」と書き、モニターの端に貼りつけた。本部から誰かがやってきたら、間違いなく笑いぐさにされる。

カペスタンがビリヤード室に入ると、ロジエールが窓枠に画鋲でクリスマスの飾りをつけていた。ルブルトン、メルロ、エヴラール、トレズは、いつものように三対一でビリヤードの対戦中だ。メルロが黒の球をポットしようとすると、押しつぶされそうになったネズミが声をあげた。

「結局、名前は何にしたの？」ロジエールがネズミに怯えながらも、訊いてみる。

「ラタフィアだ。アニメ映画と同じだな」

「それなら『ラタトゥイユ』（邦題『レミーのおいしいレストラン』）でしょう？」

「いや、ラタフィアだ。ラットとかけた言葉遊びだよ」

「ええ、だから、ラタトゥイユとラットの言葉遊びよね。でも子ども向けのアニメなら、食前酒《ラタフィア》じゃなくて野菜料理《ラタトゥイユ》を選ばないとね」

「まあともかく、こいつの名前はラタフィアだ」そんな細かいことはどうでもいいだろうという口ぶりで、メルロは反論した。

言い合いが一段落したと見るや、カペスタンは手に持った分厚い茶封筒を振りながら、ふたりのあいだに割って入った。

「司法警察からのプレゼント！」

「墓地のカメラの映像？」ロジエールが尋ねた。

「ええ」

ロジエールはくるっとうしろを向き、画鋲を口にくわえて、また赤い飾りを付けだした。そして、こう言った。

「どうせ、そこにはなんの情報もないってことでしょ……」

「エヴァ……」

「アンヌ、あなただってわかってんでしょ！」ロジエールは肩をいからせて息まいた。「あなたが持ってるその資料、それって何？　今月のもの？　それとも先月の？」

カペスタンはすぐにファイルの背を確認した。

「一九九八年、二〇〇二年、一九九九年……」

「銀行取引記録はあるの？　教えてあげるわ。最新の銀行取引明細なんてそこには入っておりません」

「ごもっとも」

カペスタンは、だんだんロジエールのことがわかってきた。今日は虫の居所が悪いのだろう。ロジエールは演説を続けた。

「ほんと、腹が立つ。そもそも私たちがリュフュス殺害事件に駆り出されたのは、あなたが被害者と知り合いで息子から特別な情報を得られるから。ただそれだけの理由でしょ？　だから、私たちがそこに参戦して何をしようがお偉方たちにとってはどうでもいいことなのよ」

まったくそのとおりだ。ロジエールの言っていることは正しい。言い方はともかく。

「そのとおりよ、エヴァ。でも、だからって何もしないわけ？　いつからそんなふうになっちゃったのよ。リスルで、ジャック・メールは身元を偽ってるって突き止めてきたのはあなたじゃない。それなのに、部屋のなかで飾りつけをしてるだけでいいの？　仕事は終わり？　もう引退する気？　そうじゃないわよね。だったら、そんな言い方しないで。みんなもさらにやる気なくなっちゃうわ。それに……」

カペスタンはいきなり最高の笑顔になって言った。

「忘れないでほしいんだけど、私たちはほかの連中とは違うところを捜査したおかげで一歩リードしてるのよ。ほかの班は、この界隈のマフィアをしらみつぶしに当たってるだけで何も見つかってない。マフィアのメンバーを拘束したからって、何も出てきやしないわ。でも、私たちのところには手がかりが山ほどある」

「たしかにそうね、アンヌ。悪かったわ……」

ロジエールのいいところは、自分が間違っていたときにはすぐにそれを認め、機嫌を直すことだ。

「それに私たち、ジャック・メール夫人とおしゃべりしたり、ブロットで遊んだりしてただけじゃない。捜査もしたのよ」ロジエールは言った。

カペスタンは、カフェテーブルのまわりに並ぶ大きな革のひじ掛け椅子のひとつに座った。メンバーたちも、資料やノートやスツールを取りに行ったあと、そこに集まってきた。トレズだけはビリヤード台にもたれかかっている。カペスタンはA4サイズのノートパッドをひじ掛けに置き、ボールペンの頭をカチリと押した。

「すでにわかってることとまだわかってないことを整理しましょう。たとえばジャック・ムロンヌが何者かわかった？」

「まだ全然。ネットが普及してからはずっとジャック・メールって名前だから、グーグルで検索してもジャック・ムロンヌじゃ引っかからないのよ。オルシーニが新聞や雑誌のバックナンバーをあさってるけど、名前しかわからないからあんまり期待できないわね。あ、そうそう」ロジエールは、顔を上げて口を開こうとしたカペスタンより早く付け加えた。「もちろん、オルシーニはリュフュスとの絡みも調べてる。でも、組織犯罪とのつながりについては、本部のアーカイブが……」

「そうよね、私たちには使えないから」カペスタンは顔をしかめた。

「いや、使えるわよ」ロジエールは言う。「申請書とやらを三通も作成して、『スター・ウォーズ22』が公開されるまで待てばね」

アンリ・サン＝ロウが自分のスツールを近づけた。みんなが輪を広げてサン＝ロウを仲間に加える。するとサン＝ロウは、軽業師よろしく片手でスツールをくるくる回して空いたスペースに置き、その上にひょいと跳びのった。サン＝ロウの身軽さに比べると、まわりの平民たちの動きはコンクリートの靴でも履いているかのようだ。だが、サン＝ロウは何もみんなから喝采を得ようとしてこんな曲芸を見せているわけではない。そういう美しい動きを心から愛しているのだ。サン＝ロウの人生は、いうなれば視野が広すぎて、現実世界に隣接する別の次元に生きているようなものだった。すぐそばにたくさんの人がいても、まったく一人ぼっち。サン＝ロウは眉間にしわを寄せ、話を聞いてますという合図を送った。カペスタンは悔しそうな口ぶりで話を続けた。

「使われた銃が同じかどうかもまだわかってないのよ

ね。残念だけど、その情報はなしで捜査を続けるしかないわね。家具工房の資金についてはどう？　出所はつかめた？」

「スイスです」エヴラールが答えた。「通行料金が自動引き落としされる社用車と、トータル社のクレジットカードを使ってることがわかりました。帳簿係を説得して書類をコピーしてもらったんですが、毎月同じ動きをしています。もちろん、だからといって資金の出所はわかりませんけど、毎月マネーロンダリングが行なわれているとしたら、ジュネーブ経由です」

「出所が疑わしいお金ってわけね」

「その可能性はあります」

話の合間にピロットが大きなあくびをし、満足げにキューンと声を漏らした。それから片脚ずつ動かして身体を起こし、伸びをしてから小走りで入り口近くのボウルのところへ向かった。途中にいたトレズの靴のにおいは嗅ごうともしない。すると、メルロのポケットからネズミが飛び出してきて、メルロの肩の上にのった。

「ただ、そこからだいたいの日付はわかる」考えに耽るように口髭をひねりながら、サン＝ロウが言う。

「どういうこと？」

「ジャック・メールが殺害されるきっかけになった危険な何かに関わったのは、リスル＝シュル＝ラ＝ソルグの名士になった以降ではないだろう。その前の〝陰の時代〟に違いない。それで名前を変えたわけだ。そうなると、もうひとりの被害者とのつながりは、それ以前ということになる。二十年前、あるいはさらに若いときだ」

カペスタンも同じ結論に達していた。二十年前にセルジュ・リュフュスがどこで働いていたかは知っている。

「名前を変える前のジャック・ムロンヌとリュフュスがどこかで出会ってなかったか、調べる必要があるわね。二十年前だと、リュフュスはリヨンのあとパリに配属されてたはず。正確な日付はわからないから、リヨンとパリの両方を当たってみるべきだと思う。いずれにせよ、忘れられた昔の情報を調べなきゃ」カペスタンはそう言うとにっこりして、司法警察から送られてきた色褪せた書類を振った。

「ってことは、お偉方はドジを踏んだってわけね」ロジエールが言った。

「そのとおり！」カペスタンの笑みが顔全体に広がる。

メンバーたちも、だんだんと状況を理解しはじめた。

「ここには古い情報しかない。古くてなんの意味もないもの……」

「ほんと、いけ好かない連中だわ！」

「落ち着けエヴァ、あいつらだって仲間なんだぞ……」ルブルトンは口ではそういさめながらも、なんだかうれしそうだ。

五人で書類をめくり、コメントをつけ、疑問点を洗い出しているうちに、ルブルトンはまた、道路標識と戦争記念碑のことを考えていた。

「リュフュスとムロンヌの誕生日のことだが……あれはすぐにわかるものなのか？」

「あなたたちがプロヴァンスにいるあいだにネットで調べてみたけど、合法的な手段では見つけられなかった。ダクスによると、行政機関のウェブサイトで二、三のバリアをくぐり抜けないと手に入らないとか。それほど複雑じゃないらしいけど、それでもある程度はハッキングのしかたを知らないと無理ってこと」

「ということは、犯人はハッカーか？　若者？　だが、被害者はどちらもそれなりの年だ」

「いや、犯人がふたりの誕生日を知ってたのは、おそらく被害者に近い人物だったからじゃないですか？」トレズがビリヤード台から言った。

そう言いながらトレズは、無意識のうちに左手で白い玉を投げた。玉はクッションにぶつかり、まっすぐトレズの手のひらに戻ってきた。

カペスタンは言った。「そうね。犯人は同じぐらいの年で、おそらく過去のどこかでつながってる。ねえトレズ、ジャック・メールの過去はわからないけど、リュフュスのことはわかってるわよね。どこで学んだか、出身校はどこか、とか。そういう履歴がわかる資料、どこかにない？」

「あると思います。クラス名簿や大学の記録を当たって、ジャックというやつがいないか調べてみますか？」

「やってみる価値はあるわね」

レヴィッツが木の厚板を何枚か抱え、しのび足で部屋に入ってきた。自分のことは気にするなと手で合図すると、うしろの壁に厚板を立てかけ、またそっと部屋を出ていく。

「通話記録に何かめぼしいものはあった？」ロジエールが尋ねた。

「いや、ダクスと確認したけど特別何もありません。ただ、オルシーニがジャック・メールの会社の回線と携帯電話の通話記録を調べてます。帳簿係が親切にコピーしてくれたんです。明日になったら何かわかるかもしれません」トレズはそう言って、ビリヤード台からひょいと跳びおりた。

午後六時。トレズは家に帰る時間だ。トレズが席を立ったのをきっかけに何かを思い出したメルロは、突然、立ち上がった。

「ああ、今晩はテレビで『ミス・フランス・コンテスト』の再放送がありますぞ！」

するとロジエールも、あたかもそれが大ごとであるかのように言った。

「ああ、それはすごい！　ミス・フランスを選ぶなんて、特別な夜になるわ」

「きみが何を考えているのかわからんが、ミス・フランスのジュヌヴィエーヴ元委員長、彼女の決めたルールがルはさすがに時代遅れ……」

「逆よ！　ジュヌヴィエーヴはミスの候補者に厳しかったけど、あれこそが現代の……」

メルロとロジエールの言い争いに首を突っ込んでもまったく意味がない。ふたりは、まだ席についたままの同僚たちのことなど忘れたかのように、巨大薄型テレビがあるリビングに向かった。サン＝ロウも〝行動する男〟の確固たる足どりでふたりのあとを追った。ルブルトンとエヴラールもそれぞれ腕時計を見て肩をすくめ、カペスタンをちらりと見たあとに立ち上がった。カペスタンはうなずき、深く腰かけていた革のひじ掛け椅子から身を起こした。携帯電話を確認すると、ビュロンから着信があった。リビングルームに行く前にコールバックする。

「こんばんは、局長。お電話いただきましたか？」

「ああ、カペスタン。状況を知らせておきたいと思ってな……。ＢＲＩの被疑者ひとりの身元が検察官に照会された。凶器が自分のものだと自白したんだ。正しくは〝自分のものだった〟と認めた。犯行日の夜のアリバイはなく、山ほど前科がある。拳にあざも見られた……要するに、解決したということだ」

「〝自分のものだった〟と認めた？」

「そうだ。本人は売ったと言い張っている」

「誰にですか？」

「髭と眼鏡の男だとかなんとか。まったくわれわれも見くびられたものだ、そんな見えすいた嘘をつくとはな」

やっぱりそうだ。向こうは凶器の手がかりをつかんだだけだ。まったく解決なんかしていない。

「ちょっと待ってください。その特徴って私たちがつくったモンタージュ写真と一致してます。それに、リスル＝シュル＝ラ＝ソルグの死体のことも忘れてませんか？　あの事件を無視して一件落着ってわけにはいきませんよ……」

「何も忘れてなどいないぞ、カペスタン。被疑者はここ三年はカルパントラにいたんだぞ。リスル＝シュル＝ラ＝ソルグから二十キロのところだ。解決したと考えていいと思う。悪いな。わかっている情報を全部まとめて――」

「ダメです、ダメです！　数日でいいですから、時間をください。じゃないと、私たちの捜査がすべて水の泡です。BRIが拘束してる被疑者のファイルを読みましたけど、あの男はまったく関係ありません。あんな芝居じみた演出を考えられるような男じゃありません」

「被疑者のファイル？　ファイルをすべて読んで言ってるのか？」

カペスタンは言葉に詰まり、歯を食いしばった。痛いところを突かれた。だからといって引き下がるわけにはいかない。こちらの捜査はかなり進んでいるのだ。

「……いえ、おそらくすべては読んでません。でも犯人はあの男じゃありません。〝プライド〟だろうが〝確信〟だろうが、なんと呼んでもらってもかまいませんが、とにかく……」

「わかった、カペスタン。捜査を続けたければ続けてかまわん。本部には最低限のことだけ伝えておく。ただ、幻想は抱かんようにな……」

ビュロンにはいらいらさせられることも多いが、失望させられることはめったにない。カペスタンは、自分もビュロンにとって同じ立場になれればいいのにと思った。

「ありがとうございます、局長」

メンバーたちは、それぞれ新たな目的のためにふたたび集まっていた。チャンネルを合わせたり、赤ワインや白ワインを開けたり……。みんなソファに腰かけて、誰が今年のミス・フランスに選ばれるのかを見届けようとしている。エヴラールは暖炉の準備を始めた。くしゃくしゃにした新聞紙、小枝、焚きつけ、三本の大きな丸太。でも、番組が終わるまでに火がつきそうもない。

「火を焚くのってパリは禁止じゃなかったっけ？」ダクスが言う。

「あんた、暖炉警察かなんかなの？」エヴラールは手を止めずににやにやしながら答えた。

ダクスもにっこりしたが、そのあとすぐに、そんな警察あったっけ？と考えた。

「その警察って煙突を監視するの？それとも密告者を使うのかな？」

ダクスの言葉にエヴラールは無視を決めこみ、すすだらけの手をジーンズでぬぐった。

窓台に腰かけたサン＝ロウは、暗くなった外をじっと見つめている。視線は家々の屋根の瓦から鳩の群れに移り、最後は街灯のオレンジの明かりに落ち着いた。セミロングの髪、たくましい鼻、短くカットされた顎髭、粋な口髭。まるで昔のコインに刻まれた貴族の横顔だ。

「ピザにする？」カペスタンはルブルトンに向かって言った。ルブルトンもカペスタンと同じで、番組目当てというよりは雰囲気を楽しむためにここにいる。

「いえ！スパゲティ・ボロネーゼです！」レヴィッツが宣言し、イタリア人ばりの派手な身振りをした。

「レヴィッツ特製です、みなさんお楽しみに！」

カペスタンは、ソースが天井まで飛び散ったキッチンにいる。メルロの大声が聞こえてきた。

「まだ、ひらひらのドレスを着とる！まったく、いつになったら水着になるのだ？」

エヴラールの声がした。

「もうさんざん水着を着てたわよ……」

「ドレスもだ、もうさんざんドレスも着てるぞ！」

ロジエールはナイフとフォークで残った食べ物を集めてごみ箱に捨て、皿を食器洗い機に入れていく。リビングとキッチンを行ったり来たりしながら、ロジエールが言った。

「ディアマンの持って来る書類には興味深いことなんてひとつもないじゃない。ムロンヌのこともよ」

「そうね、時間の無駄ね。リュフュスのキャリア全体をしらみつぶしに調べなきゃ。そうすれば組織犯罪の線や仕事がらみのトラブルの可能性もはっきりするわ。ビュロンとリヨンのアーカイブに、もっと資料を送ってもらうように頼んでみる。なぜかわからないけど、南のほうに何かありそうな気がするのよ」

「ビュロンが資料をくれると思う？」

「いや、思わない」カペスタンは言った。最後の電話の様子と、事件が解決目前とみなされていることを考えると、その可能性は低い。「それでも試してみるわ」

ロジエールは皿にこびりついたチーズをナイフでこそぎ落とし、食器洗い機のほうを向きながら、意を決したように言った。

「それで、被害者の息子からはいつ事情を訊くの？」

もっともな質問だが、カペスタンは答えたくなかった。カペスタンがこの捜査に加えられたのは息子とのつながりのためだが、そのつながりはどうしても利用したくない。プライベートな問題を上司や同僚の作戦やら希望やらに左右されたくないのだ。

カペスタンはポールを「事情聴取」したくなかった。でも、会いたくてしかたない。個人的に会いたかった。

食器洗い機が急に静かになり、カペスタンはロジエールに質問されていたことを思い出した。

「私が訊こうと思ったとき。それまではしないわ」

第十五章

アレクシス・ヴェロウスキは、折りたたまれたままの新聞とトレイをベッドサイド・テーブルに置いた。大きな枕をふたつ、はたいて膨らませ、ヘッドボードに丹念に並べる。スリッパを脱いで布団の隅を持ち上げ、朝の楽しみのためにもう一度ベッドに滑り込んだ。新聞を読みながらベッドで朝食をとる——。アレクシスは寝室での平和で穏やかなこのひとときが大好きだった。天井は梁《はり》がむき出しになっていて、分厚い壁に穿《うが》たれた小窓からは空と鐘楼の先端が見える。うっすらと結露しているところを見ると、部屋にいたほうがよさそうだ。長年のトラウマとの闘いを経て、アレクシスはようやく平穏を取り戻すことができた。はかない平穏ではあったが。

アレクシスはお茶をひと口飲み、タルティーヌ（パンやバゲットのスライスにバターやはちみつを塗ったもの）をかじって、トレイの真ん中のソーサーにカップを戻した。それからゆっくりと新聞を開く。リヨンの日刊紙『ル・プログレ』だ。

国内面と国際面をめくったあと、テレビ欄にざっと目を通し、またタルティーヌをかじってから訃報欄を見た。

上から三番目の告知を目にしたとたん、アレクシスは凍りついた。

「〈ぬぐえない記憶〉協会は、アレクシス・ヴェロウスキの急死を謹んでここにお知らせいたします。葬儀は十二月八日にサン＝ポール教会にて執り行なわれます。供花、花輪、ご友人の参列はご辞退申し上げます」

冷や汗でパジャマが凍りつく。十二月八日はまさに今日だ。ヴェロウスキは目覚まし時計を見た。六時二十七分。

すぐに行動しなければならない。自分をベッドに釘づけにした恐怖に打ち勝って動かなければ。早くしないと。

アレクシスは跳び起きた。アドレナリンがほとばしり、筋肉が熱くなって脳に大きく火がついた。順を追って準備しなければならない。まずはバッグだ。

ワードローブの奥に超軽量の黒いナイロン製リュックサックがあった。Tシャツを二枚とボクサーショーツを二枚、鍵、原稿をそこに入れる。

バスルームに飛んでいき、手当たりしだいに洗面用品をポーチに突っ込んだ。生きのびてまたシャワーを浴びることができたら、そのときに足りないものを買い足せばいい。黒いズボンを穿き、靴下とスニーカーを履いて、パジャマの上に直接セーターを着た。早く。

左手にリュックを持ち、コートラックからフードつきのコートを取った。ほぼ本能的に〈クオリティ・ストリート〉のチョコレートをひとつかみポケットに入れ、玄関のドアを開けた。背後でドアがばたんと閉まる。階段を数段下りたところで、ヴュー・リヨンのこのアパルトマンの部屋を最後にひと目振り返ることすらしなかったと気づいた。

サン＝ポール教会。新聞に書かれていた葬儀会場だ。

教会は、このアパルトマンのすぐ向かい、真正面にある。

アレクシスは建物の玄関ホールにも着いていなかった。まだ二階上にいる。心臓の鼓動が激しくなり、踊り場で少し足を止めた。鼓動が一拍ごとに耳に響き、時間の経過を伝えてくる。ここにいるわけにはいかない。危険すぎる。かといって、外に出るわけにもいかない。それもまた危険だ。

いちばんリスクの少ない選択肢。それはいったい何か？

生存本能は早く外に出ろと言っている。逃走。しかし、あまりに原始的な解決策で、それでは爬虫類の反応と同じだ。人間の決断とはいえない。

ここはリヨン。しかも、冬、十二月八日だというのに、アレクシスの身体は燃えるように熱かった。〈光のフェスティバル〉。フェスティバル当日の今日、聖母マリアの目に見えるのは何千本ものキャンドルだけだろう。マリアを祝福する火がその愛情をすべて引き寄せてしまう。マリアの耳に聞こえるのは街じゅうの人々の祈りの声だけ。息絶え絶えに慈悲を請う哀れな罪人の声が、聖母マリアの無限の哀れみを受けることはないだろう。赦《ゆる》しも得られないまま死ぬことになるのだ。

今日はまずい。今日死ぬわけにはいかない。まだ死ねない。自動消灯スイッチが切れて、明かりが消えた。暗くなった階段の下を見つめる。がんばれ。駆け下りて、先に進むんだ。

少し躊躇したあと、アレクシスは勇気を振り絞り、耳をそばだてて階段を下りだした。

最後の角を曲がると、手すりに寄りかかって下の玄関ホールをのぞいてみる。ごみ箱が外に出され、ずらりと並んだ郵便受けの前には何もない。アレクシスが立っている場所から死角はなさそうだ。これなら最後の数段を下りても安全だろう。六時四十三分。

こんな早朝に人を殺したりするだろうか？

おそらく殺人犯はまだベッドのなかだろう。

いまがチャンスだ。

いますぐ、ここを出ないと。

アレクシスはリュックサックの持ち手を何度も握りしめた。そうやっていると、頭の代わりに拳が考えてくれるような気がした。腕はリュックを置いていきたがっている。リュックは隠したほうがいい？　そうだ。隠すのがいちばんだ。電気のメーターボックスのなかはどうだ？　簡単だし、つい先週フランス電力がメーターを調べに来たばかりなので、しばらくは安全なはずだ。一階のホールにある物入れはやめたほうがいい。真っ先に調べられそうだ。しかも以前はトイレだったので、広すぎる。アレクシスは急いでまた階段を駆け上り、リュックから鍵を取り出して、口を閉めたリュックを電気メーターの左に隠した。耳を澄ます。何も聞こえない。

また一階に下りて、ルネサンス様式の建物の重たいドアをそっと開けた。のどかなジェルソン広場をさっと見わたす。葉のない木々の下に車が何台か停まっている。はがれた敷石、広い歩道の上にどっしりと建つ教会の壁。左手の数メートル先にはフェンスがあって、古風なサン＝ポール駅とリヨン西部の緑豊かな郊外をつなぐ鉄道を守っている。列車はほとんど走っていないようで、音はしない。広場で唯一の商業施設、カフェ・テアトルが小さい階段を上がったところにあるが、そこは夜まで眠ったままだ。アレクシスはこの忘れられた広場にひとりだった。誰の姿も見えない。アレクシスは一歩踏み出した。

同時に、背後で扉が重たい音を立てた。

「おはよう、アレクシス」

アレクシスは飛び上がった。すぐに感じた痛みは心臓発作か？　あるいはただの恐怖心か？　平然として、落ち着いた表情をつくった。

「待ってたんだ。すべて手元にある。全部渡すよ」

「わかってる、アレクシス」

第十六章

　朝のこの時間、つまり夜の最後のパトロールは終わっているものの、まだ一日の仕事が始まる前の時間、三十六番をつけた司法警察の旗艦は穏やかな海を進んでいた。甲板にいるわずかな人たちは、静寂が支配するあと少しの短い時間を味わっている。唯一活動しているのはコーヒー・マシンだ。そこから出てくるプラスチック・カップを疲れた手で機械的につかんだ警察官たちは、そのままひと気のない廊下に消えていく。カペスタンもまたマシンから出てきたコーヒーを飲みほすと、ビュロンの部屋に向かった。アーカイブの資料、とりわけリヨンの資料をビュロンから手に入れるのはむずかしいだろう。カペスタンの班の仕事がやりやすくなるようにビュロンが便宜をはかってくれるなどとは期待しないほうがいい。事件が解決済みとなっているならなおのこと。イノサン通りの面々は厄介ごとを起こしてはならない。必要なときにだけ務めを果たせということだろう。それも「人知れず」

　それでもビュロンは、ドアを大きく開けて、純粋な笑顔といつもの家父長っぽい態度で歓迎してくれた。お決まりのあいさつのあと、カペスタンに椅子を勧め、自分も机の向こうに腰かける。

「それで、新入りの調子はどうだ？　あのダルタニアン、あいかわらず不死身か？」

「いえ、思い出してください。あの人は不死身なんかじゃなくてタイムトラベラーですよ……」

「ああそうだった、そりゃまったく違うな！」ビュロンは大笑いし、書類を何枚か手に取った。

「全然違います。十七世紀から四百年もすっ飛ばしてきてるんですから。目を覚ましたら一九八二年だったんです」

「なるほど」ビュロンはそう言うと書類を見るのを諦め、机の上で手を組んだ。「つまり、彼はずいぶん元気になったということだな」

カペスタンはただ肩をすくめた。ときどきサン＝ロウの瞳のなかには、どこにいても自分の居場所ではないといった永久追放者の郷愁が感じられた。実際に十七世紀からやってきたわけではないにしても、そう言われると信じたくなる。ひとりぼっちで、ずれていて、場違いで、今の時代に自分をつなぎとめる友人も家族もいない。それが彼の現実だった。

カペスタンは、警察官にしては〝真実〟という考え方にさほど重きを置いていない。男性に見える人物が自分は女性だと言ったら、それを信じた。虚言癖のある人が自分をよく見せようと妄想を語っても、きちんと耳を傾ける。昔の栄光を持ち出す人がいたら、それを称える。誰かが夢を追いかけたり再生しようとしたりしているとき、真実を明らかにすることが、その人の夢ややる気を〝分別〟というどた靴で踏みにじり、徹底的に無視することを意味するのであれば、カペスタンは〝真実〟になど興味がなかった。

「もっとも、サン＝ロウは本当に時間を旅してきたのかもしれませんよ」カペスタンは言った。

驚きというより憤慨に近い表情がビュロンの顔に浮かんだ。それでも気を取りなおして、諦め顔でカペスタンをじっと見た。ビュロンにはいまだにカペスタンの考え方がわからないときがある。だが、それが彼には楽しみでもあった。

「いかにもきみらしい」そう言ってビュロンは手を振り、重要とは思えないこの話題を脇に追いやった。

「まじめな話をしよう、カペスタン。どうしてここに来た？　私もそんなに暇じゃない」

これはビュロン流のノーの言い方だ。自動的にノーというわけだ。

「ムロンヌとリュフュスのつながりは一九九〇年代までさかのぼるはずです。覚えていらっしゃらないかもしれませんけど、BRIに加わる前、リュフュスはリヨンにいたことがあります。あそこで教えてたんです、サン＝シル……」

「ああ、なんとなく覚えている。それがどうした？」

「リヨンのアーカイブを見たいんです。リュフュスが担当した事件を調べたくて。山ほどあるとは思うんですけど、そこにムロンヌの名前とか、何かが見つかったら……」

「本気か？　本気で言ってるのか、カペスタン？　リヨンに電話をかけて頼み込んで、あっちの幹部たちに借りをつくれというのか？　何千もある資料に行き当たりばったりに目を通して、たったひとつの名前を見つけるために？」

「ええ、本気です、局長。そうしていただけたら本当に助かります」

「いやがらせか？」

「そんなことして、なんになるんですか」

ビュロンは笑顔を抑えてノートパッドを手元に持ってきた。ペンのふたをはずし、カペスタンの要求を書きとめる。

「わかった。気が向いたらな。ほかには？」

「いやがらせだなんて思わないでほしいんですけど……」

「当然だ」

「ですよね。あと、刑事部とBRIが捜査を終えたわけですから、自分たちだけのために取っておいたものを全部渡してもらえないでしょうか。最近の銀行取引記録とか。リュフュスの対ギャング関係のファイルも。というか、リュフュスのファイルは全部。そうすれば、すべてにけりをつけられます」

「ううむ……」ビュロンはうめき声をあげながらも、メモをとりつづけている。

「最後に、道路標識と戦争記念碑のことなんですけど。どこだとしても、今後同じような奇妙な殺人が起きたら、私たちに知らせてもらえませんかね……」

ビュロンはうなずいた。

「それについてはこちらでも考えていた。だが、いまのところ伝えることはない」そう言って、話を締めくくるように机に大きな両手をついて立ち上がった。

カペスタンも席を立った。ビュロンにドアのところまで見送られながら、またアンリ・サン＝ロウの話題に戻る。

「サン＝ロウが働きはじめたのは一六一二年だって知ってました？」

「ああ、やつのファイルは一九八〇年代の異動のときになくなってしまった。最初のポストについて尋ねるたびに、あいつは〝王の銃士〟と答えていた。ある日、どこかの冗談好きがそれを正式な記録にしようと思いついたんだ」

ビュロンは悔しそうに口をとがらせ、眼鏡を頭の上に押し上げながら話しつづけた。

「結局、その件は訂正されないまま今に至っている。役所ではありがちなことだ……」

「永年勤続でたくさんボーナスをもらわないとですよね」

ビュロンは笑い、どれぐらいの額になるのだろう考えた。よき管理職の答えとして、いちばん面白い冗談は「ゼロ」だろう。カペスタンのほうは、サン＝ロウの給料のことはさほど心配していなかった。ビュロンにいかに権力があり、いかに彼が策士だったとしても、人事部の仕組みは簡単には変えられないからだ。

局長の巨大な机の上で光が点滅し、電話がかかってきたことを知らせた。ビュロンは机に向かい、電話を取り上げてボタンを押す。

「もしもし」

カペスタンをじっと見たまま、数秒間相手の話を聞いている。

「さっき見つかったのか？　……そうか。ローヌ県に電話してくれ。彼は友人だ。頼みたいことがある。ありがとう。またあとで」

ビュロンは電話を切り、これから切り札を出そうとしているかのように眉を上げて、カペスタンのほうを向いた。

「リヨンのことも奇妙な殺人のことも知りたいと言っていたな、警視正。一度に両方やってきたぞ」


サン＝ロウは毎日、擦り切れた赤いベルベットのシートに座って朝食をとる。できるだけ目立たないように、パンひと切れとソーセージを半分食べるのだ。カルナヴァレ博物館のこの個性的な建物のなかで、サン＝ロウが何より好きなのは、フランソワ・ビュネル二世が描いた、シテ島からカトリック同盟（十六世紀のフランスで結成された過激派カトリックの同盟）が行進している絵だった。カトリック同盟を評価はしていなかったが、石畳のパリの街頭にいる群衆の姿に感動を覚えた。

キャンバスの右手には、メルロ警部を彷彿とさせる太鼓腹の修道士がいる。サン＝ロウはメルロと馬が合った。ふたりとも噂話と安物のワインが大好きで、よき友情が育まれつつあった。イノサン通りのオフィスの空気は温かく、メンバーはみんな、ほかの職場よりずっと仲がよかった。喧嘩と悪口の代わりに、行動と友愛があった。

　もうすぐ十時になる。これ以上ここにはいられない。スタン教授との月に一度の面会に行かなければならない。また子ども時代のことを思いつくままに吐き出すことになるのだろう。種馬飼育場、フェンシング、読書の時間、成熟、死。いつも、科学者が自分を罠にはめようとしているという感覚からなかなか逃れられない。

「この絵はほんとうにすばらしい」サン＝ロウはため息をついて立ち上がり、つばの広い帽子をかぶった。

第十七章

　新たな殺人事件の舞台はリヨンだった。カペスタンの直感どおり、やはり南で起こった。ビュロンはカペスタンの特別班がリヨンを「親善訪問」できる手はずを整えてくれた。一刻も早く動かなければ。カペスタンとトレズはリヨンに向けて超高速列車《TGV》に飛び乗り、あとに残ったルブルトンがほかのメンバーの出張を仕切ることになった。二日で捜査をして、三つの事件のつながりを見つけなければならない。総力を挙げて現地での捜査にかかる必要があるだろう。

　車両と車両のあいだのデッキで、カペスタンとトレズは交替でホテルに電話をかけまくった。ホテルのフロントに鼻で笑われる。部屋が空いてるかって？　十二月八日に？　奇跡を願うしかない。〈光のフェスティバル〉目当てに、リヨンには大勢の人がやってくる。それでもどうにか四部屋を押さえることができた。これ以上はルブルトンに任せよう。

カペスタンとトレズはリヨン・パール＝デュー駅でタクシーをつかまえ、ジェルソン広場の入り口、サン＝ポール教会の隣で車を降りた。カペスタンの胸に懐かしさが込み上げてくる。タクシーの料金を払うと、深く息を吸い、なじみのある建物の外観をじっと見つめて気持ちを落ち着かせた。トレズは、新しい仲間たちと出会うとまた自分の悪運の犠牲者が増えるのではないかと神経質になっている。カペスタンは黒いコートのボタンを留め、大きな革のバッグのストラップを肩にかけた。カナディアンジャケットのポケットに手を突っ込み、ブーツでしっかりと地を踏んでいるトレズは、カペスタンが動くまで一センチたりとも動く気はないようだ。カペスタンはトレズを見て笑った。

「行きましょう。実際、奇妙な事件のようよ」

ふたりは規制テープの下をくぐったが、だれも身分証を確認しにこなかった。遺体の周辺で熱心に作業をしている警察官たちに近づくとさっと身を引いて輪が広がり、やがてだんだんと輪がまた小さくなる。まるでサメの顎を前にしたイワシの群れだ。みんな、トレズの影に怯えきっている。

「あなた、全国的に有名みたいね」カペスタンは相棒に言った。

「ここまで有名になるのは大変でしたよ」トレズはジョークで返したが、その声からは隠しきれない失望ぶりが感じられた。

「心配しないで。おかげで私たちが捜査するのにたっぷりのスペースができたわ」

遺体のところに行く前に、カペスタンはリヨン警察の警視正にあいさつに行った。トレズはその場にじっとしていた。一瞬で誰もいなくなった空間の真ん中に、旗竿のように直立している。

「おはようございます。カペスタン警視正です。私たち――」

「ああ、おはようございます。聞いていますよ。ファラモン警視正です」五十歳ぐらいだろうか。ファラモンは白髪交じりで髪はぼさぼさだが、目つきは鋭かった。

ふたりは心のこもった握手を交わした。ファラモンはまず、駐車場の空きスペースに横たわった遺体を指さした。

「絞殺ですね、さしあたりの所見では。今朝早くだと思います。ふだんは、川沿いのナイトクラブが閉まるまで駐車場は空きませんからね」

カペスタンは微笑んだ。

「まさに地元にいないとわからない情報ですね」

ファラモンはにやりと笑って同意した。

「被害者は財布を持っていて、なかに金も入っていました。アレクシス・ヴェロウスキ。ちょうどこの上の建物に住んでいて、近所の人が何階か教えてくれました。ポケットに鍵はなかった。錠前師を呼んで部屋に入ったところ、彼の死を告知した新聞が見つかったんです」

カペスタンはうなずいた。

「被害者は鍵は持ってなかったんですね？」

「そうなんです。鍵は持っていませんでした。ドアはただ閉められただけで部屋のなかに鍵束がありました……。持って出るのを忘れたか、あるいは合い鍵を持っていて犯人がそれを奪って逃げたか、どちらかですね」

「被害者が新聞を読んだとしたら、気が動転して焦ってたでしょうね」

「ええ。ただ、ポケットにチョコレートを詰め込む時間はあったようだ」ファラモンがからかうような調子で答えた。

その言葉に興味を引かれたカペスタンは、トレズをこちらに来させ、ふたりで遺体のところへ向かった。そこにいた警察官たちは、クルピエ（カジノのディーラー）がカードを切るよりすばやく、遺体のもとを離れた。

遺体の男は六十歳ぐらい。痩せていて、これといった特徴はない。黒いズボンはきれいに仕立てられていて、男が来ているカシミアセーターやコートと同じく高価なものだろう。セーターの下はパジャマのようだ。急いで服を着たに違いない。

うっ血した顔は青くなり、左耳から血が流れ、目には赤い斑点ができている。必死に空気を求めて大きく開けた口には、〈クオリティ・ストリート〉のチョコレートがあふれんばかりに詰め込まれていた。気味の悪い即席のカップと化したその口から、どぎついピンクや緑や青やオレンジのカラフルな包み紙が場違いな陽気さを放っていた。

取り返しのつかない残虐な死を前にして、トレズはいつものように黙禱を捧げた。長い一分間のあと、トレズはカナディアンジャケットのなかでわずかに身を震わせた。

「あれ、おいしくないんですよ、ピンクのやつ。なんか甘ったるい白いクリームが入ってて……おれはココナッツ味が好きなんですけど、何色だったかな」

「青。青がココナッツよ」犯行現場の奇妙な特徴を観察しながら、トレズの言葉にカペスタンも反応した。

被害者は、文字どおりチョコレートで窒息死させられたかのように見える。リュフュスやムロンヌの事件と犯人が同じなら、今回はピストルとサイレンサーはやめにしたのだろう。ひょっとしたら、この被害者のことを特別憎んでいて、素手で殺したかったのだろうか。あるいは、この屈辱的な演出が快感だったのか。

この被害者は殴られていない。つまり、口を割らせる必要がなかったということだ。何も知らなかったか、抵抗せずに秘密を漏らしたかのどちらかだ。

ファラモン警視正がやって来た。トレズは反射的に横の小道に移動する。カペスタンはファラモンを待った。

「見終わりましたか。でしたら、遺体を移動させます。まだアパルトマンの捜索や写真撮影、近所の人への聞き込みといった決まり仕事をしなければなりません。今日いっぱいはかかるでしょう。ただ、お望みでしたら明日、鍵をお渡しして部屋に入れるよう手配します。そうすればあなたご自身でこの事件について考えられるでしょうから」

「ありがとうございます。そうしていただけると助かります。近所への聞き込みですけど、うちの警察官たちときっと鉢合わせすると思います。尋ねてまわらなきゃいけない写真があるんです」

ファラモンはしばらく考え込んだ。

「もう一度教えていただきたいのですが、どちらの班でしたっけ？」

「司法警察の支部です」カペスタンはあいまいに答えた。

「司法警察。三十六と呼ばれるあの司法警察ですか？」

カペスタンは、ほら来た、パリの人間についてまた嫌味を言われると思った。言われてしかるべきだ。そういう自分もファラモンに対して感謝の気持ちを十分に示せていないではないか。ＢＲＩと刑事部に何かにつけて捜査の足を引っぱられるからといって、完全に善意で協力してくれている人たちにまで、あたかもそれが当然であるかのように接していなかっただろうか？　そこに優越感が潜んでいたのではないか。カペスタンはうしろめたい気持ちになり、すぐに態度を改めた。

「ええ、神話を保っておくには多くの人が必要なもので」カペスタンはにこにこしながら言った。「私たちがどうしてここにいるのか、聞いていらっしゃらないみたいですね」

「ええ、ちゃんとは聞いていません。ほかの事件と何か関係があるとか……。でも、〝よもや、まったく関係のない情報のためにわれわれに負担をかけるなんてことはない〟ですよね。司法警察は、われわれのしがない仕事を邪魔だてしようってわけじゃないはずですから」

「もちろん、そんなつもりはありません」

カペスタンは選択を迫られた。軽く謝るだけでこのまま話を続けるのか、あるいは表向きの立場を離れて、ファラモン警視正が寄せてくれている信頼に応えるのか。カペスタンには、第二の選択肢が賢明で相手に対しても誠実だと思われた。この地での昔のいさかいから次々と殺人が起こっているというカペスタンの考えが正しいなら、ほかの被害者の名を伝えておくことで、リヨンの警察官たちはすぐに事件と事件を結びつけられるだろう。

カペスタンが考えているあいだ、ファラモンは毅然とした様子で待っていた。期待しているわけでもないし、無理に言うことをきかせようとも、何か駆け引きしようともしていない。カペスタンはバッグを開けて、リュフュスとムロンヌの事件に関する資料が入った封筒と、近所の人たちに見せるつもりの写真を取り出した。カペスタンから差し出されたものを見て、ファラモンはうれしい驚きに眉を上げて受け取った。

「非公式に、できれば秘密にしておいてほしいんですけど、これがふたつの事件についてまとめた資料です。どちらも、ル・プログレ紙の訃報と似たようなことが起きています。パリの引退した警視正セルジュ・リュフュスと、リスル＝シュル＝ラ＝ソルグの家具製造業者、通名ジャック・メール、本名ジャック・ムロンヌです」

「そのふたりも新聞に訃報が出たのですか？」

「いえ、それぞれ、道路標識と戦争記念碑です。犯人はサディスティックで、被害者を怯えさせて楽しみ、殺害を前もって綿密に計画しています。ただ、偏執狂というわけじゃないし、はっきりとした思想があるわけでもない。とにかく面白がってます。かなり昔からの恨みや復讐心による犯行かもしれません。リュフュスはひどく殴られていましたが、ムロンヌはそれほどでもありません。それに、この男はまったく殴られていないみたいですしね」

「ふたりは、リュフュスより早く口を割ったんでしょうね」

「ええ、私たちもそう考えています。でも、私たちの経験から言ってそう思うというだけで、事実は違うかもしれない……」

「そうかもしれませんね。情報をありがとう、警視正。時間を無駄にしなくてすみますよ。私があとのふたりの名前をどこかのファイルで見つけたら、それをご覧になることをノーとはおっしゃいませんよね？」

「見せてくださいとこちらからはお願いできませんけど、ご親切にそう言ってくださるのなら……」

ファラモンはうなずいた。それから、もう一度手を差しのべて握手を求め、カペスタンはその手を握り返した。鑑識班が現場と風変わりな被害者をまた調べだしている。トレズが小道から現れ、カペスタンとともに広場から離れてサオーヌ川の堤防へと向かう。

ボンディ河岸通り。また懐かしさが襲ってきて、カペスタンの足はそこに釘づけになった。カラフルな建物が川沿いにずらりと並び、フィレンツェ風の黄土色がリヨンの建築物を輝かせている。左手にはクロワ＝ルスの丘があり、そのふもとには大きな川が流れている。右手の反対側の岸には、ルネサンス時代の地区にフルヴィエールの丘が見え、その頂にある天にも届きそうな教会堂はこの街でいちばん高い場所だ。

カペスタンは、若き日の最も幸せな数年間を起伏に富んだこの魅力的な河岸で過ごした。サン＝シル＝オー＝モン＝ドールの国立高等警察学校で訓練を受け、この町の典型的な建物で暮らしたのだ。分厚い壁にかしいだ扉。エレベーターはなく、十世紀分の住人が歩いてすり減った階段。いったん上げるか下げるかしたら頑として動かなくなる幅広板でできた日よけ。窓から離れられなくなるようなサオーヌ川の眺め。

　アンヌ・カペスタンは、その風景の美しさをけっして見飽きることなく、昼も夜もそこで何時間でも過ごした。特に十二月八日には、街じゅうの家々の窓台でおびただしい数のティーライトキャンドルの火が揺れる。家族で街にくりだし、夜更かしに興奮した子どもたちは親の二、三メートル先を走り、熱々のメルゲズ（アラブ風ソーセージ）を求めて移動販売車の前に並ぶ人の列を突っ切っていく。その間ずっと、何百年も前からの明かりが一つひとつの建物を包んでいる。これが観光名物になるはるか昔から、光は冬の訪れを知らせるまばゆい印だった。

　そんなふうに窓に顔を押しつけて過ごしていたある夜、カペスタンは啓示を受けた。下の歩道にペンキの缶を持ったポールの姿があったのだ。これからの人生、この人だけいればいい。カペスタンは思った。

第十八章

一九九二年三月、リヨン

形の崩れた柔らかいイケアのソファに座り、ポールはビール瓶の首を見つめながら、どうしてあんなことをしてしまったのかと考えていた。向かいのディレクターズチェアでは、〈レ・ブレロー（アナグマ）〉の相棒、ドニが、「ポール、おまえはちゃんとアナグマのように振る舞った、本物のアナグマのようだった。どんなにふさぎ込んだところで、起きてしまったことはしようがない」と言っている。

ポールは目立ちたがり屋で純粋で単純でどうしようもなかった。うぬぼれ男ではないものの、アドレナリンがほとばしるのが大好きだった。栄光と権力を手にしている感覚は、あちこちの筋肉をとらえ、手足を解放し、自分はすべてを手中に収めていると思わせてくれる。ポールはいつもグループのボスで、気さくなマッチョで、みんなが足元にひれ伏すリーダーだった。まだローカルではあったが、舞台ではすでに大成功を収めていた。パリへの誘惑の声が、ポールの野心に火をつけていた。〈ファクトリーズ〉でも〈マルキーズ〉でもポールは夜の帝王で、征服した土地に足を踏み入れる英雄のようにナイトクラブに入っていく。傲慢さをにじませながら、目を奪われた大衆に施しを与えるかのように会釈と笑顔を振りまき、手で合図をする。見た目もかっこよくにこやかで、尊大にもそんな自分に心地よく酔いしれていた。

ポールはけっしてドン・ファンではなく、相手をとっかえひっかえすることはない。すぐ心変わりするとはいえ、短くも情熱的な一対一の恋愛を望んでいた。

だが、彼女だけはちがった。

狂おしいほど恋に落ち、彼女のことしか目に入らなくなった。ほかの女性はみんなかすんで見え、ただの邪魔者でしかなかった。だが、ポールは肥大したエゴを抑えられず、成功によってその傾向にはさらに拍車がかかっていた。傲慢に胸を張り、「きみは自分がどれだけラッキーかわかってる？　きみの立場になることを夢見てる女性がどれだけいるか。その名誉をきみに与えてあげてるんだからね」という態度を取った。

そうでもしなければ、彼女はそのことに気づかないのではないかと不安だったのだ。なんと愚かだったのだろう。彼女のほうはといえば、自分は完全にポールと釣り合っていて、自分と付き合うことで彼が失うものは何もないと思っていた。ポールは自分に夢中だと知っていた。だが、彼のうぬぼれに彼女は傷ついた。

彼女はポールに向かってかすかに微笑み、軽く首を振って自宅に帰ってしまった。ポールはむなしさとともにクラブに取り残された。

それでもポールは態度を変えなかった。二十三歳の無骨者らしく、酒をあおり、両腕を上げて征服者の笑みを浮かべていた。「おいみんな、おれは未来の警視正を捕まえたぞ！」勝ち誇ったように言った。「警視正だぞ。それになかなかいい女だ。だろ？　爆弾級の女だ！」ポールは上機嫌ではしゃいでいた。その夜、ポールは大人気で、そこにいる男たちを羨ましがらせ、ハイタッチをして乾杯した。そして、翌日からポールはどんな女性とも寝なかった。ポールの声はアンヌの耳にまで届くだろう。彼女のようにつねに爆発寸前のプライドを持つ女性を相手にして、不快な思いをさせたままなのは危険だ。

三日間、ポールは彼女に電話をかけまくり、できるだけ真剣に謝り、声の調子を何度も変え、思いつくかぎりの演技を試みた。彼女は「はいはい、わかったわ」と言って電話を切った。そしていま、万策尽きたポールは絶望してビール瓶を見つめている。彼女のことが恋しくてたまらず、胸が締めつけられる。そんなポールを前にした友人は、我慢の限界に達していた。ポールは最高の出来事を自分で台なしにしたのだ。自分の足に狙いを定めて、弾をすべて撃ち尽くした。人生の肝心な部分、生涯続くべき暮らしをぶち壊してしまったのだ。

「おいベベール、ずっとここでそうやってるつもりじゃないだろうな」

〈レ・ブレロー〉の仲間ふたりは、ロバート・レッドフォードにちなんで、ポールのことを〝ベベール〟と呼んでいる。似ているからというより、むしろそう呼ぶことでポールのうぬぼれた態度をなだめようとしていたのかもしれない。どうやら、ほとんど効果はなかったが。

「おい。ずっとここでそうやってるつもりじゃないだろうなって言ってるんだ。諦めるか、いちかばちかやってみるかのどっちかだろ？　何時間もずっと座ったまま、何も食べず、家から一歩も出ずで、ビールにまで口をつけないなんてどうかしてるぜ。いったい、どうしたんだ？　っていうか、本当はどうしたいんだ？」

ポールは、ボトルから目を離して考えはじめた。本当の自分はどうしろと言っているのだろう？　まだどこかにチャンスは残ってるのか？　アンヌを取り戻すために、どこまでやる気があるのか？　いい考えなど何も思い浮かばない。派手なことも斬新なことも何も考えつかなかった。ただ廊下にある大きな缶に入ったペンキを持って出て、彼女のアパルトマンの下の路上に大きな字で「愛してる」と書きたかった。そう、それが本当にしたいことだ。青春映画の主人公よろしく。

「生まれ変わったら、おれも彼女の窓の下にそう書くだろうな。でもそんなことをするには年を取りすぎた」

ドニはディレクターズチェアから身を起こし、足を揺らして落ちてきたジーンズの裾をバイカーブーツにかぶせ、テーブルの上の吸い殻でいっぱいになった灰皿で煙草の火をもみ消した。そして、言った。

「よし。だったら、すればいい。ついてこい」

ポールのほうを振り向きもせずに、ドニは〈ショット〉のボンバージャケットをはおり、車の鍵を持っていることを確認してからペンキ缶のスチールの持ち手をつかんだ。ポールも慌てて立ち上がり、ペンキブラシを手に取った。行くぞ。

フォルクスワーゲンは、ボンディ河岸通りにあるカペスタンのアパルトマンの下に停まった。

「二重駐車でいいよ」ポールは言った。「長くはかからない」

気の抜けたカールスバーグのせいで頭の回転がやや鈍くなってはいたものの、心臓が一分に十万拍の超スピードで脈打っている。ポールは三リットルの白いアクリル塗料を手に持ったまま車を降りた。馬鹿馬鹿しくも必死の行動。これが最後の頼みの綱だ。

「見張っててくれよ、ドニ。警察にでも見つかったら、親父にまた一発くらうからな」

ドニはうなずいて、自分も車を降りて近くに立ち、用心深く周囲に目を走らせた。午前四時。さすがにこの界隈も静かだ。ポールはペンキ缶のふたを車の鍵で開けようと数分間格闘した。ドライバーを持ってくればよかった。ついにふたが開いた。ブラシをなかに突っ込み、まっ白なペンキをたっぷりつけて引き上げる。

ポールは建物に目をやった。部屋は三階だ。明かりはすべて消えている。こんな真夜中にはアンヌも眠っているだろう。部屋の暗い窓に背を向け、馬鹿なことをしていると思いながらも、ポールは気が急いて興奮していた。彼女が感動してくれるかもしれない。ポールは先日の自分に強い罪悪感を覚えていた。アンヌに対するあまりに子どもじみた振る舞いを、別の子どもじみた行動で埋め合わせしたかった。それがきっと解毒剤になるに違いない。胸がかき乱され、何かしないではいられなかった。

歩道に大文字でメッセージを書きはじめる。コンクリートは汚れていてほこりっぽく、ペンキがうまくのってくれない。やがてブラシが汚れ、缶のなかのペンキも汚れた。

玉のような汗が流れてきて目に入り、ポールは額を袖でぬぐった。身体がほてる。うまくいかない。そこでもう一度、缶から直接注ぐかのようにたっぷりとブラシにペンキをつけた。これでようやく文字が書ける。彼女の下の名前を書き終え、Mまで書いたところで、雨粒が落ちてきた。文字がにじみだす。

アクリルペンキ。水溶性。

これでは字が消えてしまう。さらに雨足が強くなり、メッセージがどんどん水に溶けていった。ポールはなんとかそれを直し、にじみを食い止め、文字を修復しようとした。それでも雨は容赦なく歩道を叩き、跳ね返り、白いペンキを洗い流していく。ポールは何度も何度も文字を直したものの、無駄なのはわかっていた。目の前には白っぽい水たまりが広がり、それが勢いよく側溝に流れている。下水溝は、ポールの希望を飲み込んでいることなどおかまいなしだ。歩道に膝をつき、ブラシを握りしめたまま、ポールは自分を呼ぶドニの声を聞いた。車が近づいてくる。もう行かなければ。

ポールは立ち上がり、ペンキ缶を手にフォルクスワーゲンに戻った。肩をがっくりと落とし、髪はびしょ濡れだ。雷が落ちたわけでも洪水が起きたわけでもない。ただのにわか雨に負けたのだ。

ポールは何も言わず助手席にへたり込んだ。ドニも黙ってキーを回してエンジンをかけ、ギアを一速に入れた。そのとき、一台の車が右側に止まった。運転席の窓が下がる。そこにはポールの父親の姿があった。

ポールも窓を下げた。その夜、ポールは冗談を言う気分にはなれなかった。もちろん父親が冗談を口にするわけがない。その日に限っては、ふたりは同じ気分だった。

「どうしたんだ?」リュフュスはいぶかしげに尋ねた。「こんな時間にここで何してる? あいかわらずクラブの帰りか?」

これ以上さげすんだ口ぶりはないだろうと思える言い方だ。さらに、セルジュ・リュフュスは軽蔑をこめて首を振った。父親が恐い顔のまま運転席に深く座って再び発進したとき、その隣の助手席でそわそわとチョコレートを口に入れる男の姿がポールの目にとまった。

第十九章

カペスタンは、この街でこの事件の捜査をしながら、ポールのことばかり考えていた。何カ月も前からずっと彼のイメージを頭から追い払おうとしていたが、抵抗むなしく、いままたフルカラーで戻ってきた。どれだけがんばってみても、あの満面の笑顔、黄褐色の瞳、そのまぶしいほどの輝きから逃れることができない。そんな彼の顔にベールをかけて思い出すまいとする。それだけで集中力が散漫になり、事件のことを考える力を奪われていた。

カペスタンは今回、ほかのどんな捜査よりも自分の班のメンバーの推理を頼りにしていた。一方、メンバーたちはほかのどんな捜査よりもカペスタンのひらめきを頼りにしていた。頭と心をふたつのコンクリート・ブロックにはさまれたカペスタンは、最も基本的な反応すらできなくなっていた。あまりにも心を奪われていて、防御を十分に固めることができなかった。未成年保護部で経験した数々のトラウマ事件の記憶、失脚に追い込まれ結婚生活を破綻させた事件の記憶が、ガードが下がった隙をついてカペスタンを襲う。

若いころのカペスタンは、その陽気で屈託のない性格から、ハンサムで面白い男性に惹きつけられた。そういう男といると、八月の日差しを浴びながら輝く海に浮かんでいるような気分でいられた。しかし、ジェスヴル河岸の未成年保護部に配属になったことによって、暗い海の底から闇が次々と手を伸ばし、カペスタンの足首をつかんで下へ下へと引きずり込んだのだ。カペスタンは大量の水を飲み、風車の羽根のように腕をばたばた回してもがいた。無言のまま。

そして、ポールはカペスタンのもとを去り、カペスタンは未成年保護部を去った。それからというもの、カペスタンは新しい班という防波堤の上をまっすぐに進んできた。不幸な結末や不愉快なニュースは避けてきた。しかし心の健康をぎりぎりのところで保っておくのはあまりにきつかった。ポールが再登場したことで、荒れ模様の海がまたかき乱されている。再び陸に打ち上げられるのか、あるいは海の底に沈んでしまうのか。カペスタンにはわからなかった。

特別班のほかのメンバーも、午後にリヨンに到着した。ルブルトン、ロジエール、レヴィッツ、ダクス、メルロ、エヴラール、オルシーニ、サン＝ロウが、ヴェロウスキのアパルトマンの下に集まった。乾いたすがすがしい冷気が不意に襲ってくる。ルブルトンとオルシーニ以外はみんな、歩道で足踏みをしながら身体を温めている。ロジエールはピロットの身体にスカーフを巻いていた。雑談をしているうちに、厚い雲と煙草の煙が混じり合って頭上を覆った。

カペスタンが一同に加わり、トレズは数メートル離れたところに立っている。ちょっとしたあいさつが交わされ、朝の出来事がかいつまんで説明されたあと、それぞれの役割が割り振られた。メルロ、エヴラール、ダクス、サン＝ロウは地域のすみずみまで足を運び、リュフュスとムロンヌの写真と、関係者と思われる人物のモンタージュ写真を見せてまわる。サン＝ロウは、ルネサンス時代の地区を歩きまわれることに大喜びだった。〝首都から馬で一カ月〟かかった時代に、彼はもうその地を知っていたのだ。ほかのメンバーたちは、アパルトマンを徹底的に見たあと、その建物の住人に聞き込みをする。みんな持ち場に散っていった。

上階の踊り場で、カペスタンは黄色いテープを持ち上げて部下の警察官たちを招き入れた。

「何にも触れないで！　現場を見てメモを取って立ち去る。そのままの状態で地元の警察にまた戻すのよ、いいわね」

メンバーたちは広いアパルトマンを丹念に一周した。ワックスがかかったオークの寄せ木張りの古い床、白塗りの壁、むき出しになった天井……リヨンの旧市街とはいえ、アパルトマンには高級な改装が施されている。上質な家具は、最上級のアンティーク業者から直接仕入れたもののようだ。本や雑誌は見あたらず、新聞がひと山あるだけだ。カペスタンは、壁に一列に並んで掛けられたフレームのところへ行った。結婚式の白黒写真は一九三〇年代のものに違いない。被害者の両親だろう。リヨン第三大学の建物の前で石のベンチに座った学生の一団を撮った写真もある。ほかに友人たちの写真が数枚と、女性の写真が一枚。どれも八〇年代か九〇年代だ。ヴェロウスキはどこにも写っていなかった。カペスタンはうしろを振り向いて、部屋をぐるっと見まわした。ここには鏡もない。ヴェロウスキは自分を見るのがいやだったのではないだろうか。

また、この二十年間、定期的に彼のもとを訪れる人もいなかったようだ。過去とはっきり決別している。ムロンヌと同じだ。

広いリビングには、ベージュのベルベット張りの深いL字型ソファがあり、その正面には映画館のように大きなフラット・スクリーンのテレビが置かれている。この男は金を持っていた。たくさん持っていた。しかし、豪華な大邸宅に金を使ったりはしなかった。まったく反対だ、とカペスタンは思った。ここでは金はすべて目立たないように使われている。手ごろな金額のものか、現金で買えるものしかない。アパルトマンにかなりの広さがあるのは、隣の部屋とつなげてひとつにしているからだ。カペスタンは、ジャック・メールの金回りがよかったことと、資金の出所がはっきりしなかったことを思い出した。金の問題が鍵になりそうだ。

隠しているにしてもいないにしても、リュフュスだけは大金を持っているふうには見えず、殴られたのもリュフュスだけだ。ひょっとしたら、目的は口を割らせることではなく、制裁だったのかもしれない。この物語での彼の役割は、ほかのふたりの被害者とは違うのではないか。それにしても、いったいどんな物語なのだろう?

無骨な警察官、気前のいいスポンサー、問題を抱えた洒落男。

互いにこれほど似ていない者たちが、いったいどこで出会ったのだろう?

誰が三人を殺したのか?

そもそも被害者は何人なのか? ほかにも被害者が出るのか、それともこの男が最後か?

連続殺人の動機がわからなかった。だがカペスタンは、この殺人には〝定員〟があるに違いないと踏んでいた。ただし、その定員は七千人かもしれないし、犯人はイエローページにのっている全員に復讐したいのかもしれない。

「ちょっと、何これ！」ロジエールが口笛を吹いて言った。

リビングにある両開きの物入れを開けると、棚いっぱいに〈クオリティ・ストリート〉の缶が積み重ねられていたのだ。

「クスリをやりたいんなら、いきなりヘロインにすべきよ。そしたらこんなに場所を取らないじゃない。ねえ、見てみて！」

ロジエールは適当に缶をひとつ手に取り、それを振った。白い缶から、かすかな音がする。ロジエールはそっとそのふたを開ける。そして、大笑いした。

「まあ、赤は好きじゃなかったのね！　見てよ、でも捨てようとはしなかったんだわ。ほかの缶の残りをこの缶に詰めたってことよね」

ロジエールは、ビニールの封が開いている缶をさらにいくつか開けた。

「大当たり。ねえ、どうでもいいことだけど、この調子で食べつづけるにはよっぽど丈夫な歯が必要よね。もちろんお金もかかる。次から次へと、ほんとお金がもったいない！」

「金について言えば、この男が困っていたとは思えない」オルシーニがとげとげしい口調で言った。「ただ味覚はあまりたいしたことはなかったということだな。〈ヴォワザン〉〈ベルナション〉……。ほかにもいいチョコレート屋が街にたくさんあるのに、何もこの大量生産の三流品をわざわざ選ばなくても……。ひょっとしたら、小さいころに食べさせてもらえなかったのかもな。いわば復讐だな。ありきたりではあるが」

すると、ロジエールが憤然として言った「〈クオリティ・ストリート〉の何が悪いの！　うちの息子が母の日にいつもくれるわよ」

オルシーニは、そんなことはどうでもいいという表情で肩をすくめた。引き出しを開け、いまは机のまわりを詳しく調べて書類や手がかりを探さなければならず、自由奔放な同僚の相手をしている暇はない。オルシーニは作業の手を止めて、部屋のなかをゆっくり見まわした。何もかもが片づいている。きれいですっきりと整っている。部屋の主《あるじ》の正体を表すようなものは何もない。メンバーたちは壁に突き当たっていた。役所関係の書類も処分されているようだ。被害者はすべて電子媒体で管理していたに違いない。カペスタンによると、リヨン警察が税金還付の書類と昔の給与明細を数枚見つけたが、とくに変わったことはなかったという。銀行口座もなかった。リヨン警察は被害者のコンピューターとタブレット端末を持ちかえって、分析に取りかかっている。残っているのはプリンターだけで、ケーブルが机の横に垂れ下がっていた。オルシーニの表情がさらに厳しくなった。被害者たちは誰ひとり手がかりを残していない。これでは何もわからない。

また扉が閉ざされた。

残るのは犯人だけだ。犯人なら説明できる。犯人を見つけることができればの話だが。

「息子さんが母の日に〈クオリティ・ストリート〉をくれるの？」レヴィッツが尋ねた。

「そうよ。あと花もね。ぜったい忘れないの」ロジエールが意気込んで言った。「十年に一度の香水よりよっぽどいいわ。言っとくけど、息子が花とチョコレートをくれたら、花瓶を取りに行くより先にまずチョコレートの包みを開けちゃうのよね」

ルブルトンは片手をジーンズのポケットに突っ込み、もう片方の手で首を揉みながら棚の前に立っていたが、突然、あることを思い出した。

リスル＝シュル＝ラ＝ソルグ。葬式。そういえば、参列者を見まわしていたとき、目が合ったとたんに姿を消した男がいた。

ルブルトンはカペスタンのところに向かった。カペスタンは、髪を結びながらサイドテーブルの上のフレームをあらためていた。

「被害者の写真、ありますか？」ルブルトンは尋ねた。

「ええ、遺体の写真と身分証のコピーがあるわ」

ルブルトンは、カペスタンから渡された写真と身分証に目を通すと言った。

「被害者はムロンヌの知り合いです。葬式にいましたから」

やった！　とカペスタンは思った。具体的にははっきりしないが、結びつきは見えてきた。

「ムロンヌの家族や友だちとも知り合いだったみたい？」

「いいえ。私たちと同じで、誰とも話してませんでした」

「オーケー」カペスタンが言った。「ここではたいしたものが見つかりそうにないけど、少しでもプロヴァンスに関係するものが何かあれば……寝室とバスルームも見てみるわ」

ルブルトンはうなずいてキッチンに向かった。

カペスタンは洗面台の上の収納棚を開いた。そこにはこのアパルトマンで唯一の鏡があった。だが洗面道具用ポーチも、髭剃りも、ヘアブラシもない。洗面ボウルを支える台の上に、歯みがき粉のチューブと歯ブラシが入ったグラスがひとつ置かれている。カペスタンは遺体を思い浮かべた。男はきれいに髭を剃っていて、髪も整っていた。ポーチは持って出たのに違いない。歯ブラシは忘れたのかもしれないが、ポーチは持っていったはずだ。間違いない。

整理だんすのなかもワードローブの棚も整理されていた。ボクサーショーツ、シャツ、Tシャツ、セーターがきれいに積まれている。バッグを持っていったとはいえ、荷物は少なかったのだろう。そのバッグはまだ見つかっていない。

朝食のトレイとル・プログレ紙が、乱れたベッドの上にまだ置かれていた。アパルトマン全体が整然としていることを考えると、かなり慌ただしく部屋を出たのだろう。それだけ恐がっていたということだ。

廊下の真ん中では、トレズがカナディアンジャケットの前で腕を組み、何かが引っかかるのか、一枚の絵をじっと見ている。抽象画だ。カペスタンは自分の考えをトレズに伝えた。トレズはうなずき、絵に向かって首を振ってから玄関に向かった。

「玄関ドアを見てきて。ひょっとしたらバッグを置いたままドアを閉めちゃって締め出されたのかも。それか、犯人が持ち去ったかね」

「そうですね、その可能性がいちばん高いですね。どうしてこんなに気になるのかわからないんですけど、ここには個人的なものが何もないことに違和感を覚えます。写真が五枚、チョコレート、リモコン。まるで生活感がない!」

「缶のなかは調べた?」

「ええ、ロジエールが気づいてレヴィッツが調べました。何もありません」

トレズは腕時計を見て、いつものように人さし指で文字盤をつついた。

「午後六時です。お腹がすく時間です」トレズはそう言ってドアを開けた。「また明日」

まあいいか。十人よりも九人のほうがレストランの予約はしやすい。犬も店に入れてもらえるといいけど。あと、ネズミも。

特別班のメンバーたちは、窮屈そうに身を寄せ合って窓際の長テーブルに腰かけていた。窓の一部には赤と白のチェックのカーテンがかかっている。奇跡的に、リヨンでも指折りの有名店を予約することができた。ビジネスで来ている団体が直前にキャンセルしたのだ。有名店がおしなべてそうであるように、店主は客に感謝されて当然といった態度だ。客は店主にあれこれ言ってはいけないらしい。店は狭くて暑く、がたついている棚があちこちにあり、その上には、銅鍋や地元で行なわれたペタンクの試合のトロフィー、つけと店主とワインの効能についての高尚な哲学的警句が書かれた小さなフレームがのっている。店のメインフロアは直接キッチンに面していて、そこからすぐに食事が運ばれてくる。コンロに打ちつけられる鍋やフライパンの音が賑やかな店内をさらに騒々しくしていた。

　カペスタンは生粋のリヨンっ子のような口ぶりで、ここの食べ物は本物のリヨン料理だから食べるには気合いとスタミナがいるのよと忠告した。そんな元気がないなら、いますぐうちに帰ったほうがいい。メルロがふふっと鼻で笑って自分は大丈夫だと表明する。手はじめにコート・デュ・ローヌのカラフェを三本注文して、メニューに目を向けた。

「ああ！　ブレス産の鶏肉だ、わが友よ！　われわれの大好きなふくよかな鶏だろうな」そう言ってロジエールにウィンクした。緑の瞳でにらみ返しているところを見ると、ロジエールはメルロのスピーチをまったくいただけないと思っているようだ。

「ところで、これはなんだ？」メルロはメニューに書かれた料理の一つを指さして、エヴラールに尋ねた。

「鴨の胸肉《マグレ・ド・カナール》よ」

「ああ！　鴨の間抜け《マグレ・ド・コナール》かと思った」

　そう言ってメルロは馬鹿笑いをし、エヴラールのほうに身体を傾けた。

「まったくつまらない冗談だわ」

　メルロはここを気に入ったようだ。本領を発揮できそうだからだ。ここなら肘で隣の人を押しのけてほかの人の皿に手を出しても、シャツに染みをつけたりしても、誰からもとがめられそうにない。メルロはいつにも増して上機嫌だ。

　モンタージュ写真から多少なりとも成果を得られた

のはメルロだけだった。サン＝ポール通りのパン屋が、似たような男にクロワッサンを三つ売ったと言ったのだ。ただし、髪はもっと短かったという。男はかぶっていたかつらをはずしたのかもしれない。あるいは、先回りして、以前は髪をわざと長く伸ばしていたのかもしれない。

前日から替えていなさそうなエプロンをつけた店主がテーブルの端に現れた。白髪で短髪の六十代とおぼしき女性店主は、いらいらした様子で鉛筆とメモ帳を手に持ち、早く注文するようにと顎を上げて急かした。その後、店主はメルロがエトワール凱旋門なみに眉をつり上げているのを見て、三本目のカラフェを忘れていたことにようやく気づいた。「悪かったね」そう言うと一歩うしろに下がり、バーからカラフェを取った。

間もなく前菜が次々とやってきて、メンバーたちは皿を回していった。レンズ豆のヴィネグレットソースあえ、豚足、リヨン産のサラミ、キュウリのピクルス。次のコースに魚肉団子、ソーセージのブリオッシュ包み、アンドゥイエット（豚の腸でつくるフランスの伝統的な加工肉）がやってきたときにはすでに満腹だったが、なんとか胃に詰めこむと、メルロはまたカラフェを二本注文した。

プレスキル地区のこの狭い路地には街灯が一本しかなく、くもった窓の外には漆黒の夜空が広がっている。カスタードプリンと梨の赤ワイン煮が来るまでのあいだ、ロジエールとルブルトンは店の外で煙草を吸うことにした。カペスタンは、特別班のメンバーたちを見ていた。加工肉《シャルキュトリ》で満たされた身体の重みで、みんなの椅子がきしんでいる。元気の残っている者たちはまだ大声で話していたが、エヴラールとレヴィッツは食べ物の消化にエネルギーを奪われ、ぼうっとした目つきでただその場の雰囲気に浸っていた。そのとき、カペスタンの携帯電話にトレズからのショートメッセージが表示された。〝バッグが見つかりました〟

カペスタンは、アパルトマンの前でトレズと落ち合った。街灯のぼんやりとした明かりの下で辛抱強く待っていたトレズは、カペスタンが来ると、ドアの暗証番号を押しながらバッグのありかに気づいた経緯を説明した。

「うちの息子が昔こっそり煙草を吸ってて、その煙草を家族にわからないように隠してたんです。どこにかっていうと、電気メーターボックスのなかにです。ええ、ええ、ええ、まるでそこいらの売人みたいに。それで考えたんです。被害者は新聞で自分の名前を見て、何か大切なものを持って逃げようとした。でもそのあとで、犯人が待ち伏せしているかもしれないと考え、とりあえずバッグを置いて外の様子をうかがいに行き、あとから取りに戻ろうと思った。ところが、殺されてしまったのではないかと。それで確かめにきたんです」トレズはそう言って明かりをつけ、階段を上りはじめた。カペスタンもあとに続く。


トレズが電気メーターボックスを開けると、奥に黒のナイロン製のリュックサックが置かれているのが見えた。

「ご覧のとおりです！」

カペスタンはかがみ込み、メーターの下からリュックを取り出した。思っていたとおり、最小限の服と洗面道具用のポーチが入っている。さらに大量の原稿。ヴェロウスキはパソコンを持ち出すのではなく、紙の原稿を持って出たのだ。

「大発見じゃない、ジョゼ」カペスタンは言いながら、分厚い原稿の重さを手で感じていた。「ここからいったい何がわかるのかしら？」

カペスタンは、目にくまができた子どもたちに囲まれている悪夢から目を覚ました。胸がどきどきしている。上体を起こし、ゆっくり深く息を吸って、胸から飛び出しそうになっていた心臓を落ち着かせる。最初に思い浮かんだジョー・ダッサンの曲を頭のなかで声のかぎりに歌い、悪夢の映像を追い払う。それから、白い壁、ベージュのカーテン、なんの個性もないインテリアに目をやった。カペスタンは、ホテルの部屋特有の奇妙な孤独感に襲われていた。夢にでてきたのは自分の子どもたちだった。実際にはいない子どもたちだ。

若いころのカペスタンは、仲間たちと同じで、うるさくて手のかかる子どもを連れて旅行する人をよく揶揄《やゆ》していたものだ。しかしその後、そういう冗談もだんだん言わなくなった。ぼんやりした不安が、いまやはっきりとした不安に変わっている。時計の針をずっと気にしていたわけではないが、それでも年が変わるたびにチャンスが遠ざかっていくのを感じてきた。

シャワーを浴びて服を着ると、カペスタンはベッドの縁に腰かけてテレビをつけた。チャンネルを替えていき、ドラマ『フレンズ』で止めた。暗記するほど何度も見たシーズンのエピソードだ。これを見ていると元気が出る。カペスタンは、ほかのことは何も考えずに画面に見入った。頭のなかに立ちこめていた灰色の靄が追い払われ、脳がだんだんと正常に働きはじめる。三つめのエピソードを見ているときには、一階に下りてホテルのダイニングでトレズに会う心の準備が整っていた。

トレズはすでにテーブルにつき、皿にのせたクロワッサンと冷肉の山を切り崩していた。いつもの落ち着いた身のこなしで、几帳面に手を動かしている。口のなかがいっぱいだったので、バターナイフを上げてカペスタンにあいさつした。

「よく眠れた？」カペスタンが訊く。

トレズは口のなかのものを飲み込んで返事をしようとしたが、間に合わずにうなずきながら「ふんふん」と返事をし、そのあとで「ふん？」と訊き返した。

「とてもよく眠れたわ、ありがとう。コーヒーと食べ物を取ってくるわね。何か欲しいものある?」

トレズはクロワッサンにかかりきりで返事をしなかった。少しすると、カペスタンは皿にパン、バター、ジャム、フルーツをのせ、カップにコーヒーを注いで席につき、ナプキンを広げた。

「うちじゃ朝は食べないんだけど、ホテルのビュッフェだと、ついお腹いっぱい食べちゃうのよね」

「おれもです。本当はここに来られてほっとしてるんですよ」トレズが言う。「うちの子たちが順番にお腹をこわしてて、家だと夜中ずっと寝られないんです。今朝連絡したときに妻が電話に出られたのが不思議なぐらいです」

トレズの言葉には妻への同情心も感じられたが、それ以上に、家でのどたばたから逃げ出せた喜びがにじみ出ていた。トレズはそれをごまかそうとして言った。

「いや、いや、実際はそんなじゃないんですけど。もう落ち着きましたから。子どもの胃腸炎はめちゃくちゃ心配です。いちばん上の子は入院までさせられて、まったく笑いごとじゃありませんでした。四日も続きましてね。あれで人生変わりましたよ」もぐもぐしながらも、思いつめたような表情だ。「いきなり足元の地面がぐらついて、自分がどれだけ脆弱《ぜいじゃく》な基盤の上で暮らしていたかに気がつくんです。自分の存在そのもの、何年もかけて築いてきたものがすべて、たったひとりの子の病気でゆらぐんですから。そんなことがあったあとは、くらくらして。ずっと身体が震えます。子どもをもたないと、あの恐ろしさはわかりませんよ」

「子どもをもたないことの恐さもあるわよ」カペスタンは自分の皿を見つめながら言った。

トレズは一瞬黙った。やがて、うつむいて言った。

「ええ、ええ、もちろんです」

それから、ハムを切ってナイフとフォークを置いた。

「いえ、やっぱり違います。その場合には現実的な絶望感はあるかもしれません。でも恐ろしさは……恐ろしさはもっと漠然としてると思います。本当に怖いのは、失うことへの恐怖心です」

カペスタンは、ぼさぼさの髭と髪のあいだのトレズのやさしい瞳を見つめた。ほんの少し弱音を漏らしただけで反論されてしまった。自分は自己憐憫に浸っているのだろうか。言い返して、ちょっとした愚痴すら許してもらえないのかと反撃することもできただろうが、トレズはすでに自分の配慮のなさを恥じてきまり悪そうにしている。このあとなんと言えばいいのかわからないまま、トレズは熊のような手でナイフとフォークをいじっていた。ハムの最後のひと切れを口に運びながら、トレズは言った。

「うちの子たちは、おれとは血がつながってません。子どもができなくて。〝ドナーベビー〟なんですよ。でももちろん、おれの子であることに変わりありません」

「ええ、そりゃそうよ」カペスタンはやさしい笑顔で言った。

花柄のカーテンがかかった食堂は、会話、朝のあいさつ、ナイフやフォークが皿にぶつかる音でざわついている。ウェイトレスがドアを開け、フルーツジュースやヨーグルト、熱湯を補給するポットなどをビュッフェに運んでいる。食器洗い機や湯沸かし器の音がキッチンから漏れ、コーヒーとトーストの匂いが部屋に満ちている。トレズは、テーブルクロスの上のパン屑を集めはじめた。不吉なオーラを放ち無口ではあるものの、こと相棒の前になるとよくしゃべる。

「ええ、そう思います。でも、やっぱり引っかかることもあって……。リスル＝シュル＝ラ＝ソルグの被害者と同じですよ……どんな変化だって起こすことができますが、でも、結局は何も変わらないんです。生まれた場所が故郷で、精子を提供した人が父親なんです。たとえ生後三カ月でその土地や親元を離れたとしても。

結局は土と血なんです。このふたつだけが、どんな異論もよせつけずに受け継がれるものなのです。そのほかの要素はあくまで一時的なこととみなされます。だからこちらは、ふつうなら必要のない証拠まで出さなければならないのです」

トレズの言うとおりなのかもしれないが、絶対にそうかどうかはわからない。それでもカペスタンはにっこり笑ってクロワッサンを渡し、トレズはそれを喜んで受け取った。

だが、カペスタンは、何事も苦労して集めた証拠しか認めるつもりはなかった。

一時間後、カペスタンはパール＝デュー駅の時計の下でファラモン警視正を待っていた。特別班はここからパリに向かう列車に乗る。駅の反対側からファラモンがやってきた。カペスタンの前で足を止めてひと息つくと、黄色の厚紙でできた分厚い封筒を差し出した。

「興味深い事件の資料をコピーしてきました。少なくともふたりの被害者が登場します――リュフュス警視正とヴェロウスキです。三人目もそこにいるに違いありません。確証はありませんが」

カペスタンはファラモンの目の前でいますぐ封を開けたい衝動に駆られたが、我慢した。ふたり、いやもしかしたら三人の関係者が同じ事件に関係している。一九九二年、リヨン。ずっと求めていたつながりだ。

「ありがとう、警視正。さっそくですが、私たちからもお返しがあります。リュックを見つけたの。これです。原稿が入っていました。コピーを取らせてもらったんですけど、差し支えなかったかしら」

ファラモンは、目を大きく見開いてリュックを見つめた。

「なんですって？　どこで見つけたんです？」

「ヴェロウスキのアパルトマンの電気メーターボックスのなかよ」

「いや、驚いたな！」

ファラモンはファスナーを開けて分厚い紙の束を取り出し、毛深い手でぱらぱらとめくった。

「浮かれないようにしましょう」ファラモンは言った。「この事件がどこの管轄になるか、まだわかりませんからね。事件からわれわれがはずされる可能性もある……」

「ええ、私たち抜きで進めようとして、ＢＲＩや刑事部に取られるかもしれない。どうなるか様子を見ましょう。とにかく、貴重なご協力に感謝するわ」カペスタンが言った。

「こちらこそですよ、警視正。いっしょに仕事ができてうれしいです」

カペスタンはにっこり笑って握手し、プラットフォームに集まった同僚たちのもとへ向かった。そして、事件の見出しだけでも見ようと、無言で封筒を開けた。

「リヨン――一九九二年八月四日――ミネルヴァ銀行での武装強盗――二名死亡、三名負傷」

重大事件だ。この捜査はきっと、カペスタンたちの手から取り上げられてしまうだろう。

ようやく答えにたどり着いたというのに。

トレズは電気ケトルに水を入れ、電源プレートに戻してスイッチを入れた。お湯が沸きはじめると、バターを軟らかくするために隣に置き、ボウルを六つ出してキッチン・テーブルに並べた。テーブルにはすでにシリアル一箱、牛乳一本、ジャム、ナイフ、ティースプーンが準備され、家族一人ひとりの名前入りナプキンがリングで丸められている。トレズは食パン《パン・ド・ミ》を三切れトースターに差し込み、妻のカップにティーバッグを入れた。お湯の準備ができると、すぐに注ぐ。妻はすぐに飲めるよう少し冷ましたお茶が好きだからだ。

　それから哺乳瓶に二百四十ＣＣのお湯を満たし、粉ミルクをスプーン八杯分入れた。哺乳瓶を振り、子ども椅子の上に置く。次にトースターから三枚のパンを取り出して、また三枚のパンを入れる。それからウサギの餌の箱を手に取って、カシージャスのケージのところへ行った。入り口が開いている。トレズはため息をついた。ウサギがとてもずる賢いか、あるいは子どもたちが言うことを聞かなかったかのどちらかだ。アパルトマン全体に響く大声でトレズは言った。

「カシージャスはどこにいる？」

「レアル・マドリードだよ！」いちばん上の息子が笑いながら大声で答えた。

　トレズはまたため息をついた。子どもたちがキッチンになだれ込んでくる。トレズの頬にキスして、椅子をがたがた揺らした。トレズは、いちばん下の娘を子ども椅子に座らせて哺乳瓶を与え、みんなに牛乳、トースト、ホットチョコレートが行きわたっているのを確かめた。いつものように、自分のコーヒーはあとまわしだ。

トレズはまず、子どもたちが朝食をかきこんだあとにきちんと歯を磨いたかを確認する。そのあいだに妻は、自分の身支度を整えた。それから妻は「行ってきます」とトレズにキスして子どもたちを車に乗せ、それぞれの学校や保育園に連れていく。

　あとに残ったトレズはキッチン、寝室、バスルームをすべてきれいに片づけ、家じゅうに風を通す。そしてようやくコーヒーを飲んで、ほっとひと息ついた。映画『特別な一日』（エットーレ・スコラ監督、一九七七年制作のイタリア映画）のあの場面をふと思い出す。だらしない恰好をしたソフィア・ローレンが、家族が無造作に散らかした洗濯物を集める場面だ。ただし、トレズにはソフィアとは違う点があった。トレズはこのうえなく幸せなのだ。

　コーヒーを飲みほすと、トレズはアイロン台を立て、洗濯かごを引き寄せた。アイロンに水を入れてプラグをコンセントに差し込み、手首をぐるりと回す。専門店で見つけたチェス用の時計を置き、アイロンが適温になるのを待った。時計のベルが鳴ると、シャツを手に取った。絶対にうまくやってみせる。

第二十章

セーヌ通りの飾り立てた部屋で白い革のソファに丸まり、ロジエールはリヨンから持ち帰った原稿の透明なカバーを見つめていた。ほぼ無意識にピロットの耳の裏を撫ではじめる。ピロットはロジエールのかたわらに半ば目を閉じて横たわり、うれしそうだ。ロジエールはまず気を落ち着け、それから〝三人殺害事件〟の決定的な証拠とおぼしきその原稿にとりかかった。

手練《てだれ》の小説家ロジエールは、カペスタンがそっと隠し持っている切り札だ。それで、六百五十ページに及ぶこの美しき手がかりを調べることを一任された。カペスタンは、ヴェロウスキ事件の捜査に割ける時間があまりないことを知っていた。すぐに刑事部が介入してきたら、こちらの捜査がどんなに進んでいても水の泡になる。司法警察が使える手段をもってすれば、リヨンの銀行強盗のファイルを徹底的に分析し、イノサン通りの特別班などたちまち出し抜かれてしまうだろう。

だからカペスタンは、この原稿についても、向こうから求められない以上、渡す必要はないと考えていた。原稿の存在さえ誰も漏らさなければ、求められることもない。事件からはずされたリヨンの捜査班は、すべての情報データを司法警察に渡すわけではないだろう。カペスタンがすでに持っている情報は、同じ事件の捜査に当たっている部署のあいだでスムーズに共有されていると思い込んでいるはずだ。

ロジエールはひと呼吸してから仕事にとりかかった。原稿は、チェーンの印刷店〈コピー・トップ〉で熱を当てて綴じられたに違いない。ロジエールは原稿を開いた。そもそもこれだけの紙幅を費やして、アレクシス・ヴェロウスキは何を伝えようとしているのか？　はたしてここには、ほかの被害者たちも登場するのか？　ヴェロウスキに物書きとしての才能はあるのか？

ロジエールは眉をしかめ、いつもよりもさらに目を細くして、あまりわかりやすいとはいえない文章の解読を試みた。百二ページ目を読んでいたときに、ヴィヴァルディ『四季』の最初のフレーズが家じゅうに響いた。

そのとたん、ピルーがキャンキャンと吠え、一目散に玄関ドアに飛んでいく。家のなかにも獰猛な生き物がいることを知らせるためだ。ロジエールは、前々からヴィヴァルディのドアベルにうんざりしていた。ショッピングセンターに行くたびに、ピロットが『四季』のメロディーに反応して吠えるのだ。ルブルトンが迎えに来たに違いない。ロジエールは「よいしょ」と声をあげて立ち上がった。

ルブルトンはズボンのポケットに手を突っ込んだまま、玄関ドアの外で辛抱強く待っていた。コーヒーを飲む時間ぐらいはあるだろう。そのあと、ミーティングに直行すればいい。今日は被害者たちの共通点を探ることになっている。

巻きスカート型の赤紫のワンピースにカシミアの白い長袖カーディガンを羽織り、金色のミュールを履いたロジエールがドアを開けると、ピルーがルブルトンの膝に飛びついた。

「どうも、ルイ＝バティスト。ほとんど準備はできてるわ。持っていくものをまとめてるあいだ、コーヒーでも飲まない？」

「やあ、エヴァ。そうさせてもらうよ」

ルブルトンはロジエールのあとをついて広い玄関に入り、リビングとダイニングを抜けて、キッチンにたどり着いた。クロムめっきのバースツールに腰かけると、ロジエールが小洒落た木箱に入ったさまざまなコーヒーカプセルを持ってくる。ルブルトンはそのなかから適当にひとつを選んだ。数秒後には、ロジエールが湯気の立つカップを大理石のカウンターに置いてくれた。

「そこで二、三分、ジョージ・クルーニーの気分でいてちょうだい。バッグとリードを持ってくるから」

ルブルトンはこの家の何かが気になった。でも何かわからない。部屋のなかを見まわしてみたが、特に変わったところはない。いったい何が引っかかるのだろう?

ロジエールが戻ってきた。くるくるまわりながら先を行くピロットに導かれるように、ふたりは外に出た。光のアーチに飾られ、店からジングルベルが聞こえてくるセーヌ通りに出たところで、ルブルトンは突然、なぜロジエールの家のなかに違和感を持ったのかがわかった。イノサン通りのクリスマス飾りの女王、ロジエールが、自分の家にはひとつも飾りをつけていなかったのだ。

きっと今年は、家に誰も来ないのだろう。


署内では『みつばちマーヤの冒険』の上映前のように、誰もが好奇心に駆られて騒然としていた。レヴィッツが、腕いっぱいに書類のコピーを抱えて戻ってきた。エヴラールは、鼻歌を歌いながらホワイトボードをきれいにしている。ダクス、ルブルトン、サン=ロウは椅子を並べ、ロジエールはずっと原稿を読んでいる。メルロは、いつもどおりグラスに何かを注ぎ、オルシーニは脚を組んで座り、膝に置いたノートパッドの上に両手を置いて、にこりともせずに早くもホワイトボードを見つめている。トレズはといえば、これまたいつもどおりミーティングが始まるまでは姿を現さない。とはいえ今日はまだ、あちこちに電話をかけて、戦争記念碑の金色のペンキがどこで購入されたものかを調べていた。

カペスタンは窓際に立って、もの思いに耽っていた。窓ガラスにはスプレーで流れ星が描かれている。特別班はすでに事件の背景とつながりを把握していた。疑いの余地はない。いつか誰かが特別班の知りえた情報を手に入れれば、ギャングに関わる事件としてBRIや強盗鎮圧班（BRB）が確実に関心を示すだろう。カペスタン自身は、特別班が握っている情報をほかの班や部署と共有するつもりはない。これは競争で、カペスタンにとっては個人的な関わりのある事件だ。そのことは別にしても、カペスタンには引き延ばしをするだけの理由があった。重要な決定を下さなければならないので、よく考える時間が欲しかったのだ。一枚の報告書が、捜査についてのカペスタンの見方を根底からくつがえしていた。カペスタンは、レヴィッツがコピーして班員に配る資料から、その一枚をそっと抜いた。


あらゆる可能性を考えなくてはいけない。確信が持てるまでは、どんな可能性も排除してはならない。

カペスタンは、イノサンの泉が霜で輝くのを見ていた。道行く人たちは分厚いウールの服や毛皮を着込み、肩を耳のところまですぼめながら店から店へと急ぎ足だ。店からはプレゼントを手にたくさんの人が出てくる。いまはなくてはならないもののように思えても、二か月後には完全に忘れ去られるプレゼント……。紙袋に型押しされたさまざまなロゴが、路上にいるホームレスたちの目の前を通り過ぎていく。マクドナルドの前には白いイルミネーションで飾られたクリスマスツリーが数本置かれていて、広場はまるでおとぎ話のワンシーンのようだ。もうすぐ、クリスマスマーケットのすてきな出店が並び、季節の定番品を買うことができる。ほかのシーズン、クリスマスの出店はいったいどこに置かれているのだろう？　どこかに専用の場所があって、そこでは暇をもてあましたトナカイたちが、ラップランドでのんびりしているサンタクロースの健康を祝して乾杯しているのかもしれない。

どうしても無理だ。カペスタンは、その一枚の報告書をメンバーに見せることができなかった。いまはできない。たとえすぐに、その一枚が抜かれていることがばれるとしても。

カペスタンの背後はしんとしていた、一同が待ちかねているときの静けさだ。一人ひとり定位置についている。いよいよ例の強盗事件について話さなくてはならない。エヴラールでさえ、いつもなら小さな音でかけている音楽を今日は消していた。

廊下のスツールに座っているトレズがそっと手を振ってきた。まずは最新の捜査報告からだ。

「何かわかった、トレズ？」

「ええ。ペンキの購入者がわかりました。事件の三日前に、アヴィニョンの日曜大工店で買っています。例のモンタージュ写真をスキャンして送ったら、同じ人物でした。ル・プログレ紙の訃報のほうは、電話で掲載の依頼があったそうで、それ以上はわかりません」

「支払いは？」

「プリペイドカードです。間違いないと思います。同じ犯人です」

「私もそう思うわ」カペスタンは言って、黒のマーカーペンを手に取り、ブロック体の大文字で新聞の見出しを書いた。〝一九九二年八月四日、リヨン、ミネルヴァ銀行に武装強盗——二名が死亡、三名が負傷〟

レヴィッツが突然くしゃみをして、村のブラスバンドの第一トロンボーン奏者並みに派手な音をたてて鼻をかんだ。ティッシュで急いで鼻を拭くと、こう言った。

「夏休みのまっただなかとはいい時期を選んだな。車で逃走しやすい」

「警察官の数も少ないしね」カペスタンが答えた。

「そこから、ひとり目の被害者につながる。セルジュ・リュフュスよ。彼が銀行強盗の現場に到着したとき、連れてたのは、新人ひとりとインターンふたり。つまりほとんど経験がない人たちね。ただリュフュスはまずまずの仕事をしてる。銃を持った犯人ふたりのうちのひとりを逮捕してるの。被害者を撃った危険な男のほうよ」

カペスタンはペンのキャップをまたはめた。

「それはさておき、強盗の話に戻りましょう。午前中に、スキー用マスクをかぶってピストルを持った男がふたり、リヨン六区の川沿いにあるミネルヴァ銀行に押し入った。ひとりがカウンターのなかに入って袋にお金を詰めているあいだ、もうひとりが銀行員ふたりに銃を向けていた。そのとき、銀行には四人の客がいた。お金を袋に入れたあと、ひとり目の犯人が支店長を探しに行く。おそらく、金庫を開けさせるためね。そこでアレクシス・ヴェロウスキが登場する。ヴェロウスキの部屋で犯人はふたりを殺害した。ヴェロウスキの目の前でね。ヴェロウスキは完全にトラウマを抱えてしまった。裁判で証言をしたあと、施設に六カ月間入って鬱病の治療を受けてる。その殺人犯は銀行のロビーに戻ったんだけど、そこで警報が鳴って、リュフュスが頼りない援軍を連れて駆けつけたってわけ。見張ってただけのふたり目の犯人はうまく逃げた」

「それがジャック・ムロンヌ?」ロジエールが言う。

「可能性はあるわね。でも、特徴は一致してないの。体格、声、身長、目の色。客と銀行員の証言も、警察官たちの証言と一致していない。スキー用マスクをかぶってたし、みんな緊張状態だったし、それにとにかく犯行が速かった――犯行開始から十五分もかからなかったはずよ。ジャック・ムロンヌの名前は被疑者のリストには入ってたわ。捕まった犯人と昔、知り合いだったことは確かみたい。でも、最有力の容疑者ではなかった」

「いまとなっては、見方がかなり違ってくるな」ルブルトンが言う。冬風邪のせいで、かぎ鼻が赤く腫れあがっている。

特別班のメンバーの半数以上が同じ風邪にやられているのか、ごみ箱はくしゃくしゃに丸められたティッシュでいっぱいだった。あちこちからくしゃみが聞こえてくる。

「そのとおりね。ここで三つの事件がひとつに重なる。警察官のリュフュス、目撃者のヴェロウスキ、逃亡者のムロンヌ」

「〝家族合わせ〟ゲームだと、行方のわからない者こそが……」エヴラールの声はだんだんと小さくなる。

「殺人犯ってことになる。まさに。私たちが探してるのは、銃を撃ったほうの犯人だと考えていいわね。自分を捕まえた人を殺して、証言して自分を刑務所送りにした人を殺して、逃げて戻ってこなかった人を殺した。そういう復讐をするために戻ってきた……」カペスタンが応じた。

「……あるいは、ムロンヌの事件では、お金を取りもどすのも目的だったのかも」ふわっとしたブロンドの髪を引っ張りながら、エヴラールが言った。「事件のあと、スイスの銀行口座に動きがあったのか、その情報はあるんですか？」

「いや、情報はない。ジュネーブの金庫についてはそう簡単にはわからない」オルシーニが言った。「とくにそれなりの理由やそれなりの権限がないと」

「でしょうね」カペスタンは、オルシーニの目を見てうなずいた。

そのとき、カペスタンはヴェロウスキのアパルトマンに写真がなかったことを思い出した。ヴェロウスキは罪悪感を持っていた。何に対して？　自分の卑劣さに？　それとも、共犯者であることに？

特別班のメンバーの発言がクリスマス・イルミネーションの点滅のリズムと同期する。暖炉の火のパチパチという音がセンテンスをところどころで区切るので、言葉には意図している以上の深みが加わった。

「犯人は運転手っていう可能性もあるんじゃないですか？　誰が運転してたんですか？」レヴィッツが鼻声で言った。

「運転手はいなかった」

「嘘でしょ？　こんな強盗事件で運転手なし？　子ども用のスクーターで逃走するつもりだったってこと？」

「いや、車よ。道の少し先に停めてあった」

「停めてたって？　エンジンは動かさずに？　ずいぶんと図太いやつらだな」

「ひょっとしたら運転手を見つけられなかったか、ひとり増えることで分け前が減るのがいやだったのかも。彼らの仲間リストには、運転手らしき人物はいなかったわ」カペスタンが言う。

たしかに、レヴィッツの疑問には一理ある。ランチ後に調べてみなければ。

カペスタンは、自分が資料を読んで知ったことをメンバーたちに伝えるのをまだためらっていた。いま、このミーティングの最中に言う気にはなれない。だが、同僚たちに隠し事をしているのはいやだ。誰に話すのがいいだろう？　誰だったら口をつぐんでいてくれるだろう？　チームのみんなを当てにしていいのか？　そもそも互いを信頼できないのなら、一致団結なんて無理なのではないだろうか。

カペスタンは、メンバーたちの顔を見た。ダクスは深く集中しているようにも完全に無関心のようにも見える。ロジエールはいつもいらいらしている。オルシーニはロジエールに反論しているつもりなのだが、相手にされていない。メルロは片手に空のプラスチックカップを持ち、もう片方の手にはネズミがのっている。ネズミは腰かけようとしたメルロに踏みつぶされそうになった。メルロの隣では、サン＝ロウが椅子の背をつかんで立ち、早く仕事に取りかかりたくてうずうずしている。

「ということは、悪党の正体は明らかになったわけだ。何をもたもたしているのだ？　名はなんというのだ？　どこにいる？」

　たしかに、いま必要な質問はそれだ。ほかは後回しでいい。

「名前はマクス・ラミエール。私たちの今日の仕事は、彼を狩り出すことよ」


　レヴィッツはアルコール水準器を脇に置いて、道具箱から測鉛線（水の中に投げ入れることで水深を測る器具。綱の先に鉛の重りがついている）を取り出した。それを、ゲーム室につくったばかりの本棚のてっぺんの角にぶら下げた。

　やはりそうだ。アルコール水準器と測鉛線は一致している。つまり、この部屋は右にかなり大きく傾いている。ひょっとしたら床かもしれない。そうだ、床だ。床がまっすぐではないのだ。とはいえ、遠くから見たらほとんどわからないし、書棚がいっぱいになったら誰もそんなことには気づかないだろう。

　レヴィッツは、みんながここに置くために持ってきたボードゲームや本を手に取った。スクラブル（アルファベットを並べて単語を作成するゲーム）の箱を棚の中段に置くと、塗りたてのペンキがついた。これもまた思い出になるだろう。

第二十一章

「刑務所のなかにおれの電話を受けようって人はいるんですか？　こちらから出向かなきゃいけませんかね？　言っときますけど、電話してるのはトレズ警部補ですよ。面と向かって会いたくないでしょう。ええ、待ちますよ。いくらでも」

ひどくいらついたトレズは、ハンズフリーのマイクを放り投げて、アイロンを握りしめた。スチームが出ている先端を強くシャツの襟に押しつけたので、アルミニウムの脚に支えられたアイロン台が震えた。かれこれ一時間以上、部局から部局へとたらい回しにされていて、いつもは穏やかで根気強く捜査に当たるトレズも、我慢の限界に達しつつあった。シャツのアイロ

ブッカー賞受賞作！

ノーベル文学賞受賞最有力の巨匠が描く
傑作ディストピア文学長篇。

誓願

マーガレット・アトウッド

鴻巣友季子訳

『侍女の物語』から十数年。ギレアデの体制には綻びが見えはじめていた。政治を操る立場にまでのぼり詰めたリディア小母、司令官の家で育ったアグネス、カナダの娘デイジーの３人は、国の激動を前に何を語るのか。カナダの巨匠による名作の、35年越しの続篇。

四六判上製　本体2900円［絶賛発売中］(eb10月)

ハヤカワ文庫の最新刊

50th ハヤカワ文庫 SINCE 1970

●表示の価格は税別本体価格です。
＊価格は変更になる場合があります。
＊発売日は地域によって変わる場合があります。

10 2020

epi100

ピュリッツァー賞、全米図書賞、アーサー・C・クラーク賞受賞

地下鉄道

コルソン・ホワイトヘッド／谷崎由依訳

eb10月

過酷な境遇を逃れ、自由が待つ北部をめざす奴隷少女コーラ。しかしそのあとを悪名高い奴隷狩り人が追っていた。傑作ついに文庫化

本体1120円［15日発売］

SF2301

宇宙英雄ローダン・シリーズ626

異銀河のストーカー

エルンスト・ヴルチェク／林 啓子訳

クロノフォシル・テラが活性化した！ 人々が異郷への憧れを感じはじめたなか、アダムスは宇宙ハンザの臨時会議を招集するが……

本体720円［絶賛発売中］

SF2302

宇宙英雄ローダン・シリーズ627

希望なき惑星

クルト・マール／増田久美子訳

レジナルド・ブルとヴィーロ宙航士たちを乗せたヴィールス船は、超越知性体エスタルトゥが支配するエレンディラ銀河に向かった！

本体720円［15日発売］

〈ハヤカワ時代ミステリ文

胃袋と心をわし摑む

吉原美味
懐かしの
出水千

料理人のさくらは、行き着いた居酒屋
出のだご汁を作ろうとしているのを知

JA1451　本体72

〈葉室史観〉が心に

オランダ
葉室

長崎屋の姉妹るんと美鶴は、日蘭の
が、丈吉の身には危険が……葉室史観

JA1452　本体

元昼三の姐御が凜

姉さま河岸見
志坂

元花魁の七尾姉さんは酒にだらしない
がらみの騒動や事件をすぱっと解く。

JA1453　本体76

●新刊の電子書籍配信中

eb マークがついた作品はKindle、楽天kobo、Reader™ Store、hontoなどで配信されます。

作品募集中

第十一回アガサ・クリスティー賞
出でよ、"21世紀のクリスティー"
締切り2021年2月末日

第九回ハヤカワSFコンテスト
求む、世界へはばたく新たな才能
締切り2021年3月末日

●詳細は早川書房公式ホームページをご覧下さい。

ベストセラー『100年予測』著者の最新作！
米大統領選からコロナ危機まで完全予測

2020-2030　アメリカ大分断

——危機の地政学

ジョージ・フリードマン／濱野大道訳

eb10月

80年周期の「制度的サイクル」と、50年周期の「社会経済的サイクル」。アメリカの歴史を動かしてきた2つのサイクルが衝突する2020年代、未曾有の危機が大国を襲う——。ベストセラー『100年予測』著者が放つ、新たなる予測。
解説：渡辺靖（慶應義塾大学SFC教授）

四六判並製　本体2000円［絶賛発売中］

この世界を支配している法則とは何か？

スケール

——生命、都市、経済をめぐる普遍的法則（上・下）

ジェフリー・ウェスト／山形浩生・森本正史訳

eb10月

ヒトとほぼ同じ要素でできているのに、なぜネズミは三年しか生きられないのか。企業は死を免れることができないのに、なぜ都市は成長を続けることができるのか。TEDに登壇した経験をもつ気鋭の物理学者が、生命、都市、経済を貫く普遍的な法則を解き明かす。

四六判上製　本体各2300円［15日発売］

人類はもう終わるだろう。そこから、私の革命が始まる——

透明性

eb10月

二〇六〇年代後期。個人情報を企業に提供することにより収入を得られる世界で人々が「個」を失いかけていたさなか、データを管理するトランスパランス（透明性）社の元社長ンがけもうまくいかない。タイムリミットが迫っていて、それが気になってしかたないからだ。

マクス・ラミエールは、模範囚として早く釈放されることはなかった。刑期を最後まで務めたが、刑期中は刑務所の中庭に恐怖の種をまいたという。ラミエールのことを友と呼ぶ者はほとんどおらず、ラミエールに信頼される者はさらに少ない。攻撃的な男で、突然不可解な怒りを爆発させることがよくあった。奪って隠し持っている金についてはけっして話さないという噂以外、刑務所内で彼の話をする者もあまりいなかった。金を使うことはいっさいなく、「ここを出たら復讐してやる」などと口走ることもなかった。ほかの強盗たちは「血で落とし前をつけてやる」などと物騒なことを言ったり、牢獄送りになった不運を塀の外にいる者のせいにしたりしたものだが、ラミエールは違った。話すより行動あるのみの珍しい男だった。

刑務所内の噂話から得られる情報が尽きたところで、トレズは正式な情報源に集中することにした。まず、ラミエールのいまの住所を知りたかった。銀行襲撃事件のときの記録にある住所ははるか昔のもので、そのあとは刑務所暮らしだ。もとの家は家賃が支払われなくなり、行政機関が介入していた。とはいえ、ラミエールはリヨン＝コルバ刑務所を出るときに、一時的なものであれ住所を知らせているはずだ。保護観察官もつけられたに違いない。いずれそういう情報も手に入るだろう。

袖ぐりに厄介なしわがまた一本入り、トレズはため息をつきながらアイロンを当てた。なかなかうまくいかない。そのとき、ドアが短く三回ノックされた。カペスタンだ。

「どうぞ」

カペスタンはドアを開け、いつもの笑顔を見せた。

「刑務所からいい知らせはあった？」

トレズは手短に状況を説明する。

「わかった。何かつかめたらショートメッセージを送って」

トレズはうなずいた。カペスタンは、トレズが署内の彼の部屋でアイロンをかけていることについては質問しなかった。あまりにも何も言わないので、関心がないのではと思うほどだ。だが、トレズはカペスタンが本当は無関心ではないとわかっていた。疑問や関心、痛みや怒りについては極力口に出さないようにしているのだ。うれしかったり感激したりすれば、すぐにその気持ちを分かちあおうとするが、それ以外の感情は表に出そうとしない。実際、陽気に率直に振る舞い、表裏がまったくないように見えるが、自分自身のことについては誰にも知られないようにしている。カペスタンの心を完全に解読することはできないまでも、トレズはだんだん彼女のことをわかるようになってきた。少なくとも、いまカペスタンには何か気がかりなことがあるようだ。それがカペスタンの頭のなかを駆けめぐっている。何かカペスタンの視線からそれが見てとれる。カペスタンはきっと、話す必要があると思ったときに、その話をしてくれるに違いない。黙っているからにはそれなりの理由があるのだろう。トレズはカペスタンのことを一秒たりとも疑わなかった。カペスタンがふたたび出ていくと、トレズの携帯電話が震えた。ようやくだ。「こっちから出向きましょうか」という脅しが功を奏したのだろう。

カペスタンはリビングに戻った。トレズに話すつもりだったのだが、彼は手いっぱいでそんな余裕はなさそうだった。そこで、ぼんやりと署内を歩きまわった。特別班をこの事件からはずすという、上層部の電話から逃げるかのように。

ダクスは「マクス・ラミエール」という名をコピーして、思いつくかぎりのウェブ検索ボックスにそれをペーストした。〝不法侵入の痕跡はかならず削除〟と書かれた付箋を見るたびに、「ああそうだ」と言ってキーボードに戻る。四時間の検索の結果、同名の人物をすでに三人見つけていた。どれもまったく役には立たないが、メモはしっかりとっていた。

カペスタンは自分の机に座り、デスクランプをつけた。午後の早い時間なのに外はすでにほの暗い。オレンジのランプシェードが放つ温かな光の輪に意識を集中させていると、ルブルトンがカペスタンの机を軽く叩いた。

「例の銀行襲撃事件のファイルは、ディアマンの手にも渡ってるんですか？」

「いいえ。情報はまだリヨンから届いてないし、私も今朝は忙しくて電話できてなくて……」

「知らせないとまずいのでは？　そうしないと、われわれが情報を隠しているみたいじゃないですか。誠実じゃない。明らかに不正行為です」

カペスタンは箱からティッシュを一枚取り出し、机についたマグカップの丸い跡を拭った。

「大丈夫よ。向こうの情報だって超音速でこっちに届いてるわけじゃないんだから」

「ルールはルールです。だいたい、そんなことをしてなんになるんです？　一日、ひょっとしたら二日間の猶予が与えられる？　男がひとり拘留されているんですよ。リヨンでの殺人のときには、その男には完全なアリバイがあります。すべての事件がつながっているのだとしたら……、あの男を釈放しなければ」

もちろんそうだ。いずれにしても、どこかの時点ではこの書類も司法警察に届くはずだ。ただし、ルブルトンはすべてを知っているわけではない。抜かれた報告書は読んでいない。カペスタンは足元のごみ箱にティッシュを放り投げた。

「いいえ」

「アンヌ、お願いだ……」

カペスタンは少しひるんだ。過去に衝突したときの経験から、カペスタンはルブルトンに対して直感的に不安を覚えていた。いまもその気持ちが完全に消えたわけではない。それが間違いだとはわかっている。メンバーのなかで、思慮深くバランスのとれた決断をできる者がいるとするなら、ルブルトンだろう。ルブルトンには事情を伝えなければならない。きっとわかってくれて有益な意見をくれるだろう。

カペスタンは、机のいちばん上の引き出しからそっと例の報告書を取り出した。

ミネルヴァ銀行の事件の資料にあったのは、負傷者三人の名前だけではなかった。ほかの名前もあったのだ。

「ねえ、これ読んでみて。ファイルに入ってたの。みんなには見せてない。自然に気づくかもしれないけど。それに、一分一秒でも稼げればそれにこしたことはないと思う。考えを聞かせて。ページのいちばん下にある。被害者の名前よ」

ヴェロウスキの部屋で殺された女性と男の子の苗字は、〝オルシーニ〟だった。

「くそ、くそ、くそ」書類を見つめながら、ルブルトンは小声で言った。

復讐殺人、自分たちの捜査の掘り出しもの……。すべてが新たな光のもとに置かれた。いや、新たな闇のもとに置かれたのだ。

どうしてオルシーニは何も言わなかったのか？　やがて自分の名前が出てくることはわかっていたはずだ。なんのために時間稼ぎをしているのか？

それより何より、彼は捜査官なのか？　それとも殺人犯なのか？

玄関のベルの音が署内に響いた。ルブルトンは視線を上げてカペスタンを見た。ディアマン警部補だろう。すぐに応じないと。決断のときだ。ルブルトンはその紙をカペスタンに差し出した。

「引き出しにしまっておいたほうがいい。私がディアマンの対応をしようか？」

カペスタンは首を振った。汚れ仕事を引き受けるのは自分の役目だ。例の報告書を抜いたファイルを持って、カペスタンはドアに向かった。

戸口には、背の高いディアマン警部補が立っていた。とてもいらついている。連絡が途絶えたことを不快に思っているようだ。

「私に渡すものがあるのでは？」

「もちろんよ、電話しようとしてたとこなの」

「いえ、そんなつもりはなかったってわかってますがね」

ディアマンにおふざけは通用しない。大きな手で書類の束をつかみ、親指でそれをめくっていく。

「これで全部ですね？」

「当然よ。どうしてそんなこと訊くの？　あなたたちは全部そろってない書類を私たちに渡してるってこと？」

カペスタンは挑発するのが好きだ。

ディアマンはにこりともせず、後悔の表情も見せず、フェアプレイを強調するわけでもなかった。そのままくるりとうしろを向くと、ぞんざいに言った。「それでは失礼します、警視正」

「あのかわいそうな被疑者を釈放するのを忘れないようにね」ディアマンがエレベーターに乗り込むとき、カペスタンはそう声をかけた。

カペスタンは相手を挑発せずにいられなかった。部局間の競争が再開された以上、今度ばかりは負けるわけにはいかない。特別班の仲間が関係しているのだから。

やがてその仲間と向きあわなければならないだろうが、まずはいくつか確認すべきことがあった。

ロジエールは、ビリヤード室の窓の下にある革張りのひじ掛け椅子に深く腰かけて、原稿を読み終えようとしていた。物語の印象をつかむために一気に読んだのだ。ヴィクトリア時代のある種の喜劇をジェーン・オースティン風に料理した話。筋も登場人物も、リヨンの強盗事件やそのトラウマとはなんの関係もない。それなのに、何かが、漠然とした何かがロジエールの心に引っかかった。この小説は、それ自体としては紙の無駄だ。状況は矛盾だらけだし、ストーリー展開も行き当たりばったり。素人仕事だと一蹴してもよかったのだが、不思議なことに一ページ一ページ、一文一文はよく練られ、慎重に組み立てられている。ヴェロウスキは、すぐにはわからないかたちで何かを伝えようとしているのではないだろうか。読んだ人に何も知らせずに、でもわかってもらいたいとでもいうかのように。ロジエールは手でキーボードを打ちながら、頭のなかには別の複雑な思いがあった。誰かが時間をかけてこれを読み、自分のことを知ってくれることを望んでいる。彼はこの原稿を、この原稿だけを持って逃げようとしたのだ。作家というものは自分の作品がどんなに駄作でも末っ子のようにかわいがり、それにしがみつくものだ。だとしても、この原稿が完全に取るに足りないものとは思えない。ロジエールは俄然やる気になった。ストーリーを無視し、頭を作家モードに切り替える。A3の厚紙にマス目を描いて、水平方向と垂直方向に見出しを入れていく。名前、目的、関係、性格。

　ロジエールが眼鏡の位置を直していると、レヴィッツが顔を出した。

「トレズが何かを突き止めてカペスタンに伝えたみたい。聞きに行きますか?」

「いま行くわ」ロジエールは小さな声で答えた。

　ピロットがパイロットフィッシュ（水槽を立ち上げたときに真っ先に入れる生命力の強い魚のこと）のように飛び跳ねた。

「刑務所に二十年いるあいだ、誰ひとりとして訪ねてこなかった」カペスタンは話をまとめて言った。「ラミエールはお金のためにムロンヌを殺したけれど、恨みも引き金になったに違いないわ」

カペスタンは手を叩いて続けた。

「というわけで、住所がわかったの。モンテーニュ通り二十五番地。行きましょう」

「モンテーニュ通り?」ロジエールが尋ねた。

「そうよ」

「それって、ホテル〈プラザ・アテネ〉の住所よ。その男、いくらでもお金を使えるわけね」

第二十二章

カペスタンとルブルトンが着いたとき、ラミエールはホテルにいなかった。張り込みをするしかない。この計画変更によって、さらなる問題がふたつ生じた。第一に、特別班は検事局から切り離されているので、この新しい被疑者の捜査令状を持っていない。つまり、現行犯で捕まえるか、彼が逃走しないかぎり、ラミエールを逮捕することはできない。第二に、ファイルに目を通したBRIも特別班とまったく同じ結論に達し、捜査令状を持って大急ぎで現場に駆けつけるだろう。ひょっとしたら、もうこちらに向かっているかもしれない。

もしBRIに先を越されてラミエールを逮捕された

ら、たちまち捜査は打ち切られるはずだ。BRIが犯人を手中に収め、特別班は以前にも増して気力を失い惨めな思いで立ち去ることになる。ホテル近くのマロニエ並木の下のベンチで、カペスタンは華やかなモンテーニュ通りのはるか先を見ながら、動きがあることを祈っていた。ラミエールにはいますぐ姿を現してもらわなければ。

枯れて葉が落ちた木にイルミネーションが取りつけられ、その重みで細い枝がたわんでいる。葉が落ちているのでホテルが完全に視界に入り、石の外壁と緋色のゼラニウムで飾られた小さな植え込みが見える。客室の窓の外に並ぶプランターと赤い日よけが組み合わさって、この場所のランドマークになっている。

若い女性がたくさん、テラスに沿った生垣に設けられた柵にへばりつき、スマートフォンをかまえている。どうやら彼女たちも何か動きがあることを祈っているようだ。当然、彼女たちの目当てはラミエールではない。周囲の通りからさらに人が集まってくるのを見て、これだけのファンを集めるスターは誰だろう？　とカペスタンは思った。

〈プラザ・アテネ〉から数メートル離れた路上では、四輪駆動車の高い座席に陣取ったサン＝ロウとレヴィッツが、サイドミラーを使って大通りを監視していた。

レヴィッツは自分の幸運が信じられなかった。黒革のレーサー用ハンドルを撫で、歌手で女優のリアーナのお尻に触るときでも見せないであろう優しいしぐさで変速レバーにそっと触れる。ただひとつ残念なのは、窓がスモークガラスになっていることだ。車を借りるとき、レヴィッツはレンタカー店の店員に言った。

「おい、待ってくれ。透明な窓にしてほしい。ポルシェに乗るんだから、赤信号で止まっているときにみんなに見られたいだろ！　十二月なのに窓を開けるわけにもいかないんだからさ……」

「いやいや、この人の言うことなんて相手にしないで」ロジエールがプラチナカードを差し出しながら言った。「この窓で問題ないわ」

　カウンターの店員が、大金持ちの女は愛人のわがままを聞いてやらないのだなと思っていると、ロジエールはレヴィッツのほうを向き、この贅沢な車を借りる目的を説明した。

「これは張り込み用よ、レヴィッツ。張り込み。覆面でね。〈プラザ・アテネ〉の外だったら、ポルシェのなかでもカイエンがいちばん目立たない。わかってる？　それなのに、あなたが大はしゃぎで運転席に座ってたら、すぐに人目を引いちゃうじゃない」

　レヴィッツは折れるしかなかった。ロジエールの理屈にでなく、クレジットカードに負けたのだが、それでも降参は降参だ。とはいえ、満足している点もいくつかあった。フォルムの美しさ、快適さ、たくさんのボタン、エンジンの馬力。レヴィッツはポルシェに夢中で、その感激を相棒に伝えようと必死だったが、当のサン＝ロウは車の細部になどこれっぽっちも興味がない。レヴィッツのほうを向いて、ただ付き合いでそれっぽくうなずいて見せた。衛兵時代には、酒場で歯の抜けた女たちの話が何時間にも及ぶことがあったので、サン＝ロウと彼の内なる詩人は相手の話を「聴かずに聞く」術を身につけていた。フランソワ・ヴィヨン、デュ・ベレー、ロンサール、クレマン・マロといった詩人の作品に育てられたサン＝ロウは、世界から自分を切り離す方法を心得ていた。そもそも、その世界のほうもサン＝ロウのことを認めてはいないのだが。

　子どものころのサン＝ロウは、戦いと勇敢な行為のうえに成り立つまったく別の未来を思い描いていた。自分のエクスカリバー（アーサー王の伝説のなかで彼が持つとされている剣）を見つけてそれを抜いたり、馬に鞍をつけて征服と栄光を追い求めたりすることを夢見ていた。しかし彼の心も才能も、誰もがそれをあざ笑うこの時代に閉じ込められている。

しかしサン＝ロウはいま、違う風が顔に吹きつけるのを感じていた。口髭が冒険特有の匂いを察知している。些細な任務であったとしても、誰かが何かを任せてくれることなど久しくなかったのだ。むなしいともいえる豪華ホテルの張り込みに、過ぎし日に王の陣地を守ったときと同じぐらい夢中になっていた。レヴィッツが無駄口を叩いている一方で、サン＝ロウは生き返った。銃士の血が全身を駆けめぐり、魂の熱情が呼び起こされるのを感じた。とことん戦い、敵を打ち倒す準備ができていた。詩への愛と戦闘への渇望が、まるで汚れのない壁を伝い上る蔦のようにサン＝ロウを捕らえていた。世界一の剣士が戻ってきたのだ。

ホテルの入り口で騒ぎ立てている女の子たちの群れをかき分けてマクス・ラミエールがやってくるのが見えたら、車に夢中のレヴィッツにそれを伝え、彼に任務を思い出させなければ。


そのころ、ロジエールはナイフとフォークを手にイタリアン・サラダと格闘していた。

「ルッコラはうんざり。最低でも五回はフォークを突っ込まないと、ほかのものにたどり着けないんだから」

隣に座ったルブルトンは、繊細な陶器のカップに入ったコーヒーをかき混ぜている。ロジエールは諦めてナイフとフォークを投げ出し、パンをちぎってドレッシングにつけると口に放り込んだ。ふたりはもう二時間もホテルのバーに潜んでいる。クリスタルや宝石類や気取った連中はひっきりなしに目にしたが、ラミエールも有名人もまったく姿を現さない。時間の無駄だ。ロジエールのピンヒールがいらだちのリズムを刻む。

「張り込みってほんといや。ただ待つだけなんて馬鹿みたい」

「待つのが好きな人なんていないよ、エヴァ」ルブルトンはそう言うと、長くて細い脚を組んだ。

恵まれた体格とダンディーなスタイルが相まって、ルブルトンはその場に完璧に溶け込んでいたが、本人にとってはそんなことはどうでもいいようだ。

「あなたは待つの大好きじゃない！ ほら、そこにすっかり落ち着いちゃって……まるで待つのが趣味みたい」

ルブルトンが苦笑すると、顔の切り傷が強調された。ルブルトンは、タキシードを着たウェイターがトレイにのせて運ぶカクテルが優雅に揺れるのを目で追った。そして、緑の毛皮を身にまとい剣と鞘を持ったモンタージュ写真のことを思い出した。

「目立ちたくないはずの悪党が、豪華ホテルを選ぶとは妙だな」

「そうとも言えないわよ。反対に、芝居じみた演出で目立ちたいのかもしれない。道路標識であんなことするぐらいだし。銀行強盗ってたいていは、とんでもなく思いあがった連中がやるものよ。それに、刑務所のなかでシルクのシーツにくるまっておならをするところを想像して、めちゃめちゃ興奮してたりして。お金を奪い返せば、そんな豪勢な暮らしもできるなんて考えて。それに、この手の高級ホテルはどこもそうだけど、客がどんな仕事をしているのかとか、詮索しないのよ。スキャンダルでも起こって、この静けさがかき乱されるまではね。思いあがった王子たちがたくさん、奴隷の一団を連れてパリのあちこちのスイートルームをうろついてるに違いないわ。フロントでは誰にだって鍵を渡す。ムッシュ、当ホテルをお選びくださり光栄です、またのご利用を心よりお待ちしております、ってね。まあ、そういう連中と比べたら、ラミエールなんて全然小物よ」

「たしかにそうだな。やつは、保護観察官に住所を伝えるときに優越感に浸っていたに違いない」ルブルトンが言った。

「ほんとよね。穀物貯蔵庫に引っ越すネズミみたいにね」

「ネズミといえば、メルロはどこだ？」

「警察官としてラタフィアを仕込んでるところよ」

「仕込めるのか？」ルブルトンは驚いて尋ねた。

「そうね、あの子、コート・デュ・ローヌとボジョレーの違いがわかるのは間違いないわ。コカインや爆発物となるとまだまだみたいだけど。でも、ぺちゃんこにされずにメルロについてまわってるところをみると、生存本能はちゃんと働いてる。ひょっとしたらいつか、お国の役に立つことがあるかもしれないわね。まあ、犬ほどじゃないでしょうけど、みんなそれぞれ好きなペットがいるものよね……」

そのとき、顎髭をたくわえた男が廊下を歩いていくのが見えた。その姿が百枚の鏡に映る。ロジエールとルブルトンは息を呑み、無限に反射する男の姿を目で追った。いや、違う。ずんぐりしすぎているし、髪も白すぎる。人違いだ。

「残念、サンタクロースだったわ」ロジエールはそう言って拳を手のひらに打ちつけた。「っていうか、いまどきは、あの手の髭男ってあちこちにいるのよね」

ロジエールは首を振って苦笑した。ルブルトンはコーヒーカップの縁を爪で叩いた。

「サンタクロースといえば、クリスマス・イブの夕食にうちの実家にいっしょに来てくれないか？ ヴァンサンがいなくなって初めてのクリスマスで……友だちを連れていけたらうれしいんだが」

ロジエールは、ほっとしたのをごまかそうとして目をそらした。いまのひとことで、胸につかえていた大きな塊が取れて消えていくのがわかる。ロジエールにはルブルトンの繊細な気づかいが何よりありがたかった。お願いするふりをしているが、慰めが必要なのはこちらのほうだ。ロジエールはカラフルな宝石で飾られた手に愛情をこめて、ルブルトンの腕をぎゅっと握った。

「まあ、ありがとう。喜んで、喜んでごいっしょするわ。本当にありがとう。ショッピングに行かなきゃね」

エヴラールは大きなニコンを首からぶら下げ、人ごみに紛れていた。そこにいる少女たちはこの界隈のブティックの店員たちに似ているが、違いはもっと騒々しいことだ。みんな、キム・カーダシアンとカニエ・ウェストが姿を現すのをいまかいまかと待ちかまえている。だから、エヴラールが男を見つけて身を硬くしても、誰も気に止めなかった。男は黒っぽい髪で中肉中背、いまは顎髭はなく、眼鏡もかけていなかった。

「見つけました。カナダ大使館の前を通り過ぎようとしています」電話会議モードに設定された携帯電話に向かってエヴラールが言った。

知らせを受けたカペスタンは、大使館のほうをちらりと見ると、メンバー全員に指示を出した。

「オーケー、エヴラール。そのまま進ませて私たちふたりであとをつけるわよ。ルブルトンとロジエールは、こっちに向かってきて。でも、彼が逃げようとしたときのために、見られないところにいてちょうだい。十分な距離まで近づいたら、エヴラール、やつを捕まえるわよ。おそらく逃げようとするから、そのときには前のふたり、ルブルトンとロジエールが捕まえてちょうだい。それでも逃げられたら、レヴィッツとサン＝ロウ、頼むわね。車を出すのよ」

カペスタンはエヴラールに合流した。少しずつラミエールとの距離を詰める。ルブルトンとロジエールが現れて持ち場につこうとしたそのとき、大きなSUVがふたりの横を通り過ぎ、ラミエールのすぐ横でタイヤをきしませながら急停止した。ラミエールの反射神経は刑務所に入れられていてもけっして鈍らなかったようで、その年齢の男にしては驚くほどの速さで逃げだした。黒い服に防弾ベストを装着した屈強な警察官が六人、車から飛び出してきたが、逃げられたショックで一瞬動きが止まる。その一瞬のあいだに、周囲にいた少女たちは、このぴかぴかのSUVに待ちかねたアイドルが乗っていて、男たちはそのボディーガードだと思い込んだ。たちまちみんな緊急対応部隊に向かって突進し、その車のボディーに身を押しつけてボンネットのまわりを囲み、フロントガラスにへばりついた。ルブルトンとロジエールは脇に追いやられ、行く手をふさがれてしまった。少女たちはきゃあきゃあ言いながら携帯電話のカメラをオンにして、なす術もなく立ちつくすBRI隊員たちの青ざめた表情をパシャパシャと写真に収める。司法警察がインスタグラムの主役に収まっているあいだ、キムとカニエは少女たちの視線をうまくかわしながら、まんまとスイートルームにたどり着いた。

カペスタンは驚いていた。自分たちの班が第一の被疑者を捕まえようとしたその瞬間に、ギャング対策部隊が派手な車で現れて、目と鼻の先で男を奪っていこうとしたのだ。張り込みも徒労に終わった。マクス・ラミエールは、このアジトには当分戻ってこないだろう。本当に頭にくる。だがその怒りも、レヴィッツとサン＝ロウがポルシェを発進させ、逃亡者と同じ方向へ通りを走り抜けていくのが見えたとたんに収まった。

班のメンバーはうまくリレーし、追跡劇が始まった。カペスタンは緊張した面持ちでポルシェを目で追う。なんだか様子がおかしい。車のパワーと運転者の情熱にもかかわらず、あまりにのろのろ進んでいる。メカニックのトラブルかもしれない。なんてことだ。せっかくのチャンスが逃げていく。

「もっと速く！」歩道を矢のように走っていく逃亡者の姿を見て、サン＝ロウが大声で言った。

レヴィッツはアクセルを踏むのを頑なに拒み、関節炎にかかった老婆のような速度で車を走らせていた。ギアをかろうじて二速に入れ、まるでそれで十分だと思っているようだ。スピード狂、自動車マニアとして有名なレヴィッツだが、今日はその片鱗すらうかがえない。

「行け！」

「いやいやいや、この車をぶっ壊したくない。大丈夫、大丈夫、ラミエールならまた捕まえられるって。大丈夫、大丈夫」

「畜生！」サン＝ロウはそう言って、運転席に手を伸ばした。

「おいやめろ、ハンドルに触れるんじゃない！　これはおれのだ！」レヴィッツは叫んだ
サン＝ロウは驚いてレヴィッツを見つめた。そういえば、自分も昔、初めての牝馬、アルザンに対して同じような気持ちになったことがある。レヴィッツはとにかくこの車を壊すことを恐れている。この車が大好きなのだ。そして、最もパワフルなエンジンを与えることで、特別班は、車をダメにするというレヴィッツの呪いを解いたのだ。レンタカー会社に車を返すとき、レヴィッツは涙を流すだろう。

そうこうするうちに、ラミエールはセーヌ川の堤防にたどり着いていた。エッフェル塔のほうへ向かっているようだ。仕切り直さなければならない。

追跡は完全に失敗した。

署内が静かになった隙に、メルロはロジエールが騒いでいたアドベント・カレンダーをよく見ようとした。そのとき鋭い鳴き声がした。足元を見ると、しっぽを踏まれたラタフィアだった。メルロが脚を伸ばしたまま前かがみになって手を差しのべると、ラタフィアはメルロのジャケットの袖を駆け上がってきた。ラタフィアが肩の上にのる。メルロはネズミの頭と背中を優しく撫でた。

「よしよし、ラタ、大丈夫だ」

ラタフィアが落ち着くと、メルロは当初の目的に立ちもどった。壁際のテーブルの上に置かれたアドベント・カレンダー。メルロは、太い人さし指で今日のぶん の箱をつついて開けた。空だ。隣の箱。そこも空。

メルロは、いらいらしながら次々と開けていった。ついにクリスマス・イブの箱にたどり着くと、そこには小さな紙が丸められて入っていた。メルロはそれを開いて読んだ。

〝ハハハ！ 引っかかったわね！〟

ロジエールは、メルロがチョコレートを盗むとわかっていたのだ。メルロはかんかんだった。

第二十三章

「そのためにエリート部隊があるんだ。ふざけた連中が首を突っ込んできて、逮捕をしくじらないようにな。本当はいまこのとき、ラミエールは手錠をかけられているはずだったんだ。外でジョギングさせとる場合ではない！」

「おたくの用心棒たちが登場しなければ、とっくに手錠をかけてましたよ。スピーカーから『テキサス・レンジャー』のテーマ曲でも流れてたら完璧でしたのにね」

　こういうときには堂々として見えるにかぎる。カペスタンは落ち着いたふうを装って、ひじ掛け椅子に座っていた。反発したい気持ちに抗い、ＢＲＩのトップ、フロスト司令官が発する一つひとつの言葉のせいで怒りが全身を駆けめぐるのと必死に闘っていた。カサゴを彷彿とさせる額、チェーンソーを思い起こさせる笑い、そしてコース地方の谷よりくぼんだ目。そんなフロストからはうぬぼれしか感じられない。礼儀も思いやりもあったものではない。ふた言目には、現場がいかに大変かを繰り返し、その口調には言い訳とともに自慢が混じっていた。

　ふたりはビュロンのオフィスに招集されていた。カペスタンは、フロストと同じ空気を吸っているだけでいやだった。そこには刑事部の部長デュペリもいて、カペスタンと同じように不快感を抱いているようだった。ただしデュペリの不快感は、取るに足りない兵隊にすぎないディアマン警部補にも、警察のごみ箱と呼ばれる班のリーダー、カペスタンにも向けられていた。ここにいる者は全員、お互いをこれっぽっちも評価していない。聖なる局長のビュロンだけは例外だ。ビュロンは机に身を乗り出し、オリンポス山のゼウスよろしく腕を広げていた。それにしても、こんな連中の前で叱られるなんてまっぴらだ。

「いや、そうじゃないだろ」フロストが牙をむいた。「正式に武装し、しかも正規の令状を持った警官隊が現れたから、きみたちがびっくりしただけじゃないか。そもそも、きみたちだけでやつを捕まえて、どうするっていうんだ？ ファイルを持ってたところで、それを活用する手立てもないくせに。たんなる素人集団だろうが」

「ちょっといいですか、ファイルを見つけ出したのは、その〝素人集団〟ですよ。〝プロの方々〟は一週間ずっと無実の男を拘束して、それなのに『よくやった』なんて言い合ってただけじゃないですか」

「これだから女は困る。なんでも女は顔写真だけで、そいつが〝無実〟だとわかるそうですよ」フロストはデュペリとビュロンに言った。

ふたりは、明らかにこんな〝不適切な〟冗談につきあうつもりはなかった。ビュロンはおそらく、不快だからというより政治的な理由から、こういう発言は受け流すのがいちばんだと心得ていた。ビュロンはいわば卓球の審判で、やがてボールを没収するだろう。デュペリはそもそも話を聞いてすらいなかった。悪びれずに堂々と自分の携帯電話ばかり見て、十五分ごとにため息をついている。ビュロンの机の前にはひじ掛け椅子が並び、デュペリはドアにいちばん近い右端にいた。デュペリの非の打ちどころのないスーツ、スカイブルーのシャツ、ウィンザーノットにしたネクタイが、フロストのくしゃくしゃのジャケットとぼさぼさの白髪と対照的だ。左端にはディアマンが座っていた。上半身の幅が広すぎてひじ掛けのあいだに収まらず、しかたなく身体を斜めにして腰かけている。ただひたすら、自分の上司に従おうとしているようだが、上司のほうはといえば、徹底的に彼を無視し、たまにディアマンが何か言おうとすると、舌打ちして話をやめさせた。

カペスタンは、あからさまな性差別ともいえるこの挑発を無視したものの、ゆうに三十分も小心者の威張り屋からの軽蔑に耐えていると、どうにかしてこてんぱんにやっつけたい衝動に駆られた。この男は捜査を台なしにしただけでは満足せず、なんと説教まで垂れようとしている。

「もちろん、あの男は罪を犯してます。ただし、別の犯罪ですけどね。手当たりしだいに男を捕まえて、靴下をペアにするみたいにどの事件と結びつくか考えるっていうのがBRIの新しいやり方なのでしたら、どうぞご勝手に。結局、あなたたちエリート部隊は見当違いもいいとこじゃないですか。私たちは〝ふざけた連中〟かもしれませんけど、だからって、あなたたちの名前が新聞の一面を飾ったのも見てませんけどねえ」

「もういい、カペスタン」ビュロンが冷静に言った。

するとフロストが勝ち誇ったように言った。

「そうですよね、局長……」

「もういい、フロスト。どちらの部隊も無責任な行動を取った。どちらもつまらぬ隠し立てをして場当たり的な動きをするから、三人殺害の首謀者と思われる男を取り逃がしたんだ。被害者のなかにはわれわれの仲間もいるということをわかってるんだろうな。きみたちは警察を愚弄したことになるんだぞ。さいわい、どちらも秘密主義だから、容疑者を逃がしたことは外には漏れておらん。だいたい、きみたちを呼んだのは、つまらん口げんかを聞くためではない。ここは司法警察だ。しっかりしろ。この組織にふさわしく、互いに協力して捜査に当たるように。子どもじみた縄張り争いはたくさんだ。デュペリ、さっきから何も話してないが、きみの部署も捜査に参加してるんじゃないのか？」

デュペリは携帯電話からようやく顔を上げると、電話をグレーのスーツの内ポケットに入れた。そしてビュロンのほうだけを向いて、少し言い訳をした。

「別の事件の捜査もあって、そちらの進捗を確認しなければならなかったもので……」そうささやいたあと、今度はみんなに聞こえるように声を大きくした。「たしかに、われわれは表向きはこの三人殺害の捜査に取り組んでいます。ただ、亡きリュフュス警視正に敬意を表し、さらに事件解決に強い意志を持って臨むBRIを称えるために、その縄張りを侵したくはありません。いっしょに行動するといろいろ厄介なことになることも多いので、われわれはBRIの決定を信頼して全権をBRIに委ねています。つまり、われわれが介入するのは最後の最後です」愛想のいい微笑みを浮かべながらデュペリは言った「功績はすべてBRIのものと認めるつもりです」

さらにもう一度ビュロンのほうを向くと、無理にいたずらっぽい顔をしてこう付け足した。

「もちろん、うまくいけばの話ですがね」

デュペリは、最初から破綻していたこの捜査の責任を取るつもりなどまったくなかった。刑事部がBRIを好きだったことなどなく、取るに足りない仲間のせいで、これまでの染みひとつない名声を汚されるつもりもない。カペスタン率いるイノサン通りのお粗末な特別班については頭の片隅にもなかった。

大ざっぱな性格のフロストは、デュペリの「功績」と「委ねる」という言葉だけを拾って、ビュロンに向かってうなずいた。できればここではっきりと、カペスタンの特別班はもう必要ないと表明したいところだ。

「では、ファイルはすべてわれわれのところにいただきましょう」

ビュロンは眼鏡をはずして、椅子の背にもたれた。その可能性を真剣に検討しているように見える。カペスタンの背筋に不安と疑いの震えが走った。ビュロンがそんなことをするはずがない。ビュロンは親指と人さし指で眼鏡のつるをはさむとそれを回しながら、カペスタンに直接話しかけた。

「リヨンのファイルは、戻ったらすぐにディアマン警部補に渡すべきだった。ジャック・ムロンヌについての情報もだ。同じことを何度も言わせないでくれ、カペスタン」

カペスタンはいらだち、そんなことを言われるのは今回が初めてで、しかも情報については自分たちの手元に置いておいていいと特別に許可をもらっていたではないか、と反論したかった。だが、ぐっと我慢した。特別班が生き残れるかどうかは、すべてビュロンの胸ひとつだとわかっていたからだ。ビュロンは猫をかぶる名人だ。彼は、カペスタンの頭上を旋回する二羽の猛禽に餌を与えてくれたというわけだ。カペスタンは素直にうなずくことにした。

「わかりました、局長」

「よろしい。それならきみたちの協力体制はこれまでどおりだ。ただし、司法警察のどの部隊の捜査も邪魔しないこと。これは命令だぞ」

あることをすると、次は反対のことをする。コミュニケーションを取りながらも、手の内は明かさない。カペスタンはビュロンの心の内がはっきりと読めた。フロストにはとても読めないに違いない。

「お言葉ですが、局長、冗談をおっしゃってるのでしょうか。被害者の息子の彼女が捜査に新しい進展をもたらすとでも思ってらっしゃるのでしょうが、それがどんなことになるかはすでにご覧になったとおりです……。利害の対立があるのですから、うまくいくはずがありません。それにこの人たちの行き当たりばったりの行動が、捜査の足を引っぱっています」

声の調子を上げることなく、ビュロンはフロストの目をまっすぐに見つめ、決定権が誰にあるのかを思い出させた。局長が自分の選択についていちいち弁明する必要などない。

「司法警察のもとにある幅広い才能と人材を活用するのが私の仕事だ。相乗効果を求めているわけじゃない。誠実に協力してくれと言っているだけだ。それと、毎日、捜査の進捗状況を報告してもらいたい。ディアマン警部補、きみも頼んだぞ」

ディアマンは、それまでフロストに言葉を発することさえ阻まれていたので、局長に直接話しかけられたことに驚いた。少しだけ口ごもってから、いつものようにしゃちほこばって言った。

「承知いたしました、局長」

フロストが口を開く前に、そしてデュペリがひじ掛け椅子から腰を浮かせるなか、ビュロンは眼鏡をかけて新しいファイルを開き、ミーティングを締めくくった。

「マダム、ムッシュ、解散だ。ではまた」

第二十四章

ロジエールは両腕に原稿を抱え、足元にピロットを従えて、まっすぐにカペスタンのところへ向かった。カペスタンは、ひと気のない凍えるようなテラスでお茶を飲んでいた。

「悪い知らせがあるの、アンヌ」

悪い知らせ。カペスタンはすでに頭を抱えていた。同僚のひとり、オルシーニが三人殺害の事件に関係している可能性が高い。それに、いちばんの被疑者はあっという間に逃げてしまった。そこにまた、悪い知らせだという。これ以上状況が悪化することなど考えられないぐらい最悪なのに。

ロジエールはデッキチェアに原稿を放り出して、長く細い煙草を一本取り出した。金色のライターで火をつけ、軽くひと口吸ってから説明を始める。

「あなたの義理のお父さんのことなんだけど……」

ああ。夫に関わることなら、たしかに状況をさらに悪くしかねない。この捜査には、もう一本、アキレス腱があったのだ。今度はどんなメッセージをポールに伝えなければならないのか。しばらくのあいだ、カペスタンの義理の父はこの事件において話題の人物だった。ロジエールは、いったい何をもって彼の名を汚そうとしているのだろう？　〝悪い知らせ〟が彼の勲章に磨きをかけるとはとても思えない。結局、何も輝いたりはしないのだ。カペスタンはお茶をかき混ぜつづけていたが、ようやく顔を上げてロジエールを見た。

〝どうぞ話して。聞くわよ〟という合図だ。

「原稿を一度読んで、また読み返してみてわかったの、暗号が隠されてることを。まず場所、仕事、名前、年齢、イニシャルを入れ替えてみて、それから登場人物たちの動機を細かく分析した。すると、銀行強盗の登場人物を特定できた。それぞれをファイルの資料と突き合わせて、履歴書に情報を加え、現実世界での足どりをたどってみた。そうしたら、ビンゴよ！　アレクシス・ヴェロウスキは、ただの目撃者じゃなかった。共犯者だったのよ。犯行のブレーンだった可能性もある。でもこんな展開になるとは思ってなくて、すっかりまいっちゃったみたい。リュフュスも共犯者ね。物語のなかでは、〝正義〟を具現する男が、息子が今風の仕事を始められるようにお金を必要としてた。そして、このなかの〝スポンサー〟は、あなたの元夫がいたトリオのプロデューサーと一致する」

「ごめん、どういうこと？」

「あなたの義理のお父さんが銀行強盗をしてできたお金で、あなたの夫はコメディアンになれたってことよ」

「……」

カペスタンはうなずいて椅子の背を引いた。腰を下ろして、色のついたメタルテーブルの上にマグカップを置く。ロジエールがその向かいに座った。足元にはピロットが横たわっている。

リュフュスは汚職警官だった。そのことに驚きはない。職業上の不正は、哀れな人生の仕上げにすぎない。その息子のために手を染めたのだとしても同じこと。その息子は、強奪されたお金のおかげでスターになった。

カペスタンには、これを聞いたポールがどう思うか想像がつかなかった。うしろめたくなったり後悔したりするのだろうか？　父親に改めて愛情を感じるのか？　それとも、そうした介入や賄賂をきっぱりと否定するのだろうか？　カペスタンは、ポールにそのことを伝えるべきかどうかすらわからなかった。あとでゆっくり考えるしかない。

まずは捜査だ。リュフュスが関与していたとなると、銀行強盗という大事件の現場にあの程度の頼りないメンバーで駆けつけたというのもうなずける。リュフュスがやって来たのは犯人を逃がすためだったのだ。だがリュフュスは、よもや現場で血が流されるとは思っていなかった。

「襲撃を計画するとき、誰が誰に呼びかけたのかしら？」マグカップの縁を親指でなぞりながら、カペスタンが言った。「誰がみんなを集めたの？　みんなとつながってたのは誰？」

「ムロンヌよ。ムロンヌとヴェロウスキは同じ地区で育ってる。原稿にはそれがどこかは書かれてないし、警察のファイルを見てもわからないけどね。ヴェロウスキが銀行家になったとき、すでに軽犯罪の前科があったムロンヌが彼に連絡を取ったの。ムロンヌは銀行強盗だけど、サイコパスじゃないわ。誰も撃ってない。で、彼がリュフュスに情報を流してた。この三人は、できるだけあっさりとお金と豪華な暮らしを手に入れたいって思ってたんだと思う。間違いは、よそ者のラミエールを雇っちゃったこと。そこでもムロンヌが仲介役をしてる。ふたりは若いときに刑務所で出会ってるんだけど、ムロンヌはラミエールがどれだけ危険な男かまではわかってなかったのよ。それはリュフュスも同じだった。ラミエールはそれまでは大きな犯罪では捕まってなかったから、前科だけ見てたんなる不良だと思ったのね」

「ほかに関与した人物はいないの？」

「いるかもしれないけど、はっきりとはわからない。私の分析は、手に入った情報だけで判断してるから」

テラスの反対側の隅で、二羽の鳩がのどを鳴らして羽をばたつかせた。ふたりの人間が冬の寒さに耐えながら静かに座っていることなど、羽のついたこの子たちにはどうでもいいのだろう。鳩たちは壁にわずかに伸びる蔦のところにいて、広場の無味乾燥な風景に色を添えている。どうやらふたりはピロットに鳩を追い払ってほしいようだ。ピロットはため息をついて、立ち上がった。

ムロンヌは巨万の富を手にしていた。フランスとスイスを何度も往復していることからもそれがわかる。彼はそれを気前よく使ってもいた。夜な夜な脳裏に現れていたに違いない、ふたりの死者への償いの気持ちもあったのだろう。ヴェロウスキも罪悪感に蝕《むしば》まれ、自ら姿を消した。大金を手に入れたおかげで表舞台から身を引くことができたのだ。だがしかし、リュフュスはどうだ？　この二十年間、カペスタンはリュフュスにまったく会っていなかった。ゴシップ収集家のメルロも、リュフュスの生活が大きく変わったという情報はつかんでいない。

「男の身柄を拘束して解決したと思ったあのカウボーイたちが、私たちに書類を渡しにきたわよね。そこにリュフュスの銀行の取引明細は入ってなかった？」

「いえ、入ってたと思う。でも彼も警察官よ。不正に手に入れたお金をそのへんの銀行に預けるようなへまはしないわよ。そうでしょ？　警察って必ず現金が引き出されていないか確認するじゃない……記録がないってことは、お金はどこかに隠してるってことよ」

「そうね」カペスタンは言った。「隠してるのかどうか、探る必要があるわね。あと、ラミエールがリュフュスを拷問にかけたのは、そのありかを知るためだったのかどうかも」

「あるいは、息子の将来を思って全部注ぎ込んだのかも」

ロジエールは煙草を灰皿にこすりつけ、母親のような笑顔をカペスタンに向けた。

「今度こそ、ポールに会いに行かないとね」

カペスタンはうなずいた。選択の余地はない。早くそうしたい気持ちと気が進まない気持ち、その両方がぶつかり合い、それがひとつになって消えていった。

このこと自体をポールに伝えるかどうかという問題もある。オルシーニの場合と同じで、黙っているのがいちばんかもしれない。

「ほかの人たちには何か話した？」

「話してないわ。これはあなたの問題、私たちのじゃない。あなたが決めることよ」

カペスタンは、なんであれメンバーたちに隠しごとをしたくなかったので、二度目の良心の呵責《かしゃく》に苦しんだ。この事件では、みんなを休む間もなく働かせ、あちこちへ向かわせながら、自分でわかったことはメンバーたちに何ひとつ伝えていない。そんな自分がいやだった。

リュフュスが不正を働いていたということになれば、またもや警察官の評判に傷をつけることになる。今回もまた、警察官のひとりに照準を合わせることで、ほかの警察官全員を裏切ることになるのだ。オルシーニも入れるなら、ふたりかもしれない。メンバーたちがリュフュス殺害事件の捜査に尻込みしたのは正しかったのだ。これで、特別班の評判はさらに地に堕ちることになるのだから。

　だが、刑事部とBRIはこの原稿を見ていない。仮に見たとしても、ロジエールがいなければ解読できないだろう。カペスタンが望むなら、この情報はイノサン通りの外に出ることはないのだ。

　誰の評判を汚すのか？　誰に嘘をつくのか？　特別班に？　司法警察に？　裁判所に？　それとも、ポールに？　誰に何を言うべきなのか？

　カペスタンは、まるで花瓶の傷を確かめるかのように、こうした問いを頭のなかで何度も何度も検討した。ひとつでも間違った動きをすれば、すべてが台なしになる。

　ポールと向き合い、父親のイメージをくつがえさせなければいけない。そういえば、事件のことをポールに伝えたとき、深く考えないままに「お父さんの評判は傷つけない」と約束してしまった。

　あるいはポールに何も伝えず、土砂降りの雨がすべてを洗い流してくれるのを待つという手もある。

　いずれにしても、ポールにはもう一度会わなければならない。それだけはたしかだ。欲求、恐怖、罪悪感が、カペスタンをこれまで避けようとしていた新たな戦いへと向かわせた。

　カペスタンは言い訳を求めてロジエールの目を見た。その目は思いやりと確信に満ちていた。カペスタンは深くゆっくりとため息をつき、冷たくなったお茶の横に置かれた携帯電話を手に取った。

第二十五章

イタリア風劇場の暗闇のなか、空席が何列も並んでいる。スポットライトに照らされた正面の舞台には、威勢のいい若いうぬぼれ男が立っていた。舞台を歩きながら、自分のスタンドアップ・コメディはわかったか、どう思ったかと神に尋ねているかのようだ。男はさらなる光、さらなる音、さらなる笑いを求めていた。才能はあるが、野心はもっとある。パリのコメディアンにありがちな仏頂面。カペスタンは同じ表情をさんざん見てきた。

神は何も答えてくれなかったが、代わりに、劇場の真ん中に座ったプロデューサーがよく響く尊大な声で指示を飛ばしている。その声で思わずカペスタンの背《せ》筋《すじ》も伸びた。カペスタンは劇場の奥で暗闇に潜んだまま、スポットライトの明かりに輝くブロンドのふさふさの髪をうっとりと見ていた。幅の広い肩が座席からはみ出している。年とともにずんぐりしてきたが、けっして太ってはない。ポールはつねに体型に気を配ってきた。父親はそのことを馬鹿にしていた。ポールは父親の男らしい美しさを受け継いでいたものの、父親と違って粗野な性格ではなかった。目立ちたがり屋のコメディアン。誠実でやさしいが、子どものころから恵まれていたので打たれ弱い。カペスタンが転落しはじめたら、彼は一年ももたなかった。カペスタンから笑顔が消えると、彼は去った。カペスタンには反論の機会もなく、すぐに罰が下されたのだ。

自分が協調的でなく、愛想もないことをカペスタンはわかっていた。当時は険しい顔つきで、心を閉ざし、つっけんどんだった。エネルギーはすべてほかのところに向けられていた。捜査をして、溺れて死んでしまわないようにするだけで精一杯だったのだ。まともに生活していく力も残っていなかった。夜行性の派手な王子のそばにいると、本格的に頭がおかしくなりそうだった。ときには恨みまで抱いた。ポールを愛していたが、それは目まいや吐き気をともなう空中ブランコに乗っているようなものだった。カペスタンはずっと優秀で明るく知的でありたいとがんばってきた。ところが、ある事件での経験から、すべてが無意味に思えるようになった。カペスタンは努力した。だが十分ではなかったのだろう。

それはポールも同じだった。

カペスタンは劇場の奥でふうっと息を吐いた。落ち着いた声で座席から舞台に指示を出す、この男のことを恨んでいる。だが同時に、興奮で脚が震え、一刻も早く駆け下りていって彼の隣に座り、いっしょに息をして、暗い劇場でふたりきりになりたかった。でも、訊かなければならないことがある。

ポールは、劇場の奥にカペスタンがいるのを見つけると急いで立ち上がろうとしたが、膝が座席に引っかかった。そこで、一生懸命手を振って彼女を招き寄せた。美しい顔がさらにうれしそうに輝いている。カペスタンはポールがいる列まで行き、距離を空けるべきか一瞬迷ったが、結局すぐ隣の席まで行った。ポールはカペスタンの肩を抱き、頬にさっとキスをした。ふたりはそのまま座り、舞台上の男が大声で持ちネタを演じるのを見た。殺人や容疑の話は後回しだ。ふたりとも少しのあいだ、互いのオーラが溶け合うのを感じていた。なつかしさと安心感。ポールの綿のシャツとカペスタンのカシミアのセーターが触れ、ふたりのあいだに温かな空気が伝わった。心地よい瞬間を楽しみながらも、決意が崩れてしまわないうちにカペスタンは抑えた調子でポールに話しかけた。「捜査が進んで、あなたのお父さんを殺した犯人がわかったの。マクス・ラミエール。心当たり、ある？　この人なんだけど」カペスタンは携帯電話に入った顔写真を見せた。

「いや……見覚えないな」

「この人たちは？」カペスタンは次に、ムロンヌとヴェロウスキの写真を見せた。

「ああ、このふたりは見覚えがあるような。なんとなくね。はっきりとはわからない。で、殺された理由はわかったのか？」

「どうやら復讐みたい」

カペスタンは躊躇した。話すならいまだろう。

「銀行強盗事件が関係してるの。犯人は人も殺した。あなたのお父さんがそいつを捕まえて刑務所送りにしたのよ。それで、出所してから仕返しされた」

ポールはうなずいた。父親のためには聞きたくなかった話だろう。父親の汚職について、ポールは何か知っていたのだろうか？　すでに気づいていたのか？

突然、カペスタンに、それまで考えてもみなかった疑念が浮かんできた。


とはいえ、カペスタンは話を省略したことで嘘をつくほうへと向かってしまっていた。いまさら、方向転換するわけにはいかない。あとの質問がしにくくなるのもしかたがない。ひとまずカペスタンは、話題を変えた。

「あの新人はどうなの？」顎で舞台のコメディアンを指しながら言った。

「すごくいいよ。目立ちたがり屋だが、人気が出てきてるんだ。ＹｏｕＴｕｂｅの再生回数はかなりのものだし、ときどきテレビにも出てる。金曜夜のクイズ番組にもお呼びがかかるはずだ。スター街道を走りつづけてる」

「あなたは？　復帰しようとは思わないの？」

「まあ、ときにはね……」

ポールはわざと大げさに髪を撫でつけた。

「昨日わかったんだが、ぼくはまだ過去の人間じゃないらしい」

「新しいトレンド？」

「いやいや。あくまで〝年代物〟としてだよ。まだ話だけなんだけど、いくつかの制作会社がぼくのようなコメディアンを集めて企画を考えているらしい。今度は映画だ。長篇の回顧ものらしい」

「いい話じゃない……」

ポールは、たいしたことじゃないという顔をした。

「まあ、脚本がよければ悪くない話かもしれないけど」

「映画なら、まずは資金を集めないとね」

「ああ、たしかにそれもある。っていうか、それがすべてだよ」そう言ってポールは無精髭を撫でた。

「あなたが最初にパリに来たとき、お金はどうしたの？」

ポールは軽く笑った。

「正直言って、おれは金のことはまったくわからない……」

「そんな馬鹿な」

「いや。信じられないかもしれないが、思い出してほしい。当時、ぼくがどんなだったか覚えてるだろう。どれだけ恰好つけた男だったか。ドニがビジネスの面を担当してて、ぼくはただ見た目を飾ってただけさ」

「だけってことはないでしょ、ポール」

自分を過小評価するのはポールのいつもの癖だ。だが、ポールは自分をよく見せようとしていただけでなく、実際に次々と寸劇のシナリオを書いて、何百万もの人を笑わせた。彼のジョークは露骨だったが、人を傷つけるものではなく、大衆の気持ちをひとつにした。ただのほら吹きとは思えないだけの努力と厳格さの結果だった。お金については、たしかに無頓着だった。その手の話はドニに訊く必要がある。ポールが知らないことまで、つまりショーを企画するのにかかった費用のことを、ドニなら知っているかもしれない。

「いやいや、当時のぼくはたいしたことなかったよ。

それに、先のことも考えてなかったし」ポールは謙虚にそう言った。「とにかくがむしゃらに進んで生活していくことしか頭になかった。ファンのことも、成功のことも、何をしたらどうなるかなんてことも、何も考えていなかったんだ」

「あなたは逃げたがってた。それにまだ若かったわ」

ポールはわずかに肩をすくめた。シャツがベルベットの座席にこすれる。

「きみもだろ？」ポールは率直に尋ねた。

「ある意味ではね。あなたほどじゃないけど」カペスタンは笑顔で言った。

「まあね」

あなたのそばにいたときは別だけど、とカペスタンは心のなかでつぶやいた。当時、ポールのおかげでカペスタンは十歳ぐらい若返り、IQは百ぐらい下がっていた。彼が姿を現しただけで思考力が低下したのだ。まさしく、恋の始まり。身体じゅうに電気が走り、カペスタンの脳はぐにゃぐにゃになった。

「それが捜査と関係あるの？」

「いえ、まったく関係ないわ」カペスタンは言った。

横並びに座っているので、顔と顔を合わせなくてよく、嘘をつきやすかった。

「銀行強盗は、あなたがまだリヨンにいたときなの。お父さんのところに変な人が訪ねてきたりとか、お父さんの仕事の様子が変わったりとか、そんな記憶はない？　脅迫とか、恐喝は？」

カペスタンはいつもの習慣から、少し間を置いてからこう付け足した。

「お父さんに気分の浮き沈みがあったとかは？」

「気分の浮き沈みはあったな」ポールはそう言って深いため息をついた。「ああ、リヨンでの最後の数年はとくに様子がおかしかった。どうしてかまではわからなかったけど。ぼくは新しい連中と新しい生活を送っていた。再出発してがんばろうと思ってた。だから、実家を出たんだ。息子が大人になって離れていったからなのか、それとも仕事で何かがあったのかは知らないけど、とにかく少しおかしかった。当時のぼくは、きみのことと自分の仕事のことしか頭になかったけどね。そんな親父にはうんざりもしてたし」

「ええ、わかるわ。最後にお父さんに会ったのはいつ？　何か気づいたことはない？　不安そうにしてたとか？」

「いや」

ポールはジーンズについた綿ぼこりを見つめ、それを払ってからカペスタンのほうを向いた。

「結婚式以来、一度も会ってない。知ってるだろ？」

たしかにカペスタンもそれは知っていた。

第二十六章

一九九三年九月、パリ郊外

田舎風ホテルの小さなベッドルームで、ポールは怒りに震える手でネクタイをいじっていた。ワードローブの鏡ごしに、父親の不満げなこわばった笑顔が見える。背が高くてたくましく、筋肉でスーツの縫い目がはり裂けそうだ。父親は、息子に説教をし、諦めさせようとしていた。

「おまえは警察官の女に見合うような男じゃない。器が小さすぎる。ただのお調子者だ。ネクタイを締めた自分の姿を見てみろ。何時間もかけて選んだんだろ。そのプレイボーイのスーツにいくらかけたんだ？　そんなふうにきれいに髭を剃って、香水の匂いをぷんぷんさせて……」

「うるせえな」ポールは言った。

セルジュは意地の悪い笑顔になった。息子に近づいてきて、じろじろと見る。

「父親に向かってなんだ、その口の利き方は。生意気なやつめ。カペスタンなんておまえには絶対無理だ。あいつは、おまえには想像もつかないようなことに立ち向かってる。夜、おまえがカクテルを飲んでるあいだに、あいつはおまえが知りたくもないような汚いところをうろつかなきゃならんのだ。それで家に帰ってきて、たくましい男の肩が必要なとき、それを受け止められる男が必要なとき、そこにいるのは誰だって？自分のことをよく見てみるんだな」

「彼女に必要なのは、言葉をかけてあげて、話を聴いてあげて、息子をなじったりしない男だよ。母さんにもきっとそういう人が必要だったんだ」

ポールは、口に出かけた〝このろくでなし〟という言葉を飲み込んだ。涙が込みあげてきそうだったが、泣いたら父親の思う壺だ。くそっ、ようやく美しいもの、善きもの、すばらしいものが自分の人生にやってきたというのに。すみずみまで明るく照らしてくれるものに出会えたというのに。それなのに、父親の影がどんどん大きくなり、すべてを脅かそうとしている。

「おまえの母さんは、いつだっておれを頼りにしてた。母さんは……」

「誰を頼りにしてたって？ここにいるでかいタマのマッチョをか？最悪の夫だったじゃないか。母さんはクソみたいな人生を送って、悲しみに押しつぶされたんだ」

拳が飛んできて、ポールの眉間が割れた。その衝撃でポールは鏡に突っ込んだ。鏡が粉々に割れ、ガラスの破片が床に散らばる。ポールは目が見えなくなり、気を失いかけた。それでも、鏡のフレームに指を引っかけてなんとか倒れずに立っていた。手のひらがガラスの破片で傷だらけだ。糊のきいたシャツの袖で額をぬぐうと、真っ白な生地に赤い染みがつき、スーツとネクタイも眉間から噴き出た血でところどころ真っ赤になっている。ポールは顔を上げて、勝ち誇ったように立つ父親を見た。誰がボスかを思い知らせるために、さらなる一撃を加えようとしている。昔からの恐怖心がポールのなかに湧きあがる。ものごころがつく前からの恐怖心。幼い頃に身体に刻み込まれた恐怖心。それは痛みそのものよりはるかにたちが悪かった。手足が固まり、思考が停止し、司令官の顔をしたこの男から身を守ろうとする本能さえ働かなくなる。

しかし、いまやポールも成長した。ラグビー、ボクシング、ホッケー、武道、深夜のとっくみあい……。ポールは鍛えられた。何年も準備し、チャンスが来るのを待っていた。恐怖を乗り越える一瞬を待っていたのだ。

「今日はぼくの結婚式だ。父親ぶる前によく考えるべきだったな。今日はいつもとは違うんだ」

ポールは背筋を伸ばして立った。片方の目が腫れあがって半ば閉じている。ポールは自分の身長が父親と同じぐらいになっていることに気づいた。いや、父親より高いかもしれない。肩幅も負けてはいない。遠い記憶の底から力があふれ出てきて、それが腕に伝わり、胸郭を満たした。ポールは父親のスーツをつかむと、怒りのアッパーカットをくらわせた。

その一発で、父親は叩きのめされた。

ポールは父親の顔をはたいて目を覚まさせる。そして、こう言った。

「部屋に戻って、身だしなみを整えて服を着替えろ。おまえも血の痕をきれいに拭いとけよ。十五分後には結婚式だ」

市長は、新婦の神々しい顔と新郎の腫れあがった顔を交互に見つめた。集中できないのか、口ごもったり言葉に詰まったりしながら、しきりにメモに目をやっている。そんな市長を、ポールは気の毒に思った。

二十歳のアンヌ・カペスタンは、控えめなクリーム色のドレスを身にまとい、髪は上品なシニョンにまとめていた。ポールは、翌日に着るはずだったジーンズと緑のポロシャツ姿。おそらく市長をさらに戸惑わせたのは、花嫁がまったく緊張したり怒ったりしておらず、花婿も花婿で、紫色に腫れ上がった顔で心から幸せそうな笑顔をしていたことだろう。

父親との衝突のあと、ポールはシャワーを浴びて怒りを鎮めた。それから血まみれの服を丸めてバッグに詰め込むと、別の服を着た。憎しみは少しずつ引いていき、いまや、ポールの頭にあるのはただひとつの事実だけだった。ついに反撃した。こちらの命令に従い、父親は部屋から出ていった。初めて敵を退却させたのだ。試合終了のゴングを聞いた以上、敵はもう攻撃してこないだろう。ついに、足枷から逃れた。その日、ポールの人生はアンヌの人生とつながった。長年ポールの心に刻み込まれていた恐怖心は、それでも何年かはあとを引いたものの、彼の意志は前を向いて進んでいった

結婚式の直前、ポールが「そろそろ時間だ」と知らせるためにアンヌのいる部屋に入っていくと、彼女の顔は引きつった。彼が説明しようとした瞬間、アンヌはドアのほうへ向かったが、ポールがそれを押しとどめた。ふたりは話をした。これはポールにとっての戦いだった。ポールは彼女に自分のこれまでの怒りと、訪れた平和について語った。いま、いかに満足しているかも。ポールは自分が新たな存在になったと感じていた。式はもうすぐだ。ポールの説明を聞いたアンヌも、一転して笑顔になり、その場の空気ががらっと変わった。ふたりは一階へ下り、ともに市役所に向かった。

市長は、戸惑いの表情を浮かべたホールいっぱいの人たちを前に、どうにかこうにか式を執《と》り行ない、最後にふたりが夫婦になったことを宣言した。若いふたりは細い指輪を交換し、とても軽いキスをした。招待客がいたからだけではない。ポールの頬がまだひどく痛んだからだ。

　ふたりは列席者のほうを振り返る。通路をはさんで互いににらみ合っていたふたりの家族もそれぞれ、無理やり笑顔をつくった。ポールの父親も顔が腫れていた。唇を固く結び、威嚇的な目つきで、まるで絞首台にいるかのように直立している。ポールのおじやおばやいとこたちは、当惑はしているもののさほど驚いてはいなかった。ポールの父親を見て見ぬふりをしながら、カペスタン一家とは目を合わせずにいた。会場には気詰まりな空気が充満していた。

　一方、アンヌの両親と親戚は完璧に威厳を保ち、異常事態にも気づいていないふりをしていた。なんでこんなことになったのか、なんでこんな相手と結婚するのかまったく理解できなかった。そしてきっと、失望感がいっそう強くなり、お転婆ではあったものの優しかったあの子がおかしな成長のしかたをしてしまった、アンヌに対するこれまでの見方を変えるべきだろうか、と考えていたに違いない。

　警察官になるという選択がすでにふつうではなかった。警察学校ですばらしい成績を収めたことで、アンヌにはいくつもの輝かしいポストへの扉が開かれていた。それほど優秀なら、犯罪捜査の世界ではなく司法の世界でキャリアを歩むほうがはるかに自然だとも思われた。しかし、祖父がいつも、褒めるのではなく残念がって言っていたように「あの子は自分のやり方を絶対に曲げない」この結婚によって、カペスタンはさらに社会ののけ者にされつつあった。もちろん、誰も意見しようとは思わなかったが、こんなに釣り合いの取れない結婚がうまくいくことなどめったにない。二十代になったばかりのころの情熱など、子どもを育てることになったとたんに消えてなくなり、そもそもの違いが夫婦をばらばらにする。

ポールは、アンヌの家族にすでに芽生えている不安が、いまの自分の服装、顔、それに父親によっていっそう強いものになったと感じていた。花嫁に申し訳なく、その影響をできるだけ抑えようと努力をしていた。ところが、隣のアンヌはまったく心配していなかった。満面の笑みを浮かべ、ほかのことなどどうでもいいようだ。

友人や立会人たちは、結婚式が無事行なわれたことに安心し、互いに知り合いになるとたちまち打ち解け、和やかに会話が交わされた。こうして結婚式は賑やかに幕を閉じた。

披露宴のために、ホテルに戻る時間になった。アンヌとポールは華美ではなくシンプルなパーティーを選んだ。ふたりの違いを際立たせないようにするためでもあったが、それより大きな理由は、ポールが費用をもっと言ってきかなかったからだ。会場は簡素ながらも温かい雰囲気で、その規模も招待された六十人ほどにぴったりだった。

招待客はふたつの長いバンケットテーブルに腰かけた。スパークリングワインがすでにグラスに注がれているのを見て、やや面食らっているようだ。残った最後の泡が表面で弾けている。ぬるくなったグラスを掲げて新郎新婦に乾杯し、パーティーなのにいささか不穏な空気が流れていることには触れないように、みんな気をつかっていた。それから食事を待った。ところが、どれだけ時間が経ってもいっこうに食事が出てくる気配がない。

ようやく、目を赤くして不機嫌な表情をしたオーナーがシェフ用の白いシャツ姿で現われ、前菜を数品運んできた。チェックのズボンを穿いた落ち着かない様子の若い見習いコックも、皿を渡してまわる。近づいてきた見習いに、ポールはテーブルから身を乗り出して小声で尋ねた。

「いったいどうなってんだ？」

彼はもじもじすると、振り返ってオーナーに自分の声が聞こえないかを確かめた。

「オーナーの奥さんが今朝、出ていっちゃったんですよ。だから結婚式のパーティーどころじゃなくなっちゃって……。でも、やらないわけにいかないし。とにかく、みんなが幸せそうなのがつらいんですよ」

ポールとアンヌは同情の表情を浮かべた。

「かわいそうに……」

「ええ、問題は食べ物が冷めちゃったことです。奥さんが給仕することになっていたので」

「おいおい……誰かほかの人を呼んで手伝ってもらうわけにはいかないのか？」ポールがやはり小声で尋ねる。

「ええ、ここいらじゃ、土曜日で、しかもこの時間ってなると……むずかしいですね。それにオーナー、電話をかけられるような状態じゃないですし……」

見習いはポールの目をまっすぐに見つめた。おまけにもうひとつ問題があった。

「それに、パーティーなのにほんとうに申し訳ないんですけど、えっと……オーナーの奥さんが音響システムを持って出たみたいで。いやがらせだと思いますけど」

見習いは心から申し訳なさそうに首を振った。

「ですから、ダンスパーティーするには、ちょっとまずいことになりそうです」

長い沈黙のあと、ポールとアンヌは強烈な笑いがこみ上げてきた。今日は始まりからしてさんざんだった。ここまでくると、この不幸を嘆くよりむしろ、笑いたくなった。

そのとき、オーナーの死んだような声が聞こえてきた。それを合図に見習いは退散する。

「心配いらない、わかってます、わかってます。パーティー、ちゃんとやれますから」

「ええ、ええ、心配なんてしてませんよ」ポールは言った。「でもなんなら、料理を出すのをお手伝いしましょうか?」

「もし、必要と思われるなら……」

「ええ、必要ですよね」

証人や親族たちが交替で手を貸し、風変わりながらも有能なウェイターのチームができあがった。皿に指のあとがついていたり、ナイフやフォークの並べ方がばらばらだったりはしたが、誰もとがめたりはしない。

ドニは音響機器を調達するために、スクーターで五十往復はしたに違いない。料理を取りに行くのにみんなひっきりなしに立ち上がる。ポールとアンヌも例外ではなかったが、ようやく落ち着いたふたりは、つかの間手を取りあった。

「いいパーティーだ、そう思わない?」ポールが尋ねた。

「すてきよ」

アンヌはポールの目をまっすぐ見つめた。そうすれば、ポールを釘づけにできる。

「本当にすてき」

ポールは誇らしくなって、胸を飛行船のように膨らませた。幸せだった。父親が会場を出ていくのを目にしたときも、二度と戻ってこないだろうとわかっていながら、心の痛みはほとんど感じなかった。

午前五時。相変わらずつらそうなオーナーを見つけて、ポールが支払いをしようとすると、父親のリュスがすでに支払っていったと言われた。

父はポールに謝りたかったのか、それとも最後に屈辱を与えようとしたのか、それはわからない。ポールには、アンヌにそのことを話す勇気がなかった。

第二十七章

カペスタンは、オルセー美術館で《蛇使いの女》の前に座っていた。アンリ・ルソーの陰鬱で詩的なこの傑作を見ていると、いつも思う。フランス国民に対するどんな呪いのせいで、一九八〇年代のポップバンド〈ラ・コンパニー・クレオール〉にこんな歌を歌われることになったのか。〝まるで、まるで、まるで、まるでルソーの絵のように……〟この歌詞がカペスタンの頭のなかでぐるぐる回っていた。だが、実はこのとんでもない歌が好きなのだ。

劇場でポールと話したあと、カペスタンはすぐにドニに電話して会う約束をした。そして、いまこのベンチで待ちながら、自分はどうして義理の父の不正について ポールに話さなかったのだろうと考えていた。いったい誰を守ろうとしているのか？

セルジュ・リュフュスと彼の最後のイメージか？　あるいはポールと、親を失った彼のぼんやりとした悲しみか？　メッセンジャーとしての自分か？　自分自身とポールにとっての最後のチャンスか？

「わっ！」

獣の前脚に肩をつかまれて、カペスタンは飛びあがった。あまりにも自分の考えに入り込んでいたので、ドニが近づいてくるのが聞こえなかったのだ。ドニは次のシーンのためにメイクをし、首のまわりにペーパータオルをつけたままだった。からかい好きのドニの魅力は、四十になってからますます磨きがかかっているようだ。頬の丸みは消え、アクション俳優のワイルドさが感じられる。大柄だが身体は締まっていて、スキンヘッドにかぎ鼻。いまにも、爆発を阻止するためといって車のボンネットの上を転がるアクションでもしそうな感じだ。友だちが有名人になることのいいところは、たとえしばらく会っていなくても、その変わりぶりを大きなポスターで確認できることだ。トリオのなかでも、ドニは大成功を収め、ほかのふたりのずっと先を行っていた。

ドニはカペスタンのほうに身を乗り出し、まずは互いの左のこめかみをぶつけ合い、次に右のこめかみをぶつけ合った。これが習慣になったのは、ある日、有名コメディアンが髪型が崩れないようにエアキスをしているのを見たのがきっかけだった。いまやそのコメディアンが誰だったのかすら覚えていないが、当時の仲間たちのあいだではこの儀式がいまでも続いている。

「元気だったか？」

「元気よ。あなたは？」

ドニは両腕を広げて、超大作の制作がここで進行中であることを示した。またもや彼が主役だという。シーンによってはオルセー美術館が舞台になるミステリー。たまには、ルーブルを休ませようということだろうか。

「誰もおれの梯子《はしご》をはずそうとしないで、おれがこのままてっぺんにいられるかぎりは元気だ。親は元気だし、恋人もたくさんいるし、もうすぐバカンスだしな。文句なしだよ。おまえはどうなんだよ？　世捨て人の生活は終わりにしたんだろ？　〝モヒート〟に戻ってんだろ？」

ドニは笑った。〝モヒート〟とは、若かりしころのパーティー三昧の日々のことだ。そんな時代はとっくに終わっていることを百も承知でからかっている。ドニは、急に真面目な顔になって尋ねた。

「ポールには会ったのか？」

「ええ。実はそのことで来たの」

ふたりのうしろでは、写真ディレクターと音響エンジニアが照明助手とブーム・オペレーターに大声で指示を飛ばし、また別のところからは、企画がどうだの、予算が足りないだの、静かにしてほしいだのという不満の声が聞こえてくる。

「ポールのお父さんが死んだの。殺人よ」

「なんてこった」

ドニは右手の絵のほうを向いた。いろいろなことが頭をよぎっているようだ。カペスタンにはそれらをすべて解読する自信はない。ただひとつ言えるのは、ドニの頭のなかに驚きだけはないことだ。ドニはカペスタンのほうに向きなおった。

「犯人はわかってるのか？　ポールは大丈夫か？　なんて言ってるんだ？」

「ポールはとりあえずは大丈夫そう。捜査のために、いきなり本題に入ってもいい？」カペスタンは申し訳なさそうに言った。「訊きたいことがあるんだけど」

「どうぞ」ドニは両手を腰に当てて、眉をひそめた。

「あなたたちがカフェ・テアトルに出演するためにパリに来たとき、お金がかかったわよね？　宿代とか出演費用とか……。しかも、あなたたち、共同プロデューサーだったし」

「……ああ」目をそらしてドニが答える。

「誰が払ったの？」

カペスタンは、ドニが本当のことを話してくれるのを願った。ふたりは昔、とても仲がよかったが、もう何年も顔を合わせていなかった。人はお金と警察のことになると用心深くなるものだ。とくに妄想癖のあるセレブたちは。

「わかった、わかった」ドニは降参した。「払ったのはセルジュだよ。誰にも言うなと言われてたんだ。あのとき、大金をくれたんだ。現金で」

「いくら？」

「五十万フラン……」

カペスタンは口笛を吹いた。「で、おかしいと思わなかったの？」

ドニはスニーカーのつま先で美術館の光りかがやく

床を蹴った。

「ああ、少しは思ったよ。だけど……あいつがどんな男か、おまえも知ってるだろ？ だから詮索せずに、ただ受け取った」

「お金の出所については、なんか言ってた？」

ドニはふっと鼻で笑う。

「いや、言うわけないだろう。ポールを世に出すためにとは言ってたな。もっともおれに言わせれば、〝ポールを世に出すためっていうより、ポールを厄介払いするためなんじゃないのか〟だったけどな」

「で、セルジュはなんて答えたわけ？」

「そんなことこっちから訊けないよ。セルジュのことは恐ろしくてしょうがなかったからな。口答えできるのはポールだけだった。まあ、それも勇気があるところを見せようって感じでな」

「実際あったわよ、勇気」

「ああ、たしかに」

お金についての情報は、あらかじめ予想していたとおりだった。だがカペスタンは、ドニがまだ何かを隠しているのではないかという気がしてならなかった。そこで、ダクスの付箋のように、そのことを頭の片隅に留めておいた。

セットの奥ではトランシーバーからディレクターの声がしている。「どこへ消えちまったんだ、あのスターさんは？」

「戻ったほうがよさそうだ。次はおれが呼ばれる番」

ドニはそう言って、またカペスタンとこめかみをぶつけ合った。

ドニはサイドテーブルからトーラス・レイジングブル（ブラジルのトーラス社製大型リボルバー）のレプリカを手に取ると、それを振りながら言った。

「ほら、いかつい拳銃を持ってんのは警察官だけじゃないんだぜ……」

別れ際のくだらない冗談。こんな知らせのあとでも、昔ながらの友人は変わらなかった。カペスタンもそこに乗っかる。

「ええ、ただしそこに四四マグナムの実弾を込めたら、撃った反動でスクリーンの外に飛んでっちゃうけどね」

「うへえ、すげえな。警察にはかなわないや」

冗談もいいけど、肝心の真実は？　それは相変わらずぼやけていた。


ダクスは友人にお見合いパーティーへの参加を勧められ、迷っていた。こういうのは流行っているうちに一度試してみたほうがいい、と友人に強く言われ、結局は参加することになった。

ダクスは、貸しきりのブラッスリーでそわそわしていた。きれいに髭を剃り、いちばん上等の白いTシャツを着込み、その上にレザージャケットを羽織ってみた。そこに、きれいな女性がやって来た。参加者ではないようで段取りを説明しはじめる。かなりの早口だったが、だいたいのところはわかった。まずはひとりの女性の前に座り、七分間が与えられる。ベルが鳴ると隣のテーブルの女性のところに移動するらしい。

ダクスは落ち着かない様子で頭のてっぺんの乱れた髪をいじり、女性の向かいの席に座った。ネームプレートには〝ドリアーヌ〟とある。

「どうも、ドリアーヌよ。三十二歳。携帯電話の販売コンサルタントをしてるの。趣味はスポーツ、手芸、歴史ファンタジー小説を読むこと。で、あなたは？　何に情熱を傾けてる？」

ダクスは、馬鹿なことを言わないようにと少し考えた。仕事とITは大好きだ。あとは散歩。とくに森のなかを歩くのは好き。もちろんテレビゲームもだ。それと、そうそうバードウォッチング。ボクシングも忘れちゃいけない。いや待て、そもそも彼女が言うところの「情熱」っていうのは、こういうことでいいのか？　ダクスは考えた。

ベルが鳴った。質問に答える前に、ダクスはドリアーヌの前から去らなければならなかった。

第二十八章

オルセー美術館から署に戻る路線の地下鉄は、いつものようにがたつきながら走った。人と向かい合わなくていい席など、ふだんはめったに空いてない。その席に座れたカペスタンは、『サーガ』を再読していた。トニーノ・ベナキスタの昔のペーパーバックで、さんざん読み古した一冊だ。カペスタンは地下鉄に乗るといつも、できるだけ考えごとをしないようにした。本を読むか、ただ時間と空間が流れていくのに身を委ねる。そうしないと、乗客をじろじろ観察してあれこれ考えてしまうからだ。パレ＝ロワイヤルに着くと、茶色い厚手のセーターを着た男が洞窟のような駅の壁にポスターを貼る姿が目に入った。地上から何段も何段も地下に潜ったところで、男は数平方メートルものグレーの紙にまずは糊を塗ったのだろう。それを少しずつ広げて壁に貼りつけていく。だんだんと、紺碧の太平洋、白い砂浜、ヤシの木、ビキニ姿でほほ笑む女性が現れる。男はただ淡々とブラシを使って幸福のイメージを貼り付けては、次のところに移動していく。

カペスタンはシャトレ駅で地上に出た。乾いた冷たい風に目と鼻が赤くなる。リヴォリ通りで買い物を楽しむ人ごみのあいだを縫って歩き、少し静かなサント＝オポルテュヌ広場に向かう。二十年前、ドニは大金を見たという。汚い金だと知っていたに違いない。自分もポールに対して、親友のドニから聞いたことをこれ以上隠してはおけない。署に戻ったら電話しよう。

この地区の石畳は放射状に何十という細い路地につながっていて、ほとんどの道は車では通れない。パリはいつも騒々しく人でいっぱいだ。何百万もの人たちが行き交い、肩を触れ合わせる。なかには殺人犯もいる。マクス・ラミエールは、ホテル〈プラザ・アテネ〉から逃走したあと、パリを離れたのだろうか。逃げていない気がする。だが、どこにいるのだろう？

ロジエールはホテルの支配人に聞き込みをして、ラミエールが数日前にスイートルームの宿泊費を現金で払っていたとわかった。二万六千ユーロ。だが、本人が言っていたのとは違って、彼がホテルに入ったのは出所してから一カ月後だった。ジャック・メールの死から三日後だ。それぞれの殺人のあとに金を回収したに違いない。復讐というより金目当てだった可能性が高い。警察の資料によると、銀行強盗が持ち去った金、新札で二千万フランと、貸金庫に預けられていたものは、その後も発見されていない。ほかにも回収先はあるのか？　ラミエールはリュフュスの取り分も奪ったのか、それともリュフュスはすでにすべてを息子のために使ってしまったのだろうか？

殺人の被害者がこれですべてなら、おそらくラミエールはパリから脱出しているだろう。ひょっとしたら、もうフランスにはいないかもしれない。ＢＲＩのことは彼も知っているはずで、それだけでも逃げ出す理由としては十分だ。

カペスタンは、逃げたラミエールを全力で探すようチームに指示し、自分は厄介なオルシーニの問題に集中することにした。どうしても足りない情報がひとつある。それを見つけるにはビュロンに電話しなければならない。

そこで、オルシーニの立場になって考えてみた。強盗によって家族を残酷に撃ち殺されたら、砂漠の果てだろうが、スラム街の裏道だろうが、樹海のなかだろうが、そいつを追いかけ、捕まえて、逆さ吊りにするだろう。そして、自分が動けなくなるまで殴りつけるだろう。

だが、オルシーニは長年待ちつづけた。何を待っていたのか？　行動を起こす前にどんな情報が必要だったのだろう？　ひょっとしたら共犯者たちの身元がわからないので、それを知るためにラミエールの釈放を待っていたのかもしれない。ＤＮＡ鑑定によると、三人とも同一犯に殺されたと判明したが、それが誰かはまだわかっていない。金を回収しにまわっていたラミエールのあとをオルシーニがつけていたのだろうか？

カペスタンは、オルシーニの勤務時間と殺人の犯行時間とを突き合わせてみた。犯行時間にオルシーニが署にいたことは一度もない。だからといって、カペスタンの血管に流れる復讐の血が冷静なオルシーニにも流れているとはかぎらないではないか。もしかしたら、オルシーニは彼らを逮捕しようとしていたのに、ラミエールが先に殺してしまったのかもしれない。

カペスタンは、オルシーニの経歴書を見た。警察に入ったのは間違いなくあの銀行強盗よりあとだ。あの事件が転職のきっかけとなったに違いない。調べる必要がある。当時からオルシーニはセルジュ・リュフュスを疑っていて、リュフュスを監視しようとしていたのか？

警察に入ってからずっと、オルシーニの選択がすべてこの目的のために行なわれてきたのだとしたら、このイノサン通りの特別班に配属された理由はなんだろう？

カペスタンはイヤホンをつけて携帯電話でビュロンに電話をかけた。

「おはよう、カペスタン。電話してきたのは、司法警察に〈ワールド・オブ・ウォークラフト〉の請求書が送られてきた理由を説明するためか？」

「いえ、それについておっしゃりたいことがあるならいくらでも聞きます。でも、局長、その前に質問したいことがあります」

カペスタンが本気で何か言いたいことがあるのだと感じたビュロンは、やや警戒心を解いた口調になった。

「質問を聞こう」

カペスタンは親指と人さし指でマイクをつまんで回した。質問のしかたはこれ以外ないだろう。

「オルシーニはどうして私たちの班に来たんですか？誰の命令ですか？」

「本人が決めたことだ。なぜだ？」

「警察のなかでも最悪の部署に異動したがったってことですか？自分をわざと追放したってことですよね？どうして教えてくれなかったんです？」

「正直言うと、どこに行っても同僚たちに嫌われてたんだ。おそらくどこかでいじめられて、だから逃げ出そうと決めたんだろう。どうしたんだ？　オルシーニに何かあったのか？」

「とくに何も。ただ、詮索好きなジャーナリストに出くわしたもので。それで、調べてみようかなって」

カペスタンは、ビュロンがモロッコ革のデスクマットを指で叩く音が聞こえてきそうな気がした。

「嘘がうまくなったな、カペスタン」

「ええ、すみません。でも、いまは時間がなくてはっきりと言えることがないんです。ですが、いつか必ず真実が明らかになって、事件にピリオドが打たれます」

「そう願いたい、警視正。そう願ってるぞ」

カペスタンは、特別班のオフィスの建物の下にたどり着いた。オルシーニは、自分で異動を願い出ていた。カペスタンがリュフュスの義理の娘であることと無関係ではないだろう。

オルシーニは、カペスタンがいるからここに来た。オルシーニはカペスタンを観察し、品定めしていた。ひょっとしたら疑ってもいたのかもしれない。

カペスタンはドアマットでブーツの底をぬぐいながら、オルシーニに対してどうすればいいか、心を決めかねていた。彼の戦いは理解できるが、特別班にとってはとてもまずい。

カペスタンがドアを開けたとたん、メンバーたちが部屋から飛び出てきた。サン＝ロウ、ロジエール、ルブルトン、エヴラール、メルロ、ダクス、レヴィッツがいきなり肩にぶつかってきたので、カペスタンは回れ右をさせられた。トレズもあとからついてくる。

「やつを見つけました！」

「誰を？　どこで？」

「ラミエールですよ、〈ルテシア・ホテル〉です」

「またもや高級ホテルじゃない？　本名で？」

「違うの」ロジエールが、エレベーターのボタンを削岩機のように連打しながら答える。「ヴェロウスキの原稿にあった名前を使ってたのよ。それがいつも使ってる仮名かもしれないと思って、ダクスに調べてもらったの。この情報を知ってるのは、私たちの班だけよ……」

例のミーティング以降、ビュロンの指示は表面的には明快だったものの、各部隊が策略をめぐらす余地は残っていた。少なくともカペスタンは、非常時にはそうしていいと解釈していた。GPSや追跡装置や何百台もの監視カメラが街中に設置されているというのにBRIとフロストがラミエールの居場所を突き止めていないのなら、〝素人〟の自分たちが彼らにその居場所を教えてあげる筋合いもないだろう。

もちろん、報復が動機の事件なら、絶対にしくじることはできない。

「行きましょう！　今度こそ逃がさないわよ！」

「もう捕まえたようなものです！」ダクスが声をあげた。

「ああ、そんなこと言わないでくれ」トレズがうめき声をあげながら言った。

第二十九章

「いまはいっしょに行けません」

「何言ってんの、行くわよ、ジョゼ」

「いや、何か悪いことが起こります。いやな予感がします」

「予感なんてやめてよ。ダクスが張り切りすぎて変なことを言っただけでしょ。変わったことなんか何もない。行くわよ、これは命令よ」

トレズはうなずいたが、バスルームに引っ張っていかれたブルドッグよりも激しく額にしわを寄せて、頭を振っている。それでも、トレズはどうにかプジョー306に乗ってドアを閉めた。おれは言いましたよ、という顔をしている。

伝説のホテルは、セーヴル通りに豪華客船のようにそびえていた。バルコニーはややくたびれて見え、セーフティーネットで覆われている。まるで、歌姫が鼻の整形手術をしたところに絆創膏を貼っているみたいだ。

カペスタンとトレズがホテルの入り口に着くと、ルブルトンとサン＝ロウが階段を三段飛ばしで駆け上がっていくのが見えた。エヴラールはロビーにいる。ロジエール、ピロット、ダクス、レヴィッツはポルシェから出てくるところだった。レッカー車に持っていかれることを恐れたレヴィッツは、ホテルの西側に沿って組まれている足場の下の駐車場に車を停めたのだ。車を降りて、みんなが駆けだすなか、レヴィッツは車のボディーの汚れを拭きとり、使ったマイクロファイバーの布をつかんだまま、少し遅れてあとを追った。

突然、頭上で何かが動いた。カペスタンは視線を上げた。ほかのメンバーも同じように上を見た。男が窓から這い出て、足場をつたって下に向かっている。マクス・ラミエールだ。

逃走するラミエールは、アルミのブリッジで足を滑らせて建物の外壁にぶつかったが、なんとか体勢を立て直した。その衝撃で引きはがされた白い石のブロックが足場にぶつかりながら地上に落ちていく。ラミエールの身体も落下しそうになったが、なんとか窓の手摺りをつかんで、バランスを保った。

レヴィッツが最初に反応した。ラミエールが地上に到達する前に逮捕できそうな勢いで、ラスパイユ通りを猛ダッシュしたのだ。数メートル走ったところで、レヴィッツはポルシェのボンネットに跳びのり、手脚をできるだけ広げて石のブロックを受け止めようとして、その石に脛骨を砕かれた。骨が折れる鈍い音がメンバーの耳に届く。みんな思わずトレズのほうをちらっと見て、それから動きだした。取り乱したトレズは、うなだれて一歩あとずさりした。

カペスタンはトレズの肩に軽く触れると、みんなといっしょにレヴィッツを助けに行った。レヴィッツは痛みに大声をあげた。その脚は不自然な角度に曲がっている。ほかのメンバーが次々と到着してレヴィッツの怪我の様子を見ているあいだに、ロジエールは救急車を呼んだ。レヴィッツは車を守ろうとしたのだ。だが、この一瞬の混乱の隙をつき、ラミエールはネットをすり抜けて通りに走り出た。カペスタンがそれを追い、足場をつたって降りてきたサン＝ロウとルブルトンも加わった。

ラミエールは平然とスピードを上げ、周囲の脇道に逃げ込もうとはせずに、広い通りを一直線に進んでいく。このペースだと、はるばるリヨンまで逃げおおせそうだ。手脚の長いルブルトとサン＝ロウンと体力のあるサン＝ロウはラミエールまであと一メートルのところを、劣らぬ速さで走っている。カペスタンは三人を見失わないようにするだけで必死だった。レンヌ通りの交差点にさしかかる。車も歩行者もあらゆる方向からやってくるなか、ラミエールはまるで自分がこの世にいる唯一の人間であるかのように人と車の群れを堂々と突っ切った。急ブレーキとクラクションの音が、通行人の罵り声とともにこだまする。ルブルトンは申し訳ないという合図に手を上げた。いまや二十メートルも引き離されてしまった。ラミエールはまったくペースを落とさずにヴォージラール通りを渡ると、いきなり左斜めに方向を変えフルーリュス通りに消えていった。

ラミエールの姿が見えなくなってから六秒間。カペスタンは頭のなかでこのあたりの地図を開き、さまざまな選択肢を考えた。六秒もあれば、ジャン＝バール通りに出るか、あるいはさらに先のマダム通りに入ってどこかの中庭に消えることもできる。珍しく違反にならない場所に駐車している背の高い引っ越し用トラックのせいで視界が遮られてしまった。三人は結局、ジャン＝バール通りにもマダム通りにも行かずにまっすぐ進んだ。すると大当たり、ラミエールの姿が見えた。ギヌメール通りを渡り、てっぺんに金色の剣先がついた黒いフェンスを抜けてリュクサンブール公園に入っていく。

相手の姿が見えないまま走り続けた末にふたたび、見つけられた。そのことに俄然勢いづいたルブルトンとサン＝ロウは公園に飛び込んだ。数歩遅れたカペスタンは、ふと、ラミエールは武装しているかもしれないと思った。冷や汗が首のうしろを流れ落ちる。相手は平気で子どもに銃を向ける危険で残酷な男だ。公園は人でいっぱいだった。

カペスタンは目を凝らして、どこに逃走者がいるかを確認した。あまりに軽やかに走る姿を見つけて追跡を諦めようかと考える。ところが、ルブルトンとサン＝ロウはみるみる距離を縮め、ラミエールにあと少しに迫った。ラミエールは、右側がブランコ広場の金網フェンスになっている小道をジグザグに走っていく。ルブルトンとサン＝ロウがそのあとを追おうとしたところで、目の前にポニーの一団が現れた。ポニーは列を成して歩きながら、杭のところまで戻されるところだ。ふたりはその列に完全に行く手を阻まれた。

たとえ背に子どもを乗せていなくても、どのポニーも一歩ずつゆっくり歩く。その列は長く続いていて、簡単に迂回もできそうにない。

ラミエールの姿はもはや公園の奥に消えてしまいそうだ。

ルブルトンとカペスタンはぜいぜいと息を切らしていた。さすがにこれ以上は追えそうにない。ところが、いまだ戦意喪失していないサン＝ロウはポニー係のところに走り寄ったかと思うと、ひとことの断りもなくその手綱を奪った。そして騎手よろしく、先頭の小馬の鞍に跳び乗って叫び声をあげ、ポニーを駆り立てた。

その声に驚いた小馬は飛びあがり、猛烈と走りだす。サン綱で結ばれていたほかの馬たちも、否応なくあとについて走り出した。

サン＝ロウが少し手荒に首を撫でると、ポニーはようやく落ち着いたようだ。それでもはずみをつけて走る喜びに目覚めたのか、ふたたび疾走し、ラミエールとの距離をどんどん縮めていく。サン＝ロウの声に合わせてポニーもすっかりその気になっている。ほかの小馬もすばやくあとに続き、まるで逃走するソーセージのように数珠つながりのまま記録的なスピードで公園を横切っていった。蹄《ひづめ》が地面を打ち、土ぼこりをあげ、とんでもない騒音があたりに響きわたった。怯えた観光客たちがわめきながら飛びのき、通りがかりの人たちも生垣やベンチに飛び込んだ。若者は大あわてで煙草の火を揉み消し、スマートフォンを取り出して動画を撮りだす始末だ。

すると、うしろの小馬たちが四方八方へ綱を引っぱりはじめ、先頭の勇ましい小馬の速度が落ちた。サン＝ロウは、大混乱したギャロップのなかでもしなやかな身のさばきを見せ、うしろを振り返り、小馬たちがばらばらの方向に向かおうとしているのを見た。すぐさま右手でズボンの裾をまくり、足首に巻きつけていた短剣を引き抜く。そのひと振りで綱を切り、乗っているポニーを集団から切り離した。

いきなり自由になった小馬は、まるで空飛ぶ小さなペガサスだ。たてがみがはためき、蹄が砂の小道を蹴って、速度を上げながらラミエールを追いかける。ほかの小馬たちはすでに公園のあちこちに散り、おやつを探したりほかの気晴らしを楽しんだりしている。ただ一頭、ダークグレーの馬だけは、杭のところに戻ったようだ。馬鹿騒ぎに加わるには、年を取りすぎていたのだ。

マクス・ラミエールは、ちらりとうしろを振り返った。遠目からも、その疲れた顔に驚きが浮かぶのが見える。しかし、ラミエールは狡猾な男だ。元老院に沿って曲がり、階段を数段駆け下りると、全速力でメディシス通りの車の群れのあいだを抜けていった。もはやこれまでだ……。

サン＝ロウは、そっと手綱を引いて小馬の脇腹を撫でて速度を緩めさせ、小馬もしぶしぶそれに従う。そしてポニーから降りると、両手でたてがみを撫でてから、頭絡《とうらく》をつかんだまま、階段のいちばん上の段で風に舞っているカードのところに向かった。

ラミエールが逃げるときにポケットから落ちたのだ。

「すっごい！　隊でいちばんの騎手だったに違いないわ」カペスタンは感嘆してルブルトンに言った。

第三十章

サン＝ロウの大活劇のような奮闘もむなしく、ラミエールはまたもや逃げた。特別班のメンバーたちは肩を落として署に戻り、ＢＲＩやほかの誰かがこの大失態を聞きつけないことをひたすら祈った。〝単独行動による取り逃がし〟という不名誉な烙印を押されるに違いない。さらに司法警察の耳に入ったが最後、特別班全員が定年後までずっと恥の紋章を授与されるかもしれない。

残されたのは小さなカード一枚。偶然の産物とはいえ、努力で勝ちとったものでもある。そのカードには、ボールペンで六桁の数字が書かれていた。ほかには、名前も住所も他の手がかりもない。この六桁の数字が唯一の戦利品だ。オルシーニはそれをしゃにむにつかむと、自分の部屋に閉じこもった。あとはオルシーニに任せることに反対の声はなかった。サン＝ロウ、メルロ、ルブルトン、ロジエールはビリヤード室のバースツールに腰かけ、何も言わずに敗者の酒を飲んでいる。エヴラールとダクスは病院にレヴィッツを見舞った。レヴィッツの病室にはすでに家族が駆けつけていた。トレズは、だいぶ前に家に帰っている。

カペスタンはオフィスのテラスにいた。そこからポールに電話して、セルジュ・リュフュスが銀行強盗で果たした不名誉な役割のことを知らせた。奪った金がパリでのポールたちの最初の公演に使われたことも。電話の向こうのポールからは、銀行強盗の一件についで驚いたというより諦めの空気が伝わってきた。だが、奪った金で父親がポールを支援したことについては呆然としているようだった。息子に愛情を示さず、舞台の仕事を恥ずべきものとして頑なに認めなかった父親。ポールにとってこの知らせは、何度か蒸留してから適切なボトルに入れ、きっちり栓をしてからしかるべき場所にしまう必要があるものだった。

「またね」カペスタンはそう言ってイヤホンをはずし、スマートフォンの画面の赤い点を人さし指で押した。ポールも「またな？」と返したが、カペスタンには、その言葉が近々の再会を期待して疑問形で言われたような気がしてしかたなかった。ほんの一瞬でも沈黙するとか、ひと息待つとかすればよかった。だが、気づいたときには画面は暗くなっていた。電話は切れた。

カペスタンはため息をついた。だが、その瞬間、別の大事な仕事を思い出した。アドレス帳をスクロールしてビュロンの電話番号を探す。

「局長……」

「ああ、カペスタンか、電話を待っていたところだ。リュクサンブール公園のポニーの一件、あれもきみの班の仕業か？　またラミエールを取り逃がしたのか?」

ビュロンの口調には、厳しさも皮肉もどちらも込められていないようだ。

「ええ、すみません、私……」

「あの男を捕まえるのは至難のわざだが、カペスタン、きみたちはやつを二度見つけ出した。ほかの部隊の倍だ。三度目も見つけてくれると信じてるぞ。ああ、よいクリスマスを。休み明けにはきみたちの捜査の遅れもすぐに取り戻せるはずだ」

ビュロンは大きな失敗を大目に見るタイプではないにしても、溺れている者の頭を押さえつけるようなことはけっしてしない。

「ありがとうございます。本当にありがとう。局長もよい休暇を」

「ああ、私もクリスマス休暇だった……」ビュロンはそう言ってから電話を切った。

カペスタンは、広いリビングを横切った。クリスマスツリーが点滅している。ロジエールが朝いちばんでスイッチを入れ、帰るときにスイッチを切るのだ。リビングを抜けてビリヤード室に入ると、慰めの酒を酌み交わしている四人の同僚に加わった。

明日はクリスマス・イブ。カペスタンは一時停戦を宣言していた。それが終われば、またみんな新たな気持ちで捜査を再開できるだろう。

かった。

第三十一章

二〇一二年十二月二十四日

午前十時、オルシーニ警部

もう二十年近くもオルシーニはクリスマスが嫌いだった。なかでもクリスマス・イブのディナーは大嫌いだ。それに新学期の始まりも、母の日も、父の日も、誕生日も、ビーチも、そりも、公園も、市場も、ディズニーも、バルーンもすべて大嫌いだった。要するに、なんの潤いもなく恨みがましい自分の人生がすべて大嫌いだった。オルシーニは、スーツを着て、目標などとうの昔に失った任務をただこなしているだけの存在にすぎない。そして、彼にはその任務以外には何もなかった。

でも、今年のクリスマス・イブにはなかなか興味深い対象があった。巷《ちまた》のクリスマスの浮かれ気分から気をそらせてくれる、机の上にある捜査の手がかり。すなわち、サン＝ロウが拾った幅五センチのカードだ。

九四七〇九一。この番号はいったい何を意味しているのか？　明日までにその謎を解かねばならない。

午前十一時、レヴィッツ巡査部長

脚は痛いし、ギプスのなかもかゆくてたまらなかったが、レヴィッツが何より心配しているのはポルシェのことだ。ボディーがへこむことは防いだものの、二度と運転できないかもしれない。ロジエールがもうレンタカー会社に車を返してしまったのではないかとそればかり恐れていた。ソファに座って片足をカフェテーブルにのせたまま、レヴィッツはフィアンセとその両親を待っていた。動けないレヴィッツのために、彼の部屋でクリスマス・イブを祝おうと、頑として譲らなかったのだ。

「心配しないで、こっちで準備するから。飲み物も、料理も、食器も、折りたたみ椅子も、全部」

そうはいっても、レヴィッツにしてみれば、初めて義理の両親に会うときぐらいいいところを見せたかった。たとえば、ポルシェのハンドルを握っているところとか……。さいわい、この1DKのフラットはなかなか清潔だ。建物の管理人に電話し、いくらかかってもいいと言って、クリスマス・イブでも来てくれるハウスクリーニングを頼んだのだ。それからレヴィッツは、光沢のあるミッドナイトブルーの一張羅のスーツと、刃の長いキッチンばさみを出してきた。ズボンの左脚の部分に縦方向にはさみを入れ、ギプスが入るようにするためだ。さらに髭をきれいに剃って髪を洗うと、ぴかぴかなのにホイールがひとつとれているトラックみたいになった。

正午、ディアマン警部補

巨大な手のなかの新聞は、まるでペーパーバックのように見える。三十面の短い記事。北部のどこかの警察官が署で自殺した。また仲間が自分自身に銃を向けたのだ。そのうち数えきれなくなるだろう。

「バジル！」ザヴィ警部補が少し遠くから声をかけてきた。「いま掲示板を見たんだが、おまえ明日、三十一日、それに一日も勤務なんだな。かわいそうに。あと……ここだけの話だが、月曜からパトロールにも出されるらしいじゃないか」

「当分、これが続くのかな。どう思う？」

ザヴィは悲しそうにうなずいた。

「そうだろうな……。ボスがあの一件をすぐになかったことにするとは、おまえだって思ってないだろ？なにせ、ほかの部署のやつらの前でボスを批判したんだ。簡単には終わらないだろうなあ。根にもつタイプだしな」

十一月九日、司法警察百周年を祝う大規模な警察フェアがシャン・ド・マルス公園で催された。母親を招待したディアマンは、うれしくてドキドキしていた。大きなスクリーンに映し出されるビデオには、ディアマンが所属するロッククライミング部隊の映像もあり、母親の誇らしい表情がすでに目に浮かんでいた。座席につく前、ディアマンと母親は司法警察のさまざまな部署についての展示があるエリアに立ち寄った。本部、未成年保護部、麻薬捜査部、財政部……。それぞれがスペースを確保していて、なかにはもちろん、名高いBRIもあった。BRIの任務についてまとめた文書とともに、それぞれのオフィスの写真も展示されている。写真のなかに、机を写したものが一枚あった。エヴァン法（フランスで一九九一年に制定されたアルコールと煙草に関する規制法）に背いた灰皿が並ぶ真ん中に、フレームに入った献辞入りの写真があった。国民戦線（フランスの右派政党。フランス人至上主義で移民排斥を謳っている）元党首の写真だ。

それに気づいたディアマンは思わずあとずさった。母親は同情の目で息子をじっと見ると、その頬をやさしく撫でた。侮辱の大波に全身を連れ去られたディアマンはその波に溺れそうになり、大スクリーンの映像どころではなくなってしまった。ここに来たのは、侮辱されるためでもなければ、自分が耐えているものを母親に見せるためでもなかったはずだ。

翌日、式典のあいだに、ビュロン局長、司法警察の幹部、知事、その他数人のお偉方が、ディアマンにフェアの感想を求めた。気をつけの姿勢でまっすぐ前を見たまま、バジル・ディアマン警部補は、政治色の強い写真が展示されていたことが大変残念だ、写真は部署全体ではなく個人的な主義を反映したものなのだから、このようなイベントにはふさわしくないと思う、と言った。

ディアマンは、その写真がフロストの机の上に置かれているものとは知らなかったのだ。

二カ月後のいまも、ディアマンはそのときの代償を支払わされていた。

午後一時、エヴラール警部補

リシャール＝ルノワール通りの市場には、白い紙で飾られた鶏のモモ肉や金色の厚紙にのせられたスモークサーモンが並んでいる。小型のパイ、カナッペ、ビュッシュ・ド・ノエル（薪の形をしたフランスの伝統的なクリスマスケーキ）があちこちにあり、いたるところにクリスマスツリーが飾られている。やがてすべてが消えて、キャロット・ラペ（千切りニンジンのサラダ）やタブレ（クスクスにミントやトマトを混ぜたレバノン料理）といった定番の惣菜がまた幅を利かすのだろう。エヴラールは野菜でいっぱいのショッピングカートを引きながら、両親とシュマン＝ヴェール通りを歩いていた。角では男が金属製コンロで栗を炒っていて、甘い匂いがまわりの空気を温めている。不動産屋の前を通りすぎるとき、両親の歩みがほんの少しゆっくりになった。エヴラールもそのウィンドウに貼り出されている物件情報に目をやった。近くのワンルームがそこそこの値段で貸しに出されている。エヴラールは思わず立ち止まった。父親も歩道の真ん中で足を止めた。

「いっしょに見てみるか？」

もうここ半年以上ギャンブルには手を出していない。いまや友人になりつつある特別班のメンバーたちのおかげだ。もちろんいまだに借金は少し残っているが、いまでは給与という定期収入もある。エヴラールは自分にもできると信じたかった。神に見放されてなどいない。エヴラールは父親のほうを向いてうなずいた。

「うん、いっしょに行って」

午後二時、トレズ警部補

ジョゼ・トレズはロープをくぐり、アイロンを手にリングに上がった。割り当てられたアイロン台の右にはかごが置かれ、しわくちゃの洗濯物が入っている。正面から、挑戦者の屈強な老人が挑発的な視線をトレズに送ってきた。アイロン台のあいだでは、真っ白な歯をしたレフリー兼MCがキューカードに目を通す。この日のために、白いポンポンときらきら光る星がついた赤い帽子をかぶっている。

ふたりの対戦者が位置につくと、『ロッキー』のテーマ曲が満員の会場に流れだした。レフリーは威勢よくマイクをつかむ。「みなさん！〈フィリップス〉提供、二〇一二年全仏〝金のアイロン〟決勝大会へようこそ。それでは選手をご紹介しましょう。まずは、はるばるパリからやってきました、十分間で五枚のシャツにアイロンをかける男、ジョゼ・トレズ！　盛大な拍手を！　そしてこちらは、東部のミュルーズからやってきた最強の男、フランソワ・サルトン！　十分間でシャツ九枚の記録保持者です。そうです、九枚です！　こちらにも盛大な拍手を！　決勝大会の勝者は、フランス代表としてハワイで行なわれる世界大会に進みます。対戦者にもう一度拍手を！」

拍手と歓声のなか、トレズは子どもたちの声を聞いた。「いけ、パパ！　やっつけろ！」

午後三時、ルブルトン警視

ルブルトンはレクサスの後部をじっと見ていた。トランクを閉められないほど、なかはものであふれている。ロジエールとともに、パリの郊外ソーにあるルブルトンの姉の家に向かうところだ。

「エヴァ、さすがに……多すぎないか」

「ええ、でも……」

「わかってる。でもちょっと多いな。これじゃみんな気を遣うよ。うちの家族はちょっとしたプレゼントしか用意してないはずだから。そう、形だけね。それに遅くとも午後十一時にはお開きになるんだから」

「わかった、わかった」ロジエールが言った。「じゃ、あなたが選んで、侍従長どの」

ルブルトンは、後部座席に崩れ落ちてきそうなほど山と積まれた包みをトランクから取り出した。プレゼントはひとりにひとつと決め、ラベルを見て選び、残りはロジエールの玄関前の階段の上に置いていく。ピロットが一つひとつにおいを嗅いでまわって、ルブルトンがパテを置いていかないか確認する。

ルブルトン一家は、ディナーの席でももの静かだ。禁欲主義の一歩手前とでもいおうか。それだけでもロジエールが場違いになるのは間違いない。加えてロジエールから家族への贅沢なプレゼントに、これでもかというほど大げさな感謝の言葉……。ルブルトンはロジエールが自分の家族にどんなショックを与えようと、そのことを気にするつもりはなかった。今夜、ロジエールが隣にいてくれることがうれしかったのだ。機関銃のようなロジエールのおしゃべりはいつもルブルトンの心の痛みを紛らわしてくれる。だから、ロジエールが居心地の悪い思いをしたり、悪目立ちして誰かに傷つけられたりすることだけは避けたかった。大事な友だちを今夜は何がなんでも守らなくては。

ロジエールは、緑の瞳の上の眉をつりあげたシニカルな表情で、ルブルトンがさまざまなプレゼントや、シャンパン、キャビア、サーモンなどをトランクから取り出して選別するのを見ていた。ようやくトランクが閉められると、キーを回してエンジンをかけ、こう言った。

「どうでもいいけど、あなたはいちばん小さい包みを選んだつもりかもしれないけどね、それって高価なプレゼントばかりだって知ってた？」

午後三時五分、ロジエール警部

ロジエールは、車と家の前を行き来するルブルトンの姿を、まるで芸術作品を鑑賞するかのように、感嘆、尊敬、感動、そして愛着を込めて眺めていた。いまだかつて出会ったことがないほど繊細で優しい友だち、そして仲間だ。それもほれぼれする身体にくるまれている。そのうえ、今年のクリスマス・イブの救世主でもある。

車から出されて玄関前に積まれたきれいな包みを見て、ロジエールはそれが誰のところにも届かずに置き去りにされるのを残念に思った。そこで、バッグの内ポケットからマーカーペンを引っ張り出して歯でふたをはずすと、いちばん上のプレゼントをつかみながら、もごもごと言った。

「途中でちょっと寄り道していくわよ」

午後四時、ダクス警部補

クリスマスの直前に買ったプレゼントを両腕に抱え、ダクスは通行人のあいだを縫っていく。今年は親戚一同が集まるのだから遅れていくわけにはいかない。ダクスの兄弟も姉妹もみんな結婚していて子どもがいて、自分の家と自分の家族をもっている。母親のもとに残った息子はダクスだけだ。

ダクスは母親を待たせたくなかった。もうすっかり準備ができていて、母親は来ない人のぶんまでご馳走をつくっているに違いない。ダクスは細身のジャケットを着ていたが、ズボンはウエストが緩いのを選んだ。今夜は欠席者のぶんまで食べるつもりだ。

午後五時、サン＝ロウ警部

サン＝ロウは、いつもはもっと遅い時間に口にするプラムのブランデーを小さなグラスに注いだ。ソファベッドの上から、壁に埋めこまれた暖炉を苦々しい顔で見つめる。

いまやこんなものだ。塞がれて使えない暖炉に低い天井。華やかさは消え、高さすらない。異郷に行くための通路もどこにもない。人生は自分の身体よりさらに小さくなってしまった。

いまどきのクリスマスは、キリストの誕生を祝うために植木鉢に刺さったツリーをクリスマス・イブに買い、真夜中のミサは午後六時に行なわれる。何千もの包みにリボンがかけられるというのに、暖炉に火はともされない。

サン＝ロウは薪《まき》が欲しかった。火が欲しかった。

そういえば署には本物の暖炉がある。サン＝ロウは一気にブランデーを飲みほすと、毅然としたしぐさでグラスをひじ掛けの脇のサイドテーブルに置いた。立ち上がり、ロングコートとブーツを身につけ、帽子をかぶる。そして部屋を出た。

午後六時、メルロ警部

アペリティフの時間だ。ひとりはやはり寂しい（ネズミは酒にはつきあってくれない）。メルロは人差し指で、ラタフィアの耳のあいだのふさふさした毛を撫でた。しばらくすると、その手を止めた。何も映っていないテレビの前のひじ掛け椅子からよいしょと立ち上がると、引き出しのなかを引っかきまわして何かを取り出した。それをリサイクルのプレゼント用包装紙で包んだ。包装紙は取っておくに限る。そうすれば、いつもこんなふうにぴったりのサイズの紙が見つかるというわけだ。

メルロは、くしゃくしゃの包みを上着のポケットとコートのポケットに入れた。そしてネズミを従えて外に出ると、通りの食料品店でスパークリングワインを一本買った。

そしていま、イノサン通りに向かうバスを待っている。誰かがオフィスにいたら乾杯しよう。

午後七時、ビュロン司法警察局長

ビュロンは、広い玄関ホールの鏡で最後にもう一度蝶ネクタイをチェックし、妻が毛皮のストールを着けるのを待っていた。子どもたちは、明日二十五日にならないと来ないと言っていた。そこで今夜は友人たちと食事することになった。優雅なシャンデリアに美しい羽目板張りの部屋で六人のディナーパーティー。死ぬほど退屈に違いない。ビュロンはまったく気が進まなかった。

午後十一時、アンヌ・カペスタン警視正

アンヌは甥や姪たちのあいだに座ったまま、義理の兄のネクタイを「すてきね」と褒めた。毎年同じネクタイなのだが、服とまったく合っていない。そのせいで今年も家族写真は台なしだろう。すると、義理の兄はカペスタンに、ワインを飲みたくないのならただそう言えばいい、そのほうが話が早いのに、と答えた。

でも、姉の笑い声があまりにも大きかったので、カペスタンにはその兄の声がほとんど聞き取れなかった。母親は姉の声に負けず劣らずの大声で手伝いを求めている。トリュフ入りマッシュポテトが冷めはじめているというのに、誰も取り皿やグレイビーソースを配ろうとしないからだ。なかでも父親は、いちばん下の孫に印象派の絵画と点描画法の絵画の違いについて説明するのに忙しそうだ。もちろん孫は、そんな説明をひとことも聞いていない。ただおじいちゃんが早く話を終えてくれないかとうずうずしていた。いとことゲーム〈マインクラフト〉の続きがしたいのだ。

カペスタンは、汚れた皿でいっぱいの調理台の上にマッシュポテトのボウルを置いた。カペスタンのアパルトマンのキッチンは、今夜ひと晩だけで過去二年分以上の働きをしている。カペスタンは、いつもの癖で無意識に窓辺に向かい、そこからヴェールリー通りを眺めた。

すると、ヴェトナム食料品店の前の歩道に白いペンキで大きな文字が書かれていた。朝になったら店の主人はびっくりするに違いない。〝アンヌ、気持ちは変わってない〟カペスタンの顔に二十一年前より大きな笑みが広がった。

雪が降っているのに、メッセージは雪に覆われてはいなかった。

午後十一時五分、ポール・リュフュス

バースツールに力なく座って、ポールはスマートフォンから目を離さずにいた。スマホだけがキッチンのカウンターを占領しているように思える。ポールの腕には白いペンキがまだついている。全身の細胞が携帯電話の着信音を待ち焦がれている。もはや、自分がいつ飲み食いしたり動いたりしたのかすら思い出せない。今晩、きっと着信で光るだろう黒くて四角いプラズマディスプレイ以外、何も視界に入らなかった。

よりによってクリスマスにあんなことをしなくてもと思ったが、いまのポールには時期とか状況とか、そんなことはどうでもよかった。アンヌのことしか考えられないのだ。

着信音とバイブ機能はどちらも最大に設定されていたので、それが反応したとたん、ポールは飛び上がった。〝アンヌ〟からだ。ポールは全身から力が抜けてスツールの上で背を丸めた。それからゆっくり立ち上がると、緑のアイコンを押す。

「もしもし」優しい声がした。ふたりはようやく同じ家に戻るのだ。

午後十一時三十分、イノサン通りの警察署

「包みを開けるのは、私たちが来てからにしてね！」

ツリーの下の包みの前に置かれたふたつ折りのA4用紙には、そんなメッセージが書かれていた。サン＝ロウとメルロはすでに夕方から飲みつづけていて、オルシーニも二、三度、顔を見せた。クリスマスを祝う気持ちと仲間との連帯感から、メルロはここにいない同僚たちにもショートメッセージを送っていた。それを読んで、家族とのディナーを終えたダクスとエヴラールも様子を見にやってきた。ふたりとも髪と肩に雪がついていて、にこにこ上機嫌だ。まるで魔法をかけたようなタイミングで、今夜、雪は暗黙の契約を守ることを決めたようだ。ホワイトクリスマス。明日には溶けてびちゃびちゃになるかもしれないが、いまは純白の雪が灰色の景色を覆い、音も吸収されて静まりかえっていた。雪は、街灯のオレンジの光やセックスショップのネオンサインを反射している。やがて、ルブルトン、ロジエール、ピロットも到着。みんなの「ワー！」という歓声と、コルク栓が抜けるスポンという音に迎えられた。ようやくプレゼントが開けられる。部屋の隅々に包装紙とリボンが散らばっていく。安物のスパークリングワインも高級シャンパンも一緒くたに同じ喉に流れ落ちていった。モミの木の香りにチョコレートとオレンジの匂いが加わって、いまや最高潮の盛り上がりだ。

いよいよプレゼント交換が始まった。ロジエールからのプレゼント、メルロからのプレゼント、遅くまで開いている近くの店で買ってきたエヴラールとダクスからのプレゼントもある。〈エルメス〉のベルトがビストロ〈マルセイヤン・プラージュ〉の灰皿と、〈コレット〉のトートバッグがステンレスの栓抜きと交換される。プレゼントを受け取った人はみんな笑い、浮かれ、思いきりはしゃいでいる。

サン＝ロウは両手で口髭を撫でてからメルロをからかった。

「そのベルトを貴殿の太鼓腹に留めようと思ったら、あと八十センチは必要だな」

「きみだったらあと八つは穴をあけないとな、わが友よ！」メルロはそう言うと、銃士サン＝ロウの背中を思いきり叩いた。

ロジエールがメルロの持ってきた包みをひとつ開けると、石のようなものが入っていた。その石をくまなく見てから、ロジエールが訊く。

「で、これ何？」

「気をつけろ、とても貴重なものだ」メルロは大げさに指を振って言った。「それはベルリンの壁の一部だ」

「ベルリンに行ったことあんの？」ダクスが尋ねた。

「ああ、一九六〇年に、いまは亡き父と母とな」

「ベルリンの壁ができる前なのに、これが壁の一部だって言うわけ？」ロジエールが唇をわざと真横に動かしながら、きっぱりと言った。

オルシーニが大爆笑したが、あまりの声の大きさに本人までびっくりした。オルシーニはどこの石かを確認していたが、真顔になってロジエールに答えた。

「いや、エヴァ。これはベルリンの壁ではなくて、ベルリンにある壁の一部だな」

「だから、ベルリンの壁だと言ったではないか」メルロはそう言うと、グラスいっぱいのドン・ペリニヨンを飲みほした。


サン＝ロウは、たくさんプレゼントをもらいながら自分は何も用意していなかったことが気づまりだった。そこで、プレゼント交換の騒ぎも一段落し、みんなが静かになったところで、ただひとつ自分が持っているものをみんなにプレゼントすることにした。

「諸君、私はプレゼントといえるようなものは何ひとつ持っていないが、もしおいやでなければ、昔覚えた詩を暗誦して進ぜよう」

「いいじゃない！」見世物ならなんでも好きなロジエールが言った。「聴かせていただくわ」

「中世の有名な叙事詩『ロランの歌』だ」

百行ほど進んだところで、みんなはようやく、これは十四行詩《ソネット》ではないのだ気づき、そわそわしはじめた。サン＝ロウはそこでいったん止めた。

「叙事詩と武勲詩はひと晩じゅう続くものだ。あとまだ二百段はある。どうぞリラックスしていただいて……」

そこで、ワインの泡と食べもので腹が膨れあがったメンバーたちは、ひじ掛け椅子やカーペット、ラグやクッションでくつろぎながら、暖炉の火の横で昔の宮《トル》廷詩人《バドゥール》の声に耳を傾けた。サン＝ロウの吟じる詩が、ぱちぱちと音をたてる薪とメルロの満足げないびきと重なっていった。

午前零時、ピロット補助員

カーペットの上にお座りしたピロットは、背中を暖炉の火で温めながら不満げにネズミをにらみつけている。この新入りはずいぶんとリラックスし、こちらの縄張りにまで侵入してきている。新参者としてどこまで許されるかを思い知らせてやらないと。

部屋のなかでは、オシッコで縄張りを主張することは許されていない。そうしたくてしかたないピロットは、大好きな飼い主をこっそり見た。やはりやめておこう。たとえこんな緊急事態であったとしても……。

そこで、ピロットは侵入者のほうに鼻を突き出した。ところがネズミは、ピロットを挑発しようとカーペットに足を一歩踏み入れるではないか。

ピロットは歯をむいて低いうなり声を上げると、「ワン！」ひと吠えした。

ネズミはすぐに退却した。ここの主が誰か思い知ったのだろう。

午前零時一分、ラタフィア補助員

ソファの下から、ラタフィアの黒くて丸い小さな目が正面の犬を見つめている。この犬、ほんとに間抜けだよな。

第三十二章

二〇一二年十二年二十五日、パリ、ヴァンセンヌの森

カペスタン、ルブルトン、オルシーニ、ロジエールは、駆けつけたギャング対策部隊の警察官たちには脇に押しやられ、鑑識班には隅に追いやられ、刑事部の刑事たちにはまるでそこにいないかのように無視されていた。四人ともマクス・ラミエールの遺体の前に言葉もなく立っているしかなかった。

殺人犯はこの世からいなくなった。

仲間の三人が殺害され、その犯人とおぼしき人物も殺されたのだから。

つまり、いまとなっては、殺害されたのは四人だ。

「アガサ・クリスティーの『そして誰もいなくなった』みたいね」ロジエールが言った。「みんな死んで、最後には容疑者もいなくなる」

「あの作品では、犯人は死んだふりをしてただけだけどね。島のなかではそれもうまくいくけど、病理学者の解剖台の上だとそう簡単にはいかないわよ」カペスタンが言った。

昨夜カペスタンは、身体がほてり頭がぼうっとしたまま、ポールの家から自宅に戻った。今後のことなど何も考えず、ただ余韻にひたってゆったりと妄想のなかにいた。そこへ不意に、新たな殺人を知らせるビュロンのメッセージが届き、いきなり現実に引き戻された。現場に直行しながら、カペスタンは、あの強盗事件にはラミエール以外にもうひとり別の登場人物がいるのだろうかと考えていた。

当然のことながら、疑わしきはオルシーニだ。そのオルシーニは犯行現場に貼りつき、徹底的に調べてい

る。自分自身の痕跡が残っていないかを確認するため
だろうか？　眉をひそめ、暗い顔で考え込んでいる。

何かを忘れたいのか？

やがてラミエールの遺体を確保した鑑識班がDNAサンプルを採取し、それを最初の三件の殺人の証拠と突き合わせ、きっとラミエールが三人の殺害に関与していたことが証明されるだろう。その説がいまでも最有力だ。

だが、だとしたらラミエールを殺したのは誰なのか？

オルシーニ？　カペスタンは何度も同じことを考えたが、答えはわからなかった。

ひょっとしたら、今回の犯行現場から別のDNAが見つかるかもしれない。誰か新しい人物がこの方程式に登場するのかもしれない。これまでの報告書ではまったくマークされていなかった共犯者。あるいは、大金が手に入るという噂を耳にした、ラミエールの刑務所仲間かもしれない。

犯行現場には、他の殺害現場のような告知のための演出はまったく見られなかった。犯人は急いでいたか、あるいは第二の殺人犯がいるか、そのどちらかだろう。後者の線が有力そうだ。

午前十一時。ヴァンセンヌの森のこの区画には日が昇らないのではないかと思うほどの暗さだ。葉の落ちた木々のあいだから日の光がほんのわずか差し込むものの、黒く分厚い雲の塊が弱い光線を取り囲み、その光すらだんだんなくなっていく。細かいながらもしみ通るような霧雨が昨夜の雪を溶かし、それが泥になって靴の裏にくっついてくる。これでは足跡もすぐに消えてしまう。ところどころで、折れた枝と枯葉のあいだから草が見えた。夏にはパリのピクニック客で賑わう明るい芝生も、いまや不吉な場所でしかなく、ギャングのがっしりした遺体がやけに似合っていた。

「今朝届いたばかりでほかほかだ！　サンタクロース

が特別便のそりで配達してきたんだ！」

そう言ったのは、ＢＲＩのザウィ警部補だ。次々と冗談を言いたくてしかたないようだ。そのうしろでは、ディアマンが特別班のメンバーに向かってほんの少しだけ手を上げた。

「弾丸が腹に二発、胸に二発、肩に一発、木に二発」

「サンタクロースはやたらめったら撃ったわけね。トナカイがじっとしてなかったのかしら」ロジエールが冗談に乗っかる。

ザウィは同類がいることに喜び、ロジエールの背中を親しげに叩いた。ロジエールはそんなになれなれしくしてほしくはなかったのだが、ファンに囲まれたセレブのように超然と我慢した。

付近の住民は七発の銃声を聞いてすぐに警察に通報したという。だが、銃撃犯が逃走するには十分な時間があった。サイレンサーを使わず、正確さにも欠けている。となると素人の犯行だろうか。素人とはいえピストルで武装し、弾倉の中身の半分を撃ちつづけたということだ。銃を撃ち慣れていないギャングかもしれない。たとえば運転手。レヴィッツが例の強盗事件に欠けていると言っていた人物だ。

そもそも、マクス・ラミエールには敵が山ほどいたに違いない。ラミエールは誰のことも好きではなく、誰からも好かれていなかった。感情を抑えられず暴力的で、人の命も、ましてや社会のルールなどまったく尊重していなかった。この殺害は進行中の捜査とは関係なく、刑務所仲間からの復讐だった可能性もおおいにある。ラミエールのような人間はあちこちで恨みを買い、警察もそれをどうにかしようという気にあまりならない。ほかに守るべき人物はたくさんいるからだ。

ギャング対策部隊のなかには、遺体を見て鼻で笑う者もいた。だが、ほとんどの警察官は獲物を鼻先で奪われたことに腹を立てていた。ＢＲＩはリュフュス警視正を殺害した犯人の亡骸を竿の先にぶらさげて持ち帰らなければならなくなってしまった。泥まみれの遺体と森に消えた狡猾な犯人。すでに刑事部と〝物置〟班に荒らされているというのに、さらにほかの連中までもが鼻を突っ込んでくるのなら、そのうちカウボーイたちには何もすることがなくなるだろう。

このカウボーイたちは、銃創検査の報告書をイノサン通りの面々よりもはるかに早く手に入れるはずだ。その情報で武器を特定でき、そうすれば捜査が大きく前進する。ファイルにであれ頭のなかにであれ、この地域のギャングはBRIにすべて記録されている。あとは、ただそいつを捕まえるだけでいい。

警察への通報の時間から判断すると、銃撃があったのは午前十時。クリスマス当日の午前中の犯行だ。カペスタンは考えた。アリバイという観点からみれば、クリスマスだったことで殺害はしやすくなったのか、それともむしろやりにくくなったのか。よほどの人嫌いでもないかぎり、家族や近親者に気づかれずにその時間に外に出るのは難しいだろう。

そう考えると、少なくとも容疑者はギャングの半分に絞られる。警察官だったら三分の一に絞られる。

いや、そうじゃない。犯人は素人だったんだとカペスタンは思い出した。

一見したところ、ラミエールは弾丸を浴びせられてはいるものの、殴られてはいないようだ。犯人は口を割らせようとしたわけではない。つまり、金が動機ではないのだ。あるいはラミエールが現金を持ち歩いていて、直接奪っていったのかもしれない。

ところで、ラミエールはここで何をしていたのだろう？　彼のファイルには、ヴァンセンヌの森付近と関わりがありそうなことは何も記録されていなかった。最寄りのバーでさえ、ここから二〇〇メートル以上離れている。どうしてここにいたのか。カペスタンは犯行現場を離れ、遠くから周辺に何があるのかを確認した。森から垂直に伸びている通りには、手芸用品店、フィットネスジム、美容院。大通りには銀行、携帯電話ショップ、薬局があるが、今日のような祝日はすべて閉まっているようだ。

　ロングセダンが一台、大通りに停まった。ビュロンが降りてきた。若い頃とは違って降りるだけでひと苦労だ。ダッフルコートを整え、ゆっくりと犯行現場に向かってくる。一帯を張りつめた沈黙が覆う。ビュロンは現場で捜査に当たる部隊の責任者たちにあいさつして回り、それぞれの視点から状況の説明を受けた。それから、アルトア地方のバセットハウンドのような目つきでまわりを見まわしながら、カペスタンに近づいてきた。

「カペスタン、この事件できみたちの捜査もゼロからやりなおしか？」

「そのとおりです。この遺体のせいで、これまでの手がかりが全部台なしになりました」

「手がかりが全部？　本当か？　きみの事件メモにはほかの被疑者もいたのでは？」

　オルシーニに対してカペスタンが抱いている疑いはビュロンの耳にも届いているのだろうか。ビュロンは報告書をリヨンから取り寄せたに違いない。

　ビュロンの言い方と口調は、断定的というよりほのめかす感じだった。明らかにカペスタンが自己判断で動く余地を残している。そのことに気づいたカペスタンは、オルシーニ警部に目をやった。オルシーニは騒々しい現場を離れ、大通りのほうに向かっている。何かを探している。彼だけが、何を探すべきかわかっているようだ。

第三十三章

ルブルトンとカペスタンはふたたびコートを身に着けてオフィスのテラスに向かった。ルブルトンは内ポケットから煙草の箱を取りだすと、一本抜いて火をつけた。息を吸うと、赤くなった煙草の先端がじりじりと音をたてる。凍えるような冬の日には、それだけでも暖かそうだ。

ふたりは同じことを考えていた。オルシーニはこの特別班のなかで、自分はミネルヴァ銀行強盗事件とドラマチックな関わりがあるといまだに話してくれていない。そのせいで、カペスタンもルブルトンも微妙な立場に置かれていた。見て見ぬふりを続けるのか、あるいは、仲間に知らせるのか。少なくともそのことについてみんなで検討するために……。

カペスタンは両手を握り合わせたまま、テラスの手すりに肘をつき、下の道をたまに通る人たちを見ていた。クリスマスが過ぎると街の賑わいもぱたっとなくなる。祭りが終わったとたんにひと気がなくなるのだ。みんながありとあらゆるものを買いまくり、次の瞬間にはもう何も買わなくなる。お財布は空っぽ、身体はふらふらになって日常に戻るのだ。

ルブルトンは煙草を深く吸って、テラスの壁にもたれかかった。姿勢のよさと仕立てのいいコートが相まって自然な優雅さを引き立てている。落ち着いた雰囲気と抑制の効いたしぐさはけっして押しつけがましくはないが、それでも強い存在感がある。

「オルシーニはわれわれが知っているということをわかっているはずだ。そうでないとおかしい」

「そうね。資料のコピーは一枚抜いてあったけど、少なくとも私は完全版の報告書を見たと思ってるはずよ

「それなのに、オルシーニは相談しにこない……」ルブルトンは静かに指摘した。

カペスタンはまっすぐ立って、かじかんだ手をコートのポケットに入れた。片方のポケットには、昔の地下鉄の切符が入っている。無意識にその隅を親指の爪でこすりはじめる。

「ええ、来てないわ」

「少なくとも、班のみんなには知らせるべきじゃないのか？　ラミエールの殺害で状況は一変した。以前は、オルシーニはただの被害者だった。彼がわれわれを欺いて、情報を抑えているのだとすると……」

「ジャック・メールの事件に私たちの目を向けさせたのはオルシーニだったし」

ルブルトンは足元の灰皿を持ち上げ、指先のゆっくりとした動きで煙草の火をもみ消した。それから二歩前へ進んで灰皿をテーブルにのせる。

「たしかに。オルシーニが個人的な目的のためにわれわれを利用していたのは間違いない。いずれにせよ、彼が殺人犯ならわれわれが彼を守ることなどできない。もうあいまいなことを言いつづけるわけにはいかないし、何をするにも制約が多すぎるからな。ことに殺人事件の場合は……」

カペスタンは、切符を小さな筒状に丸めて、指で転がした。

「そうね。ああ、どうすればいいんだろう……」

「彼はどうやってリスル＝シュル＝ラ＝ソルグの事件のことを知ったんだ？」ルブルトンは澄んだ目をやや細めながら尋ねた。

「地方紙よ、『ラ・プロヴァンス』」

「でも、ジャック・メールが名前を変えてそこに移り住んでいたことは、どうやって知ったんだろう？　それに、あの男が強盗事件に関わっていたことも」

「わからない」

カペスタンはためらった。ロジエールから聞いて、もちろんすでにわかっていたのだが、ほかのメンバーには話しにくかった。だが、そろそろ伝えるときだろう。

「……オルシーニのほかにも問題があるの。エヴァが原稿を分析したら、リュフュスも共犯者だとわかったのよ。おそらく警察の介入を阻止することで分け前をもらってる」

「だが、リュフュスがラミエールを逮捕したんじゃなかったか？」ルブルトンがいぶかしげに言った。

「まさかラミエールが銃を撃つとは思ってなかったんじゃないかしら。そのせいで計画がめちゃくちゃになったんだと思う。ラミエールをかばうのはあまりに難しい。それでラミエールを捕まえて、ほかのメンバーをお金とともに逃がした……」

重いグレーの雲が、堂々たるサントゥスタッシュ教会の上にかかった。ルブルトンは雲をぼうっと眺めたまま、考えをめぐらせた。

「そのシナリオだと、ラミエールがリュフュスに怒り、釈放されたあとにさんざん殴りつけたっていうのも理解できるな。ただ、それじゃあラミエールは捕まったときにどうして自供しなかったんだ？　密告はしないっていう昔ながらのギャングの流儀に従うようなやつとも思えないが」

「私もそうは思わない。きっと、お金よ。お金を取りもどしたかったのよ。ラミエールは裁判所に押収されずにどうやって取りもどせるかがわかってた。黙ってさえいれば、たとえ刑期が長くなったとしても、釈放後にお金を取りもどせるって思ったのよ。あるいは、事件の真っ最中にリュフュスと取り引きしたのかも」

「そのリュフュスの義理の娘の班にオルシーニが配属されたなんて、すごい偶然だな」

カペスタンは、コートの襟のなかに残されていた長い髪を引っぱり出して答えた。

「単なる偶然じゃないの。オルシーニが自分で異動を願い出たらしい。つまり、私がいたからここに来たの。私の家族の秘密を探ろうと思っていたに違いない。夫の家系は代々そういう汚職にまみれているとか……」

「いずれにしても、彼はほかの被疑者たちだけじゃなくて、きみにも目を光らせていたってことか……。そういえば、リヨンの報告書のなかで、ジャック・ムロンヌは被疑者のひとりとして挙げられてたのか？」

「ええ、でもちょっとしか疑われていなかった。犯人の特徴とまったく一致してなかったから……」

「リュフュスの証言はまったく信用できない。人質の証言だって同じだ。なにせ、みんなショック状態だったんだからな」

「たしかに……オルシーニは、そのなかの誰かが犯人だと知っていて、全員の名前をたどったのかも」

「でも、どうしてそんなことをするんだ？　何を期待していたんだ？　そもそも銃撃犯は刑務所にいたんだ。報いは受けている」

「本人に訊いてみる必要ありね」

「ああ、本人がきっと答えてくれるはずだ」突然、声がした。オルシーニだった。

カペスタンとルブルトンは、オルシーニをビリヤード室に連れていった。そこにはメンバーがみんな集まっていた。オルシーニはビリヤード台の端に座った。彼と同僚たちのあいだは台ひとつ分、隔てられた。窓からそっと入ってくる日は弱々しく室内はほぼ真っ暗だったので、ロジエールがライトのスイッチをすべて入れ、ビリヤード台のランプとバーの豆電球もつけた。部屋じゅうがいきなり温かい雰囲気に包まれたが、それとオルシーニの告白によってもたらされた突然の冷気がコントラストをなしている。妻と息子が殺害されたことを明かしたオルシーニは、一瞬沈黙した。同情の空気が流れはじめたとたんに言葉を続け、ここでの人間関係は厳密に仕事上のものにすぎないと念を押すかのように、すぐに捜査に関係する話に切り替えた。

　オルシーニは本当に仲間たちを拒絶しているのか、それとも仲間たちが良心にしたがって自由に疑ったり判断したりできるようにという配慮なのか？　どちらなのだろうとカペスタンは考えた。

「作戦の背後にいるブレーンを見つけたかったんだ。誰がこの事件を起こしたのか、知りたかった」

「ラミエールかもしれないわよね」ロジエールが言った。

「偏見を抜きにしても、ラミエールが〝ブレーン〟になれると思うか？」

「強盗が成功してたらそうは思わない。でも失敗してるから……」

「いや、警察官があんな愚か者から指図を受けるなんてありえない。計画の出所は絶対にほかにある。それを知りたかったんだ」

「釈放されたあとにラミエールがこんなことするって、どうしてわかったの？」

「共犯者を告発しなかったからだ。それに、コルバの刑務所に知り合いがいて、ラミエールに金がないのもわかっていた。やつは取り分をもらってない。間違いなく取りもどしにくるだろうと思った」

〝警察官があんな愚か者から指図を受けるなんてありえない〟という言葉が突如として頭によみがえり、カペスタンは割って入った。

「待って待って、どうして〝警察官が指図を受けてた〟って知ってたわけ？　だって、当時リュフュスは、共犯者だなんて思われてなかったじゃない」

　カペスタンはみんなのほうを向いて、まるで結論を出すかのように語りかけた。

「やっとわかった。レヴィッツ、運転手がいなかったのもそのせいだわ。急いで逃げるつもりがなかったからよ」

「私にしてみれば、ただの推測だった」オルシーニが言った。「臆測に過ぎなかったが、それにしても、ほかに誰もその可能性を考えていないことに驚くとともに腹が立った。状況を考えてもらいたい。犯人たちに関する目撃者の証言はばらばらで、出来事の順番についても証言は矛盾している。いちばん危険な男は逮捕したが、ほかの犯人は取り逃がした？　新米刑事たちだけを引き連れて銀行強盗の現場に行っただと？　たしかにリュフュスは最初に現場に到着した。行員によると警報装置が作動するのとほぼ同時だったらしい。偶然というにはあまりにもたくさんのことがありすぎて、かなり疑わしい。彼の地位や、すぐに目をつぶって仲間をかばおうとする同僚警察官たちの無能さを考慮に入れなくてもだ……」

　それを聞き、みんな首を振ってため息をついた。いくらなんでも言い過ぎだろう。

「そうじゃないか？　警視正、あなただって私の名前がはっきり記された書類をみんなに見せなかったじゃないか。身内の汚点は本能的に隠そうとする。いま私は殺人犯であると疑われていて、それでもやはり、あなたは私を守ろうとしている。そうじゃないか？」

　カペスタンを見つめるメンバーたちの視線は、あからさまな非難から完璧な同情までさまざまだった。カペスタンは一瞬、言い訳をしようと口をとがらせた。その点にこだわっていても意味がない。ほかの誰であれ、カペスタンは同じようにしただろう。

「守ったつもりでも、最後はどうなるか誰にもわからない」ルブルトンは言った。正しいことだとは思いながらも、自分の信念に反してもいるのでいらいらしているようだ。

　神に見捨てられたこの班に加わる前なら、ルブルトンはオルシーニの名を見た瞬間になんのためらいもなく告発していただろう。

「わかってる」オルシーニは言った。「でも、安心してくれ。私はラミエールを殺していない」

この発言で、部屋のなかの雰囲気はふたつに分かれた。メンバーの半分はオルシーニの言葉を信じ、半分は信じなかった。

カペスタンはその中間にいて、どちらとも決めかねていた。

第三十四章

ディアマン警部補が配属された機動部隊は、セバストポール通りを下っている。この通りは、マレ地区とレ・アールを隔てて南北に走る幹線道路で、堂々たるパリ市立劇場の横を通ったあと、左岸のいくつかの小さな劇場に行き当たる。観光客と地元住民が混ざり合った広い歩道には、KFC、銀行、家具店が軒を連ねている。警察官たちは防弾ベストを着込み、足を厚底のレンジャーブーツに覆われて、夜のとばりが降りるなかをパトロールしていた。

ランビュトー通りに差しかかる少し前、LCL銀行の支店の入り口に、ラグとマットレスが乱雑に積み重なっていた。破れた買い物袋と壊れたショッピングカートがベッドサイド・テーブル代わりのようだ。なかで男と女が眠っていて、ふたりのあいだには四歳、いや五歳ぐらいの女の子がいた。

部隊のリーダーで、やや太鼓腹ながらもがっしりとした体格のイグナチオがため息をついた。

「さあ、行ってこい。ディアマン、おまえの仕事だ」

「はい？」ディアマンは反射的に答えた。なんと言われたかはわかったが、信じたくなかったのだ。

バジル・ディアマンは一家を見た。四方八方から冷気、光、騒音、通行人が押し寄せて、それを防ぐ壁もないのに、どうやって彼らは眠れるのだろう。習慣と疲労からか？　どれだけの疲労と無関心に襲われれば、足元をひっきりなしに人が通り過ぎていくなかで、こんなふうにくつろぐことができるのだろう？　少女がパリの夜空の下で眠りに落ちるには、毛糸の帽子がいくつ必要だろう？　いや、大人たちのぬくもりがあれば十分かもしれない。

「はい？　だと？　やつらを追い払え。それだけだ」

ディアマンは考える間もなく答えた。シンプルな命令にはシンプルに答えなくてはならない。

「いえ」

ディアマンの口調はさほど反抗的ではなかったので、隊長は寛大に応じてくれた。

「ディアマン。いまのは聞かなかったことにしよう。今日はおまえのシフト初日だ。だから説明してやろう。住民、観光客、街のイメージ、そういういろいろなとのために、ロマの連中をここに居座らせるわけにはいかないのだ。おまえもわかってるはずだ。そうは思わないか？」

「思います」

「それなら、さっさとやれ」

「いえ、やりたくありません」

「やりたいやつなんていないんだ、警部補。誰もやりたくなんかない。だが、やらなくちゃならない」

そんなことはないはずだ。今日も多くの人や多くの警察官が、彼らを見ない振りして通りすぎたに違いない。それなのに、どうして自分たちは、今夜、彼らに歩道のわずか四平方メートルのスペースすら使わせてやれないのか。ディアマンは少女をじっと見た。こんなふうに寝ている子を叩き起こすために何時間もぶっ続けでトレーニングをして、何キロもの筋肉をつけてきたわけじゃない。

そんなことできやしない。もうたくさんだ。

ディアマンは唾を飲み込んだ。頭蓋骨のなかでバルブが壊れる音がした。涙が押しよせ、いまにもあふれ出しそうだ。目が燃えるように熱い。ディアマンは深く息を吸った。もう六年間も我慢してきた。あと少し耐えればいい。あと数時間だけ。いまここで倒れるわけにはいかない。医者が言っていたように、疲れはて意気消沈して悲しみに暮れてバーンアウトしないために、むしろ怒りと反抗心にしがみつけ。ディアマンは勇気を奮い起こした。

「いや、私はそんな人たち、見てません。行きます」

「わかった、ディアマン。政治的主義ってやつかなんかか？　おまえは移民賛成派ってことか？」

「いいえ、主義なんてまったくありません。政治なんてまったく関係ありません。ただ、そんなことはしないというだけです」

イグナチオはやさしい男だった。意地悪な男ではなく、ただ自分の仕事をしているだけだ。秩序を守り、下級の警察官たちを上からの命令に従わせる。ロマに好き勝手にさせてはいけない。ディアマンをなんとか説得しようとした。いくら言っても堂々めぐりだということをわかっていないのだ。

「どうってことない」イグナチオは語気を強めた。「見ればわかるだろう？　やつらは家族なんかじゃなくて、ほとんど知らない者同士だ。あれがやつらの仕事なんだ。そしてこれがおれたちの仕事だ。そのあとどうなるかは、おまえだってわかってるはずだ。やつらをちょっと揺さぶる。やつらは十メートル先まで行って、おれたちがいなくなるのを待つ。そしてまた同じことをするんだ」

ディアマンは突然、そんな仕事そのものがいやになった。全身が震えだした。何カ月も何年も続いたいじめや屈辱。その挙句に今度はこれか？　小さな女の子を追い払わなければならない。それじゃあ、いったいどこでさじを投げればいい？　次はいったい何が起こる？　わかっていることはただひとつ。今晩、答えはノーだということ。ディアマンは話してみようと思った。これが最初で最後だ。そのあとはなるようにしかならない。まだ三十歳になっていないが、もうどうだっていい。母親もわかってくれるだろう。もう息子扱いする年でもない……。

「だからこそです！　そんなことしてなんになるんですか？　あの子を見てください。寝ついたばかりです。

やっと落ち着いたところなのに、起こせって言うんですか？」

同僚のひとりが、この騒動にけりをつけようとディアマンの右側を通りすぎていく。あるいは点数を稼ぐためかもしれない。ディアマンは彼の行く手をふさぎ、二メートル、百二十キロの身体を警察官たちとマットレスのあいだに移動させた。

「いや、あなたもダメです。誰も何もしない。先へ進みましょう」

「いやだと言ったら？」男はそう言って、左肩にかけているトランシーバーのボタンを押した。

「それならお好きにどうぞ、ただ、どうなっても知りませんよ」

ここまでくると、ディアマンはこのちょっとした名誉の戦いが楽しくなってきた。すると、覆面パトカーが部隊の横に停まった。BRIの司令官フロストが窓を下げて、意地の悪い笑みを浮かべる。

「今回はおまえの勝ちだ。おまえは異動だ」

第三十五章

カペスタンは、玄関のブザーの音を聞いたような気がして耳をそばだてた。超音速のブザーの音。ビュロンから電話であらかじめ聞かされてはいた。「とにかくでかい男だが、やつのことは少ししかわからない。ほかのところはすべて壊されてしまったのかもしれない。できれば治してやってくれ、頼んだぞ、警視正」

ディアマンの手のなかにあるダンボール箱はまるで靴箱のように見える。眉間にしわを寄せて不安そうな目つきで、ディアマンは戸口に立っていた。背の高さと膨れ上がった筋肉のせいで、まわりのものがすべて縮んで見える。

カペスタンは、これまでのディアマンとの関係にこだわらず、こう言って彼を迎え入れた。

「ようこそ、警部補。あなたの体格に合う部屋があるかどうかわからないけど、なんとか考えてみるわ。どうぞ入って」

「ビリヤード室はそのままでね！　悪く思わないでちょうだい、だってビリヤードって面白いんですもの」ロジエールはそう言うと、火のついていない煙草を手に、お尻を揺らしながら歩くピロットの後ろについて、テラスに向かった。

「彼女、最近ビリヤードで勝てるようになったものだから……」ルブルトンが説明する。「奥に小さな部屋がふたつある。仕切りの壁を取っ払えばいい」

「それもありね。あるいは、このリビングを使う？」カペスタンが言った。

「そうすると、日の光が遮られるのでは？」

「ああ、ごめんなさい、あなたを大きなたんすみたいに言っちゃって」カペスタンはディアマンのほうを向いて言った。ディアマンは口をはさまず聞いているだけだ。

「いや、私がここに着任したときにはそんなふうに興味を持ってもらえなかったぞ」サン＝ロウが苦々しげに言った。

テラスのほうから大声で言い争いをする声が聞こえ、談笑していた面々が一瞬黙る。カペスタンがキッチンに向かった。サン＝ロウとルブルトンもそれに続き、ディアマンもダンボール箱を下に置くとあとを追った。

メルロとロジエールがまたやり合っている。だが今回は、いつもの楽しそうな気配はない。本物の議論をしているのだ。

「もう一度言うが、彼がラミエールを殺したんだ」メルロが言い張った。

「いや、そんなことないわよ。自分じゃないって言ってるし。それに、警察官なら当てずっぽうに弾を撃ちまくって最後にやっと標的に当てるなんてことありえない」

「それはどうかわからないわ、エヴァ」エヴラールが言った。「オルシーニは射撃の訓練こそしてないけど、やみくもに撃ちまくるような人じゃない。ひょっとしたら、わざと何発かはずしたのかも。私もメルロと同じ意見。彼がやったと思う」

「何言ってるのよ！　誰かを確実に殺したいんなら練習するはずでしょう？　だから彼じゃないってば」

「いや、そうよ。そのうえ、殺人事件よ。監察官室に知らせなきゃ」エヴラールが諦め声で言った。

「いやいや、私はその点ではきみには与《くみ》しないぞ」メルロがとがめるように人差し指を振りながら言った。

「たしかに、彼は正しい道からはずれたかもしれないが、だからといって垂れ込みはよくない。あの底意地の悪い当局に密告するのではなくて、われわれのあいだで解決するべきだ」ルブルトンとはわざと目を合わせようとせずに、メルロが付け加えた。

前日から議論が交わされ、いつの間にかふたつの派閥に分かれつつあった。親オルシーニ派と反オルシーニ派。平たく言えば、彼を信じる者と信じない者。それぞれにはさらに、きちんと捜査すべきだという派と、内密に動くべきだという派の下位グループができ、激しく論争をしていた。カペスタンは中立の立場だった。どのメンバーの意見も一理あると思うからだ。だがリーダーがどっちつかずの姿勢でいるのは理想的とは言えない。

混乱したままの状態はまったく模範的とはいえないが、そうした意識の底から突然、一種の智慧の道が立ち現れることをカペスタンは願っていた。この一件が特別班のただでさえ脆い結束をさらに弱めることを、何より恐れていた。すでに亀裂が入りはじめている。ポルシェのボンネットでレヴィッツが事故にあったあと、みんなはまったく無意識にあらためてトレズを遠ざけていた。オルシーニはいまも廊下を行ったり来たりしながら、ノルウェーの氷河のような沈黙を守っている。みんなの同情に訴えているというわけではないだろう。オルシーニが通りすぎるたびに議論は止まり、その後、さらに激しくまた論争が始まる。

「解決することなんて何もないわよ」ロジエールが言った。「BRIかどこかの警官がやってきて私たちの仲間をひとり捕まえようとする前に、本当の銃撃犯を見つけなきゃ」

ダクスとレヴィッツは口をはさめず、会話に入るのを諦めて、何気なく外の通りを見下ろした。そして、同時に大声を上げた。「うわっ、たいへんだ！」

ふたりは大きく手を振ってこちらに来るように促した。「早く早く、こっちに来てください！　早く！」

全員がテラスに駆けつけた。下の路上に群衆が殺到し、まわりの建物の窓からは動転した人たちの顔がのぞいている。

フーリガンが、どんどんやってくる。レ・アールのショッピングセンターから吐き出されるように地下鉄のエスカレーターから押し寄せてきた。あっという間に周囲の通りにあふれだし、サン＝ドニ通りに集まった。何をしたいのかわからないが、スポンサーのロゴ入りサッカーシャツを着た野蛮な群れのようなフーリガンは、通りを行ったり来たりしている。一瞬にして、地元住民は思い出した。その夜、〈パリ・サンジェルマン〉と〈チェルシー〉の試合があるのだ。

ビールと牛肉でいっそう盛り上がったファンたちは興奮してわめきたてる。その先頭には、汗で髪がびっしょり濡れた男が三人、ダイナマイトのように爆竹を振りかざしている。三人は爆竹に火をつけ、通りに並ぶ店をめがけて投げつけた。店のオーナーたちは慌てて金属のシャッターを下ろし、カフェのウェイターは急いで歩道に出ている椅子を店のなかに入れる。

今度は、泥酔した男が、バーの外の重いテーブルをつかんで持ち上げ、通りがかりの人たちに投げつけた。

あろうことか、愚かな一団がそれをまねて、まわりにある椅子や看板を手当たり次第に投げはじめた。まわりにいるのが女性だろうが老人だろうが子どもだろうが、おかまいなしだ。

「下に行こう」レヴィッツは松葉杖を手に取った。

カペスタンはうなずき、他のメンバーも全員まずは部屋のなかに戻った。ラタフィアがみんなの足のあいだを走り、斥候《せっこう》として偵察に向かう。一人ひとり、机の上や上着のポケットから〝警察〟と書かれた赤い腕章を取り出すと、左の腕にそれをはめた。ロジエールがみんなのあとを追おうとしたところで、カペスタンに止められた。

「あなたはここに残って、機動隊と、県庁とか関連局すべてに知らせてちょうだい」

ロジエールは残念そうな表情をしているピロットとともに部屋に残ることになった。ディアマンはあっけに取られたまま、カオスと化した通りと、決然と出て行く同僚たちを交互に見ていた。そして言った。

「何を考えているんですか！　あんなイカれた群衆のなかに装備なしで行くなんてとんでもない。防弾チョッキも、警棒も、催涙ガスも、ヘルメットもないんですよ。プロの援軍を待ちましょう。みんなにそう言ってください」ディアマンはロジエールに言った。

ロジエールは肩をすくめた。仲間たちのことはよくわかっている。

「通行人たちも、装備なんてしてないわよ。助けに行かなきゃ」

ディアマンは信じられないという顔で一瞬ロジエールを見つめたが、すぐに回れ右をしてほかのメンバーのあとを追って階段を下りていった。

広場に着いたメンバーたちはあちこちに散り、両腕を広げて、落ち着くようにと群衆に呼びかけた。効果なし。イギリス人の〝巡査《ボビー》〟へのかの有名な尊敬ぶりは、熱烈なサッカーファンといっしょに国境を越えてくることはなかったらしい。それどころか人数が多いのをいいことに、長旅のストレスから解放された悪質なサポーターたちはとっくみあいを始めた。挑発、侮辱の言葉、そして罵詈雑言がまきちらされていく。なんとしても暴徒を押しとどめて、その破壊的なエネルギーを打ち破らないと。たとえ自分たちの身体を張ってでも。

かっこいいところを見せたいのか、髭のない若い男がエヴラールに食ってかかり、その肩を押した。すると、ダクスが反射的に男の顔面にパンチを食らわし、男をノックアウトする。これが合図になった。

血気にはやるサン＝ロウは、怒りくるったヤギのように頭を低くして、あてもなく前に押し流されていく汗臭く騒々しい人の列に突進した。メルロ、ルブルトン、ダクスはその列の横を走り、建物を破壊したり塀に押しやられた通行人を威嚇したりする者たちを捕まえ、アスリートのルブルトンとボクサーのダクスが、その連中をすぐに静かにさせた。男たちは、ルブルトンたちの動きに驚き、酔っぱらいすぎてすぐには反応できないようだ。メルロは、他のメンバーほど腕力はないものの、無鉄砲さがそれを補った。まっすぐ乱闘場に向かうと、暴徒の横隔膜にいきなり強力なジャブを打ち込んだのだ。ラタフィアは暴徒たちのかかとをかじって気を逸らした。

カペスタンは、エヴラール、ディアマン、オルシーニ、そして一列うしろにいるトレズのほうを向き、爆竹を持った男たちをあごで指す。それをきっかけにメンバーは一丸となって突撃し、集まった暴徒たちをばらばらにさせた。

最も体重の軽いエヴラールにとっては煉瓦《れんが》の壁に突っ込むようなものだったのか、地面に伸びてしまった。するとフーリガンのひとりがエヴラールのジーンズとウィンドブレーカーをつかみ、その身体をキオスクに向かって放り投げた。エヴラールは雑誌のポスターの足元に倒れこみ、半ば気を失った。

　群衆はあまりにも数が多く、熱狂していた。とてつもないパワーで、ひ弱な部隊に拳の雨を降らせてくる。このままだと自爆しそうだ。サイレンも聞こえてこなければ、機動隊員を乗せたCRS社の黒くて長いバスも一向に登場する気配がない。援軍がなければ、アラモの戦いのように死闘のすえ敗れるしかない。

　オルシーニの顔はすでに血まみれだった。額、鼻、口、すべてから出血しているが、それでも幻覚を見ているような目つきでよろめきながら前に進み、周囲の青と白のユニフォーム姿の連中をやみくもに攻撃した。オルシーニはふだんはけっして喧嘩っ早いほうでない。蝶ネクタイはそのままだったが、服には靴底の跡がたくさんついている。

　最後尾では、レヴィッツが必死でフーリガンたちを足で引っかけ、その頭をぼかんと殴った。だが、ひとりの男がレヴィッツの松葉杖をつかんで引っぱった。レヴィッツはバランスをくずしてよろけ、地面に倒れてしまう。そこに男の仲間がふたりやってきて、レヴィッツの腹を蹴りつけた。

　ディアマンは群衆のなかに投げ込まれた怒れるレスラーのようだった。手が届くところにある頭を次々へッドロックし、ときには三人の頭を同時に抱え込んだ。敵よりも大きな声で叫び、ハカ（マオリの民族舞踏。ラグビーのニュージーランド代表が試合前にパフォーマンスすることで有名）のように胴を震わせ、自分の鼻より三十センチ下にある鼻を次々とつぶしていく。サンドバッグを叩きすぎた男の猛々しい快感とともに殴りつづけ、骨が折れる音と拳についた血の熱に酔いしれた。まるで、もはや攻撃してくる敵がいなくなった戦場でひとり戦っているかのようだ。やがて実際にそうなった。彼のまわりには誰もいなくなり、獲物を探しに移動しなければならなかった。ディアマンは、自分が新しく配属された班のことなど完全に忘れ、面倒な手続きなど必要なくただ思う存分暴れられるこの瞬間を楽しんだ。自分の世界に没頭していたディアマンは、レヴィッツの叫び声を耳にしてはっとわれに返り、助けに走る。いちばん図体の大きいフーリガンをひっつかまえて空中に持ち上げると、重量挙げの選手が自己記録のバーベルを床に落とすときのように、仲間のフーリガンたちの上に放り降ろした。今度はそっとレヴィッツを持ち上げると、塀のそばの安全な場所に移動させた。

トレズもたったひとりだった。破滅を招く自分の存在、空中を旋回するハゲワシよりも不吉な自分の影から同僚たちを守るために、すぐ隣の通りで戦っていた。自分のそばにいる人間がどんな恐ろしい目に遭うか、それを考えると敵に勝ち目はなく、それだけで勇気が湧いた。

最初の一撃の痛みで怒りに火がついたカペスタンは、悪魔よりも顔を赤くし、腕を振りまわして、訓練のときに筋肉に刻み込んだあらゆるコンビネーションパンチを繰り出した。だが、だんだんと視界がぼやけ、足元の地面が揺れはじめる。そのうえ、うしろから襲われて首を絞められたのは予想外だった。男にぐいぐい首を絞められ、窒息寸前。ようやく首の手が緩み、カペスタンは歩道に倒れ込んだ。助けに来たのはダクスだった。カペスタンの腕をとり、建物の下に連れていく。そこではすでに、メルロとエヴラールがレヴィッツの横でごつごつとした塀にもたれかかっていた。ダクスは気を利かせて、カペスタンたちを安全で、しかも乱闘がよく見える場所に運んだのだ。

オルシーニはふたりの男に腕をつかまれ、三人目に何度も殴られていた。今度ばかりは、蝶ネクタイもついに傾いた。カペスタンが見ていると、親オルシーニ派の仲間も反オルシーニ派の仲間も彼のもとに駆けつけている。サン＝ロウが加勢しようとするより早く、近くにいたルブルトンが、攻撃している男のユニフォームの背をつかんで思いっきり引っ張った。そうやって男にくるりとこちらを向かせると、恐ろしい頭突きをお見舞いした。男は崩れ落ちた。ほかのふたりもすっかり怯えてオルシーニを放し、仲間の群れのほうに消えていった。

ロジエールは、特別班のオフィスがある建物の重い正面扉を押し開いた。まばゆいパンプスよりはよかろうと足元はスニーカーだが、エメラルドグリーンのサテンドレスとはどうにも不釣り合いだ。大きな救急箱を手に下げ、復讐に燃える警察犬を従えている。ピロットは、外に出たとたんに敵のふくらはぎに飛びかかった。

ダクスは、オルシーニを拾ってカペスタンの隣に連れていった。

オルシーニは何度も咳き込んだ。そして、ロジエールが手当てをしてくれる前に、腫れ上がったその顔をカペスタンのほうに向け、注意を引こうと指をそっとカペスタンの腕に置いた。カペスタンは、オルシーニの息が耳に感じられるところまで身体を寄せた。低いうめき声をあげたあと、オルシーニは途切れ途切れにこう言った。

「あるものを見つけた。誰がラミエールを殺したかがわかった……」

「えっ？　誰？　私たちが知ってる人物？」

オルシーニは苦しそうにうなずいた。

「あとで、あとで……これが終わってから……」そう言って、いまだに大混乱の広場を指さした。

特別班は最初、十対三百で戦いはじめた。いま前線にいるのはたったの五人。敵の数はむしろ増えているようだ。噴水の石のニンフが余裕のほほえみを見せたまま、修羅場を見下ろしている。

サン＝ロウは三人の屈強な男に追いつめられていた。背後からの攻撃を防ぐために塀を背にしていたのだ。視界の片隅に、ガーゴイルにもたれかかって座っているレヴィッツの姿が見えた。立ち上がってこちらに助けに来ようとしている。サン＝ロウは首を振って叫んだ。

「やめろ！　来るな！　松葉杖だけくれ！」

レヴィッツは松葉杖を槍投げのように高く掲げると、サン＝ロウに向かって放り投げた。サン＝ロウがそれを空中でキャッチする。満面の笑みを浮かべて光る歯を見せたサン＝ロウは、慣れた手つきでその長い道具の重さを確かめると、最適のバランスを見つけたところで強く握りしめた。それから、松葉杖を振りまわし、満足げに、そして自信たっぷりに声を上げた。

「かまえて《アン・ギャルド》！」

チェルシー・ファンはこの言葉を知らなかったものの、意味はわかった。ただし、サン＝ロウの視線のなかに何かを感じとり、茶化す気になどなれなかった。

男たちはさらににじり寄った。彼らが松葉杖の動きに気づくより早く、一人めのサポーターの胸に松葉杖の一撃が加えられた。男はショックで目を丸くし、地面に倒れ込む。次のひと突きは二番目の男の喉ぼとけに命中、男は咳き込んでひざまずいた。第三の男はひとりで立ち向かうことになって怖じ気づいていたが、プライドからその場にとどまった。一対一で戦おうとすばやい動きでサン＝ロウに飛びかかる。サン＝ロウはしなやかに身をかわすと、敵の腕をつかんでバランスを崩させ、百八十度回転させて一歩うしろに下がり、松葉杖の先を男の眉間に当てた。

「三銃士のヌヴェール公並みのひと突きだな、わが友よ！」メルロが喜んで声を上げた。「先端のゴムの滑り止めのせいで眉間を突いても命取りにはならんが、それでも狙いはホンモノだ！」

突かれた男はロンバール通りのほうへ逃げていく。しかし、ユニフォーム姿の人々の波は相変わらずで、酔っ払いも同じだ。サン＝ロウは松葉杖をレヴィッツに返すと、今度は足首の短剣を抜いた。カペスタンが文句を言いたげなので、手で「大丈夫」と合図する。刃は革の鞘に入ったままなので突き棒としてしか使えないのだ。

ディアマンは咆哮をとどろかせ、敏捷なサン＝ロウに自分の存在を知らせた。両腕を開いて、早く終わらせてしまおうといわんばかりだ。海岸のパワーショベルのように、ディアマンはフーリガンたちを次から次へとかき集めた。その正面からサン＝ロウが反対方向に、光の速さで短剣を使ってその男たちを突いていく。グリズリーとスズメバチのコンビが、ビール漬けの獣たちを一網打尽にしていった。

メルロはラタフィアのほうを向いた。

「行け！　助太刀してくるんだ、ラタ」

ラタフィアはサン＝ロウたちのほうに向かって走った。ラタフィアはもはやふくらはぎをかじるだけでは満足できず、大胆にもズボンの裾からなかに入って相手の太腿に嚙みついた。フーリガンは悲鳴を上げ、だぶだぶのスウェットパンツをやみくもに叩いて、どこからともなく現れた小動物を追い払おうと必死だ。

サン＝ロウとディアマンの挟み撃ち戦略に加担しようとピロットも駆けつけ、ラタフィアが嚙みついている男の尻に歯を立てた。男はもはやどこに拳を向ければいいのかわからない。

「もっと上だ、ラタ！　もっと上！」メルロが応援する。

鼻先でくんくんし、皮膚に鋭い爪を立てながら、ラタフィアは前進した。野次馬の目には、布の形が変わることでラタフィアが股間に達するのがわかった。やがて、血の輪が白っぽいスウェットパンツに広がっていく。男はひざをついて、泣きだした。

「よし、いいぞ、ラタ！　行け、行け！」メルロは勢いよく立ち上がって叫んだ。

そしてカペスタンのほうを向いた。

「警察ネズミを育てましたぞ！　警察ネズミを育てま

したぞ！」

「しーっ！　やめてちょうだい。そんなに大声で言わないで」カペスタンが答えた。

警察がネズミを訓練してサッカーファンを去勢する……。そんな噂が広がったらどうなるのだろう。小躍りするビュロンの姿が目に浮かぶ。

やがて、イノサンの泉に侵入していた群衆の波は引き、サポーター集団はシャトレ駅へ向かった。怪我をして前屈みになり、一刻も早くスタンドのシートに到着したいのだろうが、そのほとんどは痛くてうまく座れないに違いない。

特別班の新入りふたり（ラタフィアも入れるなら三人）の見事な連携プレイで、フーリガンに打ち勝った。

「勝利だ！　われわれの勝ちだ！　来た、見た、勝った！　私のネズミのおかげだ！」

メルロは有頂天だった。左目がたるんで二倍の大きさになっていても、歯医者に行って何本か歯冠をつくりなおさなくてはいけなくても、無傷の同僚がほとんどいなくても、最後まで戦っていたトレズ、ルブルトン、ダクス、サン＝ロウ、ディアマンが犬とネズミを従えて足を引きずりながらこちらに歩いてきていても、メルロにとって、これはまさに「アウステルリッツの戦い」だった。

「あいつら結局何がしたかったのか知らないけど、とにかくあいつらの大盛り上がりの夜を台なしにしてあげたわよね」エヴラールが笑顔を見せて言った。

みんなところどころ欠けているとはいえ大きなプライドをもつことができ、喜びを隠せない。幸せそうなメルロは、血まみれの爪でラタフィアの首をくすぐった。

「おお、そのとおりだ！　われわれはやったぞ！」

一瞬間を置いてから、メルロはエヴラールの腕をつかみ、大真面目な口調で言った。

「タマをやられたら、大盛り上がりの夜もそりゃあ台なしさ」

第三十六章

「いや、信じられない。彼じゃないわ」

カペスタンはオルシーニの言うことを頑として受け入れなかった。

ふたりは、オルシーニの部屋にいる。オルシーニの首には蝶ネクタイがきちんと結びなおされてはいるが、ほかのメンバーと同じく、ふたりとも身体のあちこちが絆創膏や包帯、軟膏で覆われていた。署のバスルームが臨時の野戦病院と化し、ロジエールがみんなの空気が明るくなるように振る舞いながら世話をした。医師がやってきて、廊下で一列になって座って待つように言う。一人ひとり診察して治療の優先順位を決めるためだ。エヴラールとレヴィッツはX線写真を撮るために病院に送られたが、ほかは応急処置ですんだ。医師はラタフィアも診てくれたが、驚くべきことにまったく元気だった。ラタフィアはピルーの傍らにちょこんと座って、誇らしげに鼻を高く上げた。仲間たちは互いの背中を叩いて健闘を称え、祝い合った。ダクスはみんなにあまりにも感謝されたのでちょっと泣いてしまったほどだ。だがカペスタンだけは、この班のメンバーに連帯感が戻ってきたことを喜んだのもつかの間、いま、ここに座ってオルシーニのとんでもない考えを聞かされていた。

「そうなんです、警視正。すべての点がそう言っているのですが」

「違うって言ってるじゃない」

「聞いてください……。お気持ちはわかります。では、私が見つけたものをお渡しします。それを見れば、同じ結論に至るはずです」いつもよりはるかに優しい声でオルシーニが言った。

オルシーニは、つるつるしたガラステーブルの上に、暗証番号が書かれたカード、監視カメラの映像が収められたDVD、クラブ会員証、それにファイルを一つひとつ置いた。それから黙って部屋を出て、ドアをそっと閉めた。

カペスタンはその品々をじっと見ていた。オルシーニの言い分に反論したいが、彼の説はたしかに筋が通っている。カペスタンがどんなにあちこちの扉を閉めてまわろうとも、妥当と思われる現実が思考の迷路に入り込んでくる。だんだんと拒絶する気持ちが薄れていき、それに代わって怒りが込みあげてきた。そして、一気に打ちのめされた。では、どうすればいい？　何をするべき？

オルシーニは誰も殺していなかった。妻と息子の敵討ちなどしていない。

だが、ポール、そう、あのポールが父親の敵討ちをしたのだ。

　好きじゃなかった父親、長年会っていなかった父親。それなのに、その父親が息子に、暴力と〝目には目《レクス・タリオ》を《ニス》〟の掟を刻み込んだのだ。

　あるいは事故だったのかもしれない。そうだ、事故だ。たとえ、ポールがそうなることを望んでいたとしても。

　カペスタンはずっと空《くう》を見つめていた。やがて部屋全体がぼやけてきて、瞳がからからに乾いた。

　やっぱり、理解できない。

　夫が殺人犯？　犯人像とはまったく一致しないではないか。そもそも、争いごととはまったく縁がないんだ。どうしてそんなにも似つかわしくないことをしたのだろう？　動物的本能？　自己実現？　それとも、義務感？　あるいはただ、死んだ父親に自分も同類だということを証明したかったのだろうか？　両親に打ち捨てられ、ひどい扱いを受けながらも、いつもいつも親からの愛情を欲して評価されたがっていた。永遠の承認欲求を満たそうとしたのだろうか？　答えはポールにしかわからない。

　カペスタンはまた、なぜ夫は、妻である自分とようやく仲直りしたそのときに殺人を犯したのだろう、と考えずにはいられなかった。目の前で殺したわけではないが、カペスタンの捜査レーダーに引っかかるのは間違いない。にもかかわらず、だ。平坦な線を描いていた心電図モニターに突然現れた赤い大きな点を、どうして無視することができるだろう。

　すべてを冷静に分析する必要がある。個人的な見方は脇に置き、この混乱した感情のままに判断しようとしてはいけない。

　ポールはカペスタンの捜査を信頼できずに、自分ひとりで行動することにしたに違いない。彼はカペスタンを裏で操っていた。でも、なぜ？　自分の犯行だと気づかれないと思っていたのか？　とんでもない嘘をつき通せれば、あとはソファでくつろいでいられると でも思ったのだろうか？ あるいは警察官である妻が裏工作をして、うまく隠し通せると考えたのか？ 甘すぎる。もしかしたら、自首するつもりだったのかもしれない。カペスタンは、彼の真意を知るために、このまま黙って待っていたいという気持ちに駆られた。待つ。今回に限っては、カペスタンは動かず待っていたかった。自分の代わりに、人生に決めてもらい、流れに身を任せたかった。川の流れに逆らったものの精も根も尽きはてしまった犬のように。すべてが勝手に解決するのを待ちたかった。誰かがやってきて、「大丈夫、すべてうまくいっているから」と言ってほしかった。

だが、そんなことにはならない。

カペスタンは、暗証番号が記されたカードに軽く触れた。オルシーニは詳細に調べていた。一九四七〇九一一。誕生日の数字をひっくり返したものだとオルシーニは結論づけた。一九四九年七月十九日。

それからオルシーニは、すべての殺人事件の記録を一ページずつ徹底的に調べた。何も見つからない。ところが、リュフュスの経歴ファイルを調べたときについに一致する日付が見つかった。一九四九年七月十九日。リュフュスの妻の誕生日だ。乱暴者リュフュスにも愛情があったのだ。あるいは、何かの戦略のひとつだったのかもしれない。

暗証番号がセルジュ・リュフュスと結びついた以上、あとは何のためだったのかを解いていけばいい。ラミエールが持っていたということは、それが何かの役に立つからに違いない。

金だ。

手荷物預かり所の番号か？ オルシーニは片っ端から駅に電話してみたが、六桁の番号を使っているところはなかった。その後、さらにリュフュス関係の書類を詳しく調べた。彼はスポーツクラブやタロットクラブなどのメンバーだったのか？　あるいは退職警察官の組合？　司法警察で昔使っていたメールボックス？　射撃練習場のロッカー？　何も見つからず、オルシーニは行き詰まった。

ヴァンセンヌの森で殺人が起こるまでは。

ラミエールとヴァンセンヌの森を結びつけるものは何もない。となれば、おそらくリュフュスとの関係だろう。オルシーニはそう考えた。公園近くの通りをしらみつぶしに当たっていると、フィットネスジムを見つけた。自動受付のクラブで会員カードを通してなかに入るシステムだった。会費は現金払いだ。秘密は守られる。毎日の営業時間は朝七時から夜十一時まで。

清掃係にかけあってなかに入ると、オルシーニは例の暗号を一つひとつのロッカーに試していった。すると、あるロッカーが開いた。なかは空だった。

その後、オフィスに戻って、ロッカールームで撮影された監視カメラの映像を何時間分も再生した。モノクロの映像のなかにラミエールのぼんやりとした姿が四回現れた。毎回、あたりを見まわしてからなかに入っていく。十一月二十八日、十二月十四日、十二月二十二日、そして最後に十二月二十五日。殺された朝、ラミエールは大きなバッグを肩から下げてジムを出ている。逃亡する前にすべてを回収しにきたのだろう。だから、誰にも邪魔されない日を選んだのだ。十二月二十五日、午前十時。実際に、その日のその時間、スポーツジムには誰もいなかった。

ポール・リュフュスも三度映っていた。十二月二十一日、二十二日、二十五日。最初の日、彼はフィットネス・ルームに入るとわずか数分で出ている。翌日も同じだ。クリスマスの日、ポールはラミエールがジムを出るのを見て、数秒間迷っていたが、その後、決意したように彼のあとをつけて公園のほうに向かった。そして、ふたりの姿は画面の外に消えている。

カペスタンは考えを整理した。カペスタンがドニに会ってセルジュ・リュフュスの死を伝えたのは十二月二十日だ。ドニには、父親が死んだらポールに伝えることになっていたメッセージがあったのだろうか？　その可能性はある。セルジュはどうやら実の息子よりドニとのほうが馬が合っていた。昔ながらのやり方を好むセルジュは、〝万が一のときのために〟息子への手紙か荷物をドニに託していたのかもしれない。ただし、ドニはセルジュの健康状態をつねに把握していたわけではない。カペスタンから知らせを聞いて、動きだしたのだろう。

ポールはカペスタンに何も話してくれなかった。

クリスマス・イブの夜にも、クリスマスの朝にも。

カペスタンはあの日、幸福感にぼうっとしながら午前八時に彼のアパルトマンを出た。その二時間後、ポールはラミエールを追ってヴァンセンヌの森に向かったのだ。

カペスタンのなかで、バケツいっぱいの悲しみが怒りの炎を消した。だが、すぐに火がまた燃えはじめる。どちらの感情が勝つのか、まだわからなかった。

もしかして、ポールをなんとか理解してあげようとしている？　いや、それは自分が弱い証拠だ。実際、カペスタンは、偽りの理屈でなんとか切り抜け、ポールに口実を与え、自分自身をもだます口実を見つけようという誘惑に駆られた。

もし自分がポールだったら、引き金を引いただろうか？

いや、セルジュのような男のために引くことはない。

ドアがノックされた。オルシーニが顔をのぞかせる。

「電話です」

「携帯にかけてくれればいいのに」

「ええ、でも携帯もリビングにありますよ」

カペスタンは反射的にポケットを叩いた。オルシーニの言ったとおりのようだ。ため息をついたあと、ポールからの電話かもしれないと思った。問うような目つきでオルシーニを見つめたが、彼は目を閉じて軽く横に首を振った。

「ビュロンからです」

カペスタンはため息をついた。ビュロンか。そのうえ、局長からどやしつけられなければならないとは。カペスタンはしぶしぶ立ち上がった。

仲間たちとは目を合わせずに、カペスタンは自分の机の電話を取った。

「局長ですか？」

「もしもし、カペスタンか。イノサンの泉で起こった集団乱闘のことだが……」

「ああ、わかってます。わかってます。聞いてください。できるかぎりのことはしたんですが、すみませんでした。たしかに戒告処分にされてもしかたないですけど。でも、特別班なんてみんなから忘れられているのに、そういうところだけは見過ごしてもらえないんですね」

電話の向こうで短い沈黙があった。ビュロンは続けた。

「いや、そうじゃない、警視正。電話したのはきみたちを称えるためだ。きみたちの介入は規定に反し、思慮分別にも常識にも欠けるものだ。だが、その勇敢な行為は間違いなく、多くの被害を防いだ。住民たちは圧倒的に数が少ない警察官たちが勇気を持って戦っているのを見て、おおいに感銘を受けたそうだ」

「そうなんですか。ありがとうございます」カペスタンは、どこか無愛想に答えた。「うれしいです。お褒めの言葉を伝えてくれてありがたいです」

「当然のことだ。住民たちは、機動隊の反応が遅かったことや、市が試合の日に備えて何も対策を講じていなかったことを強く非難している。それに、殺人用に訓練された血まみれの動物たちについての話題でもちきりだ。何か心当たりは？」

「市が何も対策を講じていなかったことについてですか？」

「殺人用に訓練された血まみれの動物のほうだ」

カペスタンは、ボールペンを手に取り、机の上でくるくる回した。

「もしかしたら、ロジエールの犬とメルロのネズミがちょっと手助けに入った件ですかね」

「そういうことか。で、どうした、カペスタン？ 何かあるのか？」ビュロンは、心から気にかけている口調で尋ねた。

「いえ、大丈夫です、局長」カペスタンは言った。

「何も問題ありません。みんなの怪我も治りつつありますし」

「よかった。疲れがとれたら、また電話してくれたまえ」


ルブルトンはモントルグイユ通りの豚肉店の長い列に並んでいた。キャロット・ラペと豚肉のリヨン（ロワール地方の塩豚の脂煮料理）にもそろそろ飽きたので、骨付きハムが入ったポテトサラダを試してみようかと考えている。それから、青果店に寄ってリンゴをふたつ買おう。

ピロットと出会ってからの癖で、ルブルトンはつい、ローストチキンがぐるぐる回っている店先から二メートルのところにおとなしく座っている犬に目をやった。白い毛にガラスのような目。幸せに生きてきたというにふわさしそうな年齢の犬だ。首輪には銀のメダルがついていて、そこには電話番号が三つも刻まれている。もう長いあいだ、家から脱走しようとも思っていないのだろう。そして、実際、この犬がいなくなったら困る人間がいるのだ。

第三十七章

「アンヌ、話さなきゃいけないことがある」

ようやく、ポールが電話してきた。

〈ル・カヴァリエ・ブルー〉のテラスで屋外ヒーターの下に座りながら、カペスタンはポンピドゥー・センターのチューブ状の長いエスカレーターで次々と上がってくる人の頭を見ている。カペスタンは、このカラフルなチューブが大好きだった。ここに近代芸術の拠点をつくるという構想に強く反対していた祖母は、これを「文化的な腸」と呼んで嫌っていたが。

濡れた歩道では、鳩の群れが落とした何百もの糞が流され、観光客にここがきれいな街だという錯覚を抱かせる。今週はまだ学校が休みなので、パリの住民はほとんどいない。サン＝マルタン通りとランビュトー通りの角にある広いテラスに客がいるのは、もうひとつのテーブルだけ。邪魔されるおそれはない。カペスタンはどちらかの自宅で会う気にはなれなかった。すると、ポールのほうから署とカペスタンの自宅に近いカフェを提案してきた。これから殺人の自白をする男にしては、ずいぶんとデリケートな計らいだ。

サン＝マルタン通りを歩いてくるポールの姿が遠くに見えた。マリンブルーのピーコートのポケットに手を入れ、背中を丸めて首を寒さから守っている。グレーのベレー帽は癖のある毛を抑えきれず、ブロンドの髪が何房かはみ出して雨に濡れている。カペスタンは、いつか彼の美しさに圧倒されなくなるときが来るのだろうかと思った。ひょっとしたら十分後、彼が言うべきことを言わなかったときには……。

わずかに躊躇したあと、ポールはカペスタンの頬にキスをして、テーブルをはさんだ向かいの席に座った。手はポケットに入れたままだ。ウェイターが現れた。カペスタンがコーヒーを注文しているあいだ、ウェイターはベストの小さなポケットに親指と人さし指を入れて小銭をいじっていた。

「ぼくも同じものを」何を飲もうかなどと考える気になれず、反射的にポールが言った。

「元気か？　クリスマスにうってつけの天気だ」カペスタンの気を引こうと、ポールが言った。

深刻な話題はコーヒーが来てウェイターが去るのを待ってからにしたほうがいいと思っていたのだ。

「それ、どうしたんだ？」ポールがカペスタンの首のあざと額の絆創膏を指して心配そうに尋ねた。

それから、ウェイターに向かって「ありがとう」と言う代わりにうなずいた。

「チェルシーのサポーターのせいよ」カペスタンはそれだけ言って、それ以上は説明しなかった。

ここには愚痴を言いに来たわけではない。慰められに来たわけでももちろんない。

ポールは習慣で、カペスタンの気持ちを読んだ。そろそろ本題に入らなければならないようだ。それでも、コーヒーをずっとかき混ぜながら、始めなければという気持ちと闘っていた。お願いだから話を逸らさないで、カペスタンは心のなかでそう言った。ポールは深く息を吸い、ランビュトー通りの歩行者たちのほうを見た。

「よし、ありのままを話すよ。ごまかしようがないしな。きみはもう捜査しているんじゃないかと思うけど、それはわからない。ラミエール、親父を殺した男が死んだ。ぼくが殺したんだ」

「何があったの?」

警察官としての質問だ。カペスタンの心にあった本当の質問は、〝どうしてもっと早く話してくれなかったの?〟だったが、いまは詳しい自白が必要だ。ポールは驚いているようには見えず、ただひたすら自分のトンネルのなかを進んでいるようだった。ほかに進むべき道がないかぎり、トンネルの向こう側にたどりつくまでは何も考えずに歯をくいしばって進むしかない。

「やつがおれの首を絞めてきたんだ。窒息しそうになって、反撃もできなかった。だから、撃つしかなかった」

絞殺。ヴェロウスキ殺害と同じ手口だとカペスタンは思った。つじつまが合う。じゃあなぜ、ポールは銃を持ち歩いていたのだろう?

「銃はどこで手に入れたの?」

「ああ、たしかに。最初から説明させてくれ。そうすればすべてはっきりする」ポールはそう言って、ティースプーンでテーブルを二度軽く叩いた。「きみと会ったあと、ドニがうちに来たんだ。親父が〝万が一のときのために〟とドニに預けていた封筒を持って。数々の密告屋と関わってきたことを考えると、親父にとっては〝万が一のとき〟がいつ来てもおかしくなかった。だから念には念を入れていたんだ。ただ、ぼくが親父に会うのを拒んでたから……。きみも知ってるよね？」

カペスタンは何も言わなかった。腕を組んで背もたれに背を預け、自分が少しでも何か答えることで彼の証言を方向づけてしまわないよう、黙って話を聞くことにしたのだ。ポールはまた深く息を吸って、話を続けた。

「封筒のなかには、スポーツクラブのカードが一枚と、ロッカーの暗証番号が書かれた別の紙切れ、それに……手紙が一通入っていた。短いやつだ」

ポールは唾を飲み込み、目をさらに赤くした。そして、眉をしかめるとトンネルをまた先へ進んだ。

「次の日にスポーツクラブに行って、ロッカーを開けた。靴の箱があって、そこに大量の現金が入ってたんだ。全部で六箱。扉を閉めて立ち去った。ひと晩じゅう悩んだよ。どうすればいいのかわからなくて。せめてひと箱持ってきて、いくら入っているか確かめてみようと思ったんだ。それで戻った。すると、箱がひとつ減っていた。数えて数え直して、何度も確認してまた探した。でもたしかにひとつ減ってる。誰かが持っていったってことだ。でも、誰だ？　すぐに思い浮かんだのがラミエールと、親父の身体の傷跡だ。やつが親父を拷問して暗証番号を聞き出したんだ」

ポールはそれは明らかだろ？　とばかりにカペスタンに向かって腕を広げて見せた。

「やつが戻ってくるのはわかってたから、待つことにしたんだ。ただあんな男だ、何か身を守るものを持たないと一対一で話になんていけない。だから、親父の古いピストルをひとつ持っていった。親父は未登録の銃を〝幽霊〟って呼んでた。っていうか、ぼくが警察に興味を持つようにわざとそんなふうに呼んでたんだけど、その銃も幽霊のひとつだ。どうやって手入れするかとかどうやって撃つかとか、教えてもらったけれど、ぼくはそんなことはしたくなかった。まあ、とにかくその回転式拳銃《リボルバー》を持って……」

「自動式拳銃《ピストル》よ。ピストルだったわ。薬莢を見つけたの」

「ああ」ポールはそう言って眉を上げた。「ピストルを持っていった。念のために田舎に行って試してみたんだ。殺人犯と向き合ったときに、映画みたいに〝カチッ、カチッ〟なんていって、リボル……、いやピストルから弾が出ないのはごめんだからね」

　ポールはにこっと笑いそうになったが、思いとどまった。正面にいる女性、妻はまったく笑っていない。カペスタンは、それにしても夫の行動はなんて軽率なんだろうと考えていた。ポールは、あの男と立ち向かうことができると思っていたのだ。勇気と無鉄砲を取り違えているとしか思えない。

「ラミエールがどんな男か、考えてみた？　三人も殺してんのよ。よくもまあ、そんな男に立ち向かおうと思ったわよね。どうして？」

「詳しく知りたかったっていうのは、もちろんある。親父はほんとうに汚職警官だったのか？　どれだけ堕落していたのか？　親父も撃ったのか？　誰かを殺したのか？　殺したのなら、いつ、誰を？　ラミエールが親父を殺したのは、裏切りに復讐するためだったのか？　それとも、親父は自首しようとしてたのか？　親父の手紙には、ラミエールと何があったのかについては何も書いてなかったから」

　ポールは後悔の念を込めて首を振った。真相はほとんどわからなかった。

「結局、よくわからなくて、混乱したままだった。それでも、ひとつ正しかったことがある。ラミエールはやっぱり戻ってきた。きみが携帯で写真を見せてくれただろ？　それで、やつがバッグを抱えてクラブから出てきたとき、すぐにわかったんだ」

ポールはそこで声を少しひそめて、続けた。

「そのバッグはいまぼくが持っている。あとできみに渡すよ。それはそれとして、ぼくはやつのあとをつけることにした。数メートルのところまで近づくと呼びとめた。やつは振り返って、ぼくのことをじいっと見た。ぼくの顔を見て何かに気づいたんだと思う。だって、きみも知ってるとおり、ぼくは……、ぼくは親父に似てるだろう？　ぼくは自分から名乗った。やつがこっちに近づいてきたから質問しようとしたんだけど、そんな暇はなかった。いきなり飛びかかられて、力まかせに首を絞められたんだ」

そのときの恐ろしさを思い出したのか、ポールは目を大きく見開いた。いまだに信じられず、なぜあんなことになったのか理解できていなかった。

「とにかくもがいたけど、やつがあまりに密着していて息もできなかった。だから、その手をほどくのは無理だった。それでもどうにかポケットに手を入れられたから、ピストルを取り出して撃つしかなかったんだ……」

ポールは手に持ったままのスプーンをきつく握った。恥ずかしそうにうつむきながら、話を続ける。

「あまりに追いつめられていたから、弾倉が空になるまで撃つしかなかった。撃ち損なって、やつに銃を奪われるのがとにかく恐かったし」

かつて射撃のチャンピオンだったカペスタンは、あれほどの至近距離で二発も近くの木に撃ち込むことができたのは実際すごいと思った。プラスに考えれば、これは彼に有利に働くだろう。

ポールの話は終わったようだ。今度はカペスタンが、ずっと悶々とさせられていた疑問をぶつける番だ。覚悟を決めて質問する。

「どうして話してくれなかったの？」

「きみを巻き込みたくなかったんだ」

「冗談でしょう？　ポール……」

ふたりは身も心もひとつだった。生まれたときからつながっていたはずだ。たしかに、そのつながりはしばらく弱まっていたが、彼からの働きかけで元に戻ったばかりだった。それなのに、巻き込みたくないって？

「そういうこと全部わかってて、自分が何をしようとしてたのかもわかっていながら、どうしてうちの下にあんなメッセージを書いたの？　どうして？」

ポールはうつむいた。カペスタンの言うとおりだ。でも、理性とか理屈とか、そういうことはまったく関係なかった。ふたりがまたいっしょになること、大事なのはそれだけだったのだ。

「きみのことしか考えられなかったんだ。何も計算なんてしてなかった。ただきみに戻ってきてもらいたかった。きみもだろ？　違う？」

ポールは話を続けた。

答えなくても明らかだ。

「すまなかった、やつだけが本当のことを知ってる。だから、真実を聞き出すには、警察には伝えないでひとりでやる必要があったんだ。まさか、こんなことになるなんて」

ラミエールのようなサイコパスと一対一になったら、こんなこと以外になりようがない。小説のなかの犯罪者のイメージと現実とがごっちゃになっていたのだろう。そのうえ、カペスタンに連絡もせずに逃げだしたのだ。

「あなたはすぐに私に連絡すべきだった。すぐに自白しなきゃいけなかったのよ。銃を所持していたって問題はあるし、逃亡者の情報を隠してたのもまずいけど、現場に正当防衛の証拠が残ってたら話はずっと早かった。それなのに、どうして電話してくれなかったの？」

ポールは肩をすくめ、椅子の背にもたれた。両手を挙げて、これこそが本音だと思われる答えを口にした。

「それは、きみだったからだ。きみが今回の事件に関わってなくて、別の刑事が担当してたら、たぶん電話をかけてたと思う。でもぼくは自分が許せなくてみじめだった。だから、愛する女性にいちばんに知らせるなんてできなかった。だからって、きみ以外の刑事に自白するつもりもなかった。混乱して、途方に暮れて、ショックで……。だから待ってたんだ」

カペスタンは広場のほうへ視線を向けた。アトリエ・ブランキュシの建物の屋根に鳩が並んでいる。パリの空に永遠に居座っていそうな雨が同じリズムを刻んで地面をたたいていた。アスファルトをさらに黒くし、人びとの顔を隠し、マロニエの幹の哀れな渇きを癒やす雨は、排水渠《はいすいきょ》に流れ、また別の下水道に伝わっていった。

第三十八章

カペスタンはポールを見て、一瞬、この一件を葬り去ってしまおうかと考えた。いまならそれができる。別の犯人をひとりでっち上げればいいのだ。下劣なやつなら山ほどいる。あとは、ポールと同じような体形で同じような服装をしていた男を選べばいいだけだ。

いや、だめだ。そんなことをして生きていくわけにはいかない。残念だが無理だ。

それからカペスタンは、オフィスでオルシーニが提案してくれたことを思い出した。「復讐か事故かはわからないが、必要ならば、彼が私に電話してきて私も現場にいた、彼は正当防衛であういうことになった、と証言してもいい」と言ってくれたのだ。

「それって偽証よ、警部」

「ポールは私が犯していたかもしれない、いや、私がこの手で犯すべきだった罪を犯したのだ。だから、私がいっしょに罪を背負うのはおかしくありません。偽証と共謀。それでうまくいきます」

「そんなのダメよ。それにおかしいわよ。遺体が見つかったとき、あなたは私たちといたじゃない。司法警察の警察官もたくさんいたわ。みんなあなたのことに気づいてたはずよ」

オルシーニはうつむき、唇をぎゅっと結んでいた。

「たしかに。でも、何か私にできることがあれば言ってください。力になりたいんです」

「気持ちはわかったわ。ありがとう、警部」

だとすると、オルシーニは、もっと早くにポールから電話があったのだけど、あまり気にしていなかったから話を聞けなかったと言ってくれるかもしれない。そうすれば、ポールは少なくとも一部は罪を免れられる……。

いや、それもだめだ。夫が刑務所の汚らしい塀の向こうに消えていく恐怖を抑え込んで、ほかの殺人事件と同じように冷静に考えなければ。ポールは殺人を犯すような人間ではない。そのことを示す一般的な証拠ならいくらでも並べられる。カペスタンにはいま、あちこちに考えが飛んでいくのをひとつにまとめる時間が必要だった。

ポールは椅子の背にもたれて指先をテーブルの縁にのせたまま、カペスタンが自分の話を理解し、何か言うのを待っていた。

「私にどうしてほしい？」カペスタンは、ただ沈黙を破るためだけに尋ねた。

「逮捕してくれ。きみに逮捕してもらいたい。もちろん、きみがいやじゃなければだけど。どっちみち、逃げるつもりはない。もう若くないし。みんなぼくの顔を知っているから、うまく逃げられるとも思えない。

覚悟はできてるよ」

カペスタンはうなずきながらも、ため息を漏らした。

覚悟……。ポールはこのあと何が待ち受けているかをまったくわかっていない。しかし彼の絶対的な誠実さはとてもよく伝わってきた。この人は、何ひとつうやむやにしようとしていない。

「で、お父さん、あなたに手紙を残してたの？」

「ああ」

ポールはピーコートのボタンをはずし、内ポケットから四つ折りにした紙を一枚、そっと取り出した。カペスタンに差し出す。

「読んでみて」

カペスタンは手を上げてそれを制した。これは個人的なものだ。ポールから話を聞くほうがいい。

「いや、読んで」ポールはそう言うと、テーブルの上に手紙を滑らせた。「きみに読んでほしいんだ」

カペスタンは紙を開いた。

ポール

おまえも知ってのとおり、おれは悪い夫、悪い父、悪い警察官だった。その前には、これもおまえが知ってのとおり、粗暴な父親の悪い息子だった。だが、言い訳をするつもりはない。

おまえはさえない夫だった――おれが言ったとおりだ――、だがいい息子だった。当時は、おまえの勇気が理解できなかった。コメディアンを演じて幸せに暮らす。おれに反抗するのに、それ以上のやり方はない。それがわかりだしたころには、もうお互いほとんど会わなくなっていた。それが心から残念だ。

だが、たとえ遠くからでも、おまえが知らないままでも、おれはずっとおまえの父親でいたかった。父親らしく振る舞いたかった。だから、変わったやり方ではあったが、おまえがパリでコメディアンになるのを金銭的に支援した。おれの援助などなくてもきっとうまくやれたのだろうが、おれも役に立ちたかったんだ。それが親としての義務だとも思っていた。

当時使わなかった金は、今日、おまえへの遺産になる。この金は不正な手段でつくったものだが、時間をかけてフランからユーロに替えて、いまではクリーンな金だ。全額、スポーツクラブのロッカーに隠してある。その住所と暗証番号を同封する。

すまないと思いながらも、ほかにやりようがなかった。これからも頑張ってくれ。

パパ

カペスタンは紙をたたみ、いまさら遅いと思った。だが、ぶっきらぼうでふてぶてしい懺悔に対する感想は口に出さなかった。それでも、どうしても引っかかる言葉がひとつあった。

「あなたは、さえない夫なんかじゃないわ」

「いや、親父の言うとおりだ。その役を果たすには向いてなかった」

カペスタンはゆっくり首を横に振った。これだけは言える。少なくともセルジュが死んでから、カペスタンにはふたりのこれまでを考えなおす時間がたっぷりあった。実のところ、カペスタンも義理の父と同じようにしていたのだ。自分の内に閉じこもり、自分のまわりのほんの小さな喜びまでかき消してしまっていた。黙ったままでいるために、つねに怒りを水面下でくすぶらせ、それがいっしょにいる者には脅威になった。

「誰だって我慢できなかったと思うわ、ポール。だって、私が悪かったんだから。たしかに、形のうえではあなたが出て行ったわけだけど、出て行って当然だった。お父さんは間違ってる。あなたは最高の夫だった」

そう言うとカペスタンは、鳩、通行人、広場、風、雨に視線を戻した。それからまたポールを見た。彼女自身がいちばんよく知っているポールの誠実さを示す証拠を集めなければ。

「銃は手元にあるの？」

「ああ、全部手元にある。銃もバッグもクラブのカードも泥まみれの靴も……」

そのとき突然、カペスタンはポールの首のまわりの跡について思い出した。ポールのほうに身を乗り出す。

「ちょっと、いい？」

ポールはタートルネックを下げて、大きな青あざをいくつか見せた。ところどころ、すでに黄色くなりはじめている。ラミエールは万力のような手を緩めようとはしなかった。一刻を争う状況だったのだ。

厳密に事実だけを見ると、ポールの殺人は正当防衛だったと弁護することができるだろう。首の跡がそう語っている。銃を持っていたことと、ひとりで行動しようとしたことは、父親の死に直面し、その直後に父の汚職を知って動揺したためと考えらえる。そのうえ、彼は自分の意思で自白した。それが遅れたのは、複雑な状況に置かれていたからだ。妻が捜査に関わっていて、彼がラミエールに立ち向かったとき、彼女と仲直りをしたばかりだった。動揺して、どうすればいいのかすぐにはわからなかった。しかし、われに返るとすぐに自首して、盗まれた金も当局に渡した。

これならいける。

ロジエールかメルロが、警察に最も嫌われている弁護士の連絡先を見つけてくれるだろう。街で出くわしたくないならず者を釈放させるために、何カ月も執拗に粘ることで有名なやり手の弁護士。どこかの便利なご都合主義者を。

これならいける。

カペスタンは携帯電話を取り出し、アドレス帳をスクロールして通話ボタンを押した。

「もしもし、先生ですか？　カペスタン警視正です。診断をお願いできませんか？　ええ、いますぐです。では、うちの署で。ありがとうございます、先生。ではのちほど」

カペスタンは電話をしまい、荷物をまとめて夫を促した。

「逮捕するわ、ポール。わかってると思うけど、調書をとるのは私じゃない。でも心配しないで。ありのままを話せば大丈夫よ」

これでどうにかなるだろう。あとは、前に進むだけだ。

第三十九章

一九九二年八月四日、リヨン、ミネルヴァ銀行

リュフュスはラミエールに手錠をかけ、その身体を銀行から外の歩道に放り出した。ポケットのなかの右手は、粉々に砕きそうなぐらい強くピストルを握っている。左手で悪党ラミエールの襟をつかみ、怒りを込めて耳元で言った。リュフュスの汗がラミエールの目の上にしたたり落ちる。

「くそっ、なんてことしてくれたんだ。頭がおかしいのか！　くそっ！　どうして女と子どもを撃った？」

「ヴェロウスキのせいだ。面会をさっさと切り上げなかったからな。それにあの田舎のクソ銀行家ったら、

部屋に入ったおれの名前を呼びやがったんだ。やつのせいだ。やつが殺したんだ。おれは引き金を引いただけだ」

リュフュスはピストルの台尻でラミエールの鼻を思いきり殴った。

「おまえのせいで台なしじゃないか。おまえを行かせるわけにはいかない。おまえの話なんぞ誰も信じないだろう。みんな現行犯で捕まっちまって、金は手に入らない。だからいいか、このろくでなしが、よく聞け。ほかのやつらは計画どおりに動く。ジャックは逃げて、アレクシスは嘘の証言をする。おまえの取り分は取っておく。おまえが口を閉じたまま刑期を務めて娑婆に出てきたら、金はおまえのもんだ。わかったか？　おい、わかったのか？」ラミエールを揺さぶりながら、リュフュスは言った。

リュフュスの汗と自分の汗と鼻から流れる血にまみれたまま、ラミエールはなんとか邪悪な笑顔をつくった。

「わかった。じゃあ、そのときにな。出る前になったら連絡する」

リュフュスはいま一度ラミエールを揺さぶり、地面に振り落とした。

うなりをあげていたサイレンの音がやみ、バタンバタンと車のドアを閉める音が響く。リュフュスは、同僚たちがあちこち走り回っている気配を感じた。なんとかなる。ぎりぎりだが、なんとかなるはずだ。

第四十章

サバンナをうろつくライオンや大海原を縦横に泳ぐシャチのように、車輪のついたスーツケースがシャルル・ド・ゴール空港の滑らかな氷原の上を走り回る。ごつごつした石畳やでこぼこの歩道を騒々しく通ったあと、ようやく心地よい静けさに包まれて自由に滑走できてうれしそうだ。

　操縦している警察官たちは、スーツケースよりはるかに騒々しかった。きらびやかな船首像ロジエールが先頭に立ち、一行がはぐれないでついてくるようにときどき腕を上げる。まるで〈モナ・リザ〉に直行する観光ガイドだ。

ディアマンの元同僚たちが、出国手続きのところで彼に気づいた。そして近づいてきて、カペスタンを指さして言った。「おまえのボス、〝今月の妻〟賞に立候補するのか？　刑務所は最強の場所だよな。哀れな夫は離婚できない、なんてったって逃げられないんだからな」それだけ言うと、ディアマンの答えを待たずにその場を去っていった。

　それこそ、誰も真正面から触れようとしなかった話題だ。カペスタンは、いまここ、ターミナル2Eのベンチで出発時間を待っているみんなに向かって、あれこれ説明や言い訳をすべきなのだろうかと考えた。

　イノサン通りの署にポールがやって来たとき、特別班のメンバーはみんな驚きを隠せなかった。オルシーニだけは、入り口でポールと長い握手をした。ロジエールとルブルトンにポールを拘留するよう頼んだあと、カペスタンはみんなを集めて逮捕の状況、事実、事件の関係者などについてかいつまんで説明した。みんなはできるだけ自然に振る舞おうとしていたが、やはりどこかぎこちなかった。その後、ロジエールとルブルトンが容疑者をオルフェーヴル河岸三十六番地、司法警察のビュロンのところへ連れていった。ビュロンはポールの身柄を検察官に送致した。さしあたりすべてが予定どおりと思われ、カペスタンはようやく安堵のため息をついた。

特別班は、床から天井まで窓ガラスがはめられた搭乗待合室にたどり着いた。レヴィッツは相変わらず松葉杖をついていて、ダクスは、まるで映画館にやってきた若者のように、向かい合った二列の空席を取りに走った。みんなが席につき、荷物、リュックサック、免税店の袋を真ん中に積み上げたあと、ダクスが立ち上がってカペスタンに上座を勧める。

ピロットはいっしょにアメリカには行けないので、ロジエールはずっとハンドバッグを撫でていた。そしてカペスタンに身を寄せると、いつもの率直さでずけずけと言った。

「くよくよしなさんなよ。ポールが正当防衛だったのはわかりきってることじゃない。あの凄腕弁護人がついてるんだから、きっと裁判所の審理も打ち切られるわよ。もしかしたら、執行猶予付きかもだけど」

「有名人の裁判？　メディアの格好のターゲットよね」エヴラールが、空気を読まないままに言った。

「違うってば」ロジエールはエヴラールが先を続ける前に口をはさんだ。「華々しいカムバックになるのよ！　おまけに、あのイケメンぶりに、刑事や悪人の役のオファーが殺到するはず。大物スターたちも真っ青よ。コメディだって行けるんだから、大ブレイク間違いなし」

「でも、特別班の評判は心配よ」カペスタンが言った。

「私がみんなを引きずり込んだんじゃないかって……」

「いまさら何言ってんのよ、ねえ、みんな」ロジエールは、まるで聖歌隊の前に立つ指揮者のように言った。

みんなが心からうなずく。みんなすっかり慣れっこになっているのだ。言わせたいやつには言わせておけ。そういう心境だった。もっとも、ずいぶん前から警察内で特別班が話題にのぼることはなかったが。

ロジエールはカペスタンの脇腹を突っつくと言った。

「それに、なんの評判よ？　評判なんてもうどん底じゃない！　セルジュ・リュフュスのことを突き止めて、また警察の名を汚した。警視正が自分の夫を逮捕した。その夫は、おそらく妻からもらった情報でことを有利に運び……」

「そんなことない！」カペスタンが反発する。

「あくまでそういう噂になるってだけのこと。あなたの夫は、最終的には弁護士と、マスコミのVIPへの徹底取材によって落ち着くところに落ち着く。そうなれば、私たちはもう評判がどうのじゃなくて、いわば伝説になる！　誰ももう、私たちに手出しはできなくなるのよ！」

〝AF一八一〇便、ロサンゼルス行きにご搭乗のお客さま、E三一番ゲートにお進みください。ご搭乗手続きを開始いたします〟

仲間たちは、いっせいに立ち上がった。スーツケースがまた走り出す。

「あーあ、ロサンゼルスまで十三時間で、そのあとホノルルまで八時間。とんでもなく遠いわね」エヴラールが嘆く。

「ええ、でも、なんてったってビジネスクラスよ！」ロジエールがにんまりしながら言った。

「うわ、すげえ！　嘘じゃないよな？　コクピットが見られんのかなあ……」レヴィッツが興奮する。

「トレズはどこ？」ダクスが尋ねた。

ロジエールは係員にパスポートと搭乗券を差し出しながら、そのもっともな質問に答えた。

「家族といっしょに別の便に乗ってるわ。私たちの飛行機を墜落させたくないって言ってね」

エピローグ

湿度七十パーセント。まるで空気をストローで吸い込めそうだ。移動、時差、気候のせいですっかり体力を奪われた仲間たちは、まずは服を乾かすだけでも大変だった。それから二日間はひたすら買い物をした。今日のみんなは、鼻の皮がむけ、大きな花と小さなヤシの木があしらわれたゆったりしたアロハシャツ姿だ。

野外リングの横では、マイタイでいい気分になった仲間たちが腕を高く掲げて足を踏み鳴らしている。自分たちのチャンピオンに思いきり声援を送る。決勝戦。スピーカーから爆音が鳴り響く。腰みの、花輪、花のティアラで盛装した女性たちが、スコアを示すプラカードと〈フィリップス〉の看板を掲げて、リングのまわりをパレードする。二〇一二年〝金のアイロン〟世界大会、いよいよ開幕だ。

トレズの子どもたちも、同僚たちに負けず劣らず大興奮ではしゃぎまくっていた。ただ、どうやら状況はトレズに不利なようだ。対戦相手のカナダ人女性は、ここ二年連続のチャンピオン。一メートル八十センチの巨体で、アイロンを持ち上げるたびにアイロン台をぺしゃんこにつぶしてしまいそうだ。彼女に比べたら、ブロックを割るブルース・リーでさえ田舎の石工にしか見えないだろう。満員の会場にオープニング・テーマが響きわたった。トレズのいちばん下の息子が緊張に身震いしている。娘たちは、そわそわとお下げをしきりに引っぱりながら瞬きひとつせずにリングを見つめ、上のふたりの息子は互いに肘でつつき合っている。妻は、褐色の髪に聖人像のような顔立ちをしたイベリア系の頬の内側をかみながらリングを見守った。いよいよ試合が始まる。

トレズは、ホイッスルが鳴る前に一瞬、目を閉じた。またとないチャンスだ。だが、決勝戦はシャツだけではない。ギアを変えていく必要がある。トレズは抜かりなかった。何年も訓練してきたのだから。

カナダ人女性は一秒早くスタートした。わざとフライングしたのだ。トレズは気にせず、アイロンがけを始めた。次から次へとシャツを仕上げていく。一枚のシャツの袖で少しつまずいたものの、どうにかリズムを保っていた。顔を汗まみれにしてTシャツをびっしょり濡らし、コンロの前に立つミシュランの星付きシェフより集中していた。トレズはまったく手を止めることなく、襟を仕上げていく。対戦相手は視界の隅にトレズをとらえていた。彼女のひとつ目のかごはほぼ空なのに、トレズのかごにはまだ半分ほど残っている。集中してこわばっていた相手の顔に、うっすらと笑みが浮かんだ。

「彼女、ボタン穴のところしわくちゃじゃない。判定員たちが見逃さないはずよ」ロジエールが叫んだ。

「頑張れ、わが友よ！」メルロは誇らしげだ。

「ウェイ！　ウェイ！　ウェイ！　ヒップ！　ヒップ！　ヒップ！　ウェイ！　ウェイ！　ウェイ！」ダクスが応援する

「ウェイ！　ウェイ！　ウェイ！　ヒップ！　ヒップ！　ヒップ！　ウェイ！　ウェイ！　ウェイ！」レヴィッツが繰り返す。

カペスタン、ルブルトン、エヴラールは手を叩きつづけて、後れを取っているトレズを励ました。オルシーニまでもが突然立ち上がって「行け！」と短く叫ぶと、また腰かけた。事件が解決したあと、オルシーニはずっとふさぎ込んでいた。あれだけ探しつづけ、待ちつづけたのに、結局自分はほとんど何もできなかった。真実が明らかになり、疑問はすべて解けた。だが、まったく気は晴れず、永遠の悲嘆に包まれていた。引き返すことができない荒野を歩きつづけるしかないのだろう。

トレズは、ようやくふたつ目のかごに手をつけた。最後列の観客からも、トレズがスパートをかけているのがよくわかった。袖を手際よく持ち上げ、胸当て部分を回転させ、アイロンの先を一ミリ単位の正確さで動かす。息もつかせぬスピードで、しわの伸びた服が彼のテーブルに積み重なっていった。熱狂のなか、トレズの癖のある髪が空中を舞う。額の汗をぬぐう腕が、アイロンから出るスチームで火傷しそうになっている。

レフリーがホイッスルを吹いた。試合終了。

ジョゼ・トレズはなんとか追いつき、ふたりの対戦者のかごは同時に空になった。

「数えろ！　数えろ！」観衆が大声を上げる。

レフリーがマイクとタブレットを手に取った。

「ふたりの挑戦者がアイロンをかけた服の数はまったく同じです！　しわの数で判定されます！　少しだけお待ちください」

判定員たちがリングに入り、決勝戦でアイロンがけされた服の山を真剣に調べはじめる。

観衆はああでもないこうでもないと言い合ってざわめき、なかには緊張のあまり爪を噛む者もいた。ようやく判定員がリングを離れ、てかてかの髪をしたレフリーが、ラスベガスのドン・キングのように激しくマイクをつかんだ。

「お待ちかねの判定結果です。シャツのしわは、フランスのジョゼ・トレズが五十一パーセント、カナダのマーサ・キティマットが三十二パーセントです！」

「ええ――――」フランス陣営が落胆するなか、カナダ人たちから歓声が上がる。

「まだ終わっていません、まだ終わっていません」レフリーがそう言うと、観客はまた静かになった。「子ども服のしわは、カナダ六十八パーセント！　フランス、〇パーセント！　なんと、ゼロです！　信じられません、みなさん。新記録、しかもパーフェクト！　喜そしてここで忘れないでください、この偉業が成し遂げられたのは、〈フィリップス・プロ〉のスチームアイロンのおかげです。お近くの大型スーパーマーケットや専門店でお求めいただけます！　いかにすばらしい仕事をするか、みなさんにもご覧いただきましょう」

子ども用スモックの細かいひだは完璧にそろい、リボンはみごとに結ばれ、コットンのロンパースのスナップまわりにもまったく跡がついていない。それはまさしく芸術作品の域に達していた。ハワイの若い女性アシスタントたちがリングの周囲を歩き、呆然とした観客たちに作品を見せてまわった。

「二〇一二年フィリップス〝金のアイロン〟のチャンピオンは、フランスのジョゼ・トレズに決まりました！　みなさん、盛大な拍手を！」

トレズは輝くような笑顔だった。子どもたちは得意になって四方八方に飛び跳ね、ハイタッチをして、喜びの大声を上げた——お父さんが世界チャンピオンになったのだ！

フランス応援団の騒ぎは倍になり、三倍になった。家族、同僚、通りがかりの観光客の歓声はどんどん大きくなっていく。カペスタンは感動していた。相棒トレズのこんなにうれしそうな顔と堂々と胸を張っている姿は見たことがない。カペスタンは心からうれしかった。いうまでもなく女王蜂ロジエールに感謝していた。気前のいい彼女のおかげで、メンバーたちはハワイまでやってきてこの貴重な機会に立ち会うことができたのだ。

とはいえ、カペスタンはこのイベントを手放しでは楽しめなかった。長旅の疲れのせいか。いや、おそらくは、パリで待っている複雑な状況のためなのだろう。とにかく気分がすぐれなかった。そして、強い吐き気を感じていた。

著者より

二〇〇八年フィリップ〝金のアイロン〟決勝戦は、実際にハワイで開催された。本書では物語に合わせて試合のルールや雰囲気に手を加えている。ただし、そのときの勝者はフランス人男性だった。その優勝者、クリストフ・アルスは現在、イシー＝レ＝ムリノーですばらしいレストランのオーナーをしている。

シャン＝ド＝マルスで行なわれた司法警察百周年を祝うイベントで、ロッククライミング部隊が活動する様子が収められたビデオも実在する。司法警察の他のさまざまな部隊も紹介されていて、第三十一章で触れた写真も登場する。ただし、著者は当該の机がどのグループあるいは誰のものかは知らない。それをBRI司令官のものとしたのは純粋な創作である。

ネズミと豚は実際に警察で使われている。フランスではなく、アメリカ、イスラエル、オランダの話だ。

謝辞

次の人たちのおかげで、私は、ノーベル賞を受賞したマリー・キュリーにも負けないぐらいエキサイティングな気持ちで一年間を過ごした。

永遠の感謝と不滅の愛情をこめて

私のささやかな警察官たちにアルバトロスの翼を与えてくれたフランシス・エスメナールに。

彼らをかわいがり、甘やかし、かっこよくしてくれた出版社アルバン・ミシェルの強力なチームのみなさんに。

書店、書店、書店のみなさんに！　なかでもファビアン・ド・シャントリーヴル、クリストフ・ド・ミルパージュ、ピエール・ファブル・ドロンヌに感謝の拍手を。

読者、読者、読者のみなさん、ブロガーのみなさん、バブリウールズのみなさんに。あなたがたは私が望みうる最高のチームです。本当です。

ケ・デュ・ポラールフェスティバルとスタッフのみなさん、エレーヌ・フシュバシュとポラール・アン・セリ賞の審査員のみなさまに。特別班のメンバーたちは、最高の庇護の下に堂々と登場することができました。

アルセーヌ・ルパン賞の審査員と主催者のみなさんに。特別班のメンバーたちにマントとシルクハット、そして喜びと誇りを与えてくれました。

すべてのフェアと、その主催者、そしてボランティアのみなさんに。さらに本を三十冊書くエネルギーを与えてくれてありがとう。二〇一五年十一月十四日、あまりに悲しい出来事（パリ同時多発テロ事件）によって直前に中止されたランバルでのフェアに特別なキスを。

ジャーナリストと批評家のみなさんに。私はどの記事も興味深く読み、切り抜いたり、壁に貼ったり、スキャンしたり、折りたたんでハンドバッグに入れたり、あちこちに送ったりしました。

『コスモポリタン』の上司と同僚のみんなに。私を励まし、私がいないことを許してくれ、ペタンクで勝たせてくれて、カフェテリアに何かいいものがあれば教えてくれました。

もう一度、第一作の最後で感謝した方々に。第二作でもお世話になりました。特に偉大なるパトリック・レイナル、ありがとう。

私の友人たち、そして近い／遠い／中くらいの距離の親戚の方々に。本を褒めてくれ、思い思いのレビュー付きでみんなに薦めてくれました。

そしてそしてそして、最初からずっと助けてくれた校正者さんたちに、そして個人的な校正者たちにも特別なキスを。それぞれの一つひとつの指摘や書き込みが、私に幸福感と細かい修正をもたらしてくれました。アンヌ＝イザベル＝マスファロー（おかげで、筋立ての整合性とキャラクターの一貫性を保てました）、ドミニク、パトリックとピエール・エナフ（すてきな結末、法律関係、サッカー、動物の担当）、シャンタル・パタラン、ブリジット・プティ、ミシェル・エナフ、クロエ・シュルジンガー、そして最後にマリ＝テレーズ・ルクレール、イザベル・アルヴェス、マリー・ラ・フォンタにも感謝を。みんなのエピソードを厚かましくも自分流にアレンジして盛り込ませていただきました。申し訳ないというより、とても感謝しています。きっと許してくださると信じています。

解説

書評家　大矢博子

二〇一九年に翻訳刊行されたソフィー・エナフ『パリ警視庁迷宮捜査班』はたちまちのうちに評判を呼び、多くのファンを獲得した。本書はそのシリーズ第二弾である。

魅力は何といっても、迷宮捜査専任の特別班に集められたメンバーたちだ。まずはおさらいを兼ねて、特別班の成り立ちを紹介しておこう。

主人公はアンヌ・カペスタン、三十七歳の警視正だ。同期の星と呼ばれるほど優秀な女性警察官だったが、ある事件で被疑者を射殺したことが過剰防衛とみなされ停職処分に。復帰後は、懲罰人事としてパリ警察のはみ出し者たちを集めた新設の特別班を率いることになった。警察のイメージアップのため、クビにするほどではないが厄介な者たちをひとつところに集め、外からは見えなくしてしまおうという目論見だ。つまりは「物置」である。

そこに集められたメンバーたちは一癖も二癖もあるものばかり。

同性愛者であることを表明し上司のゲイ差別を告発した途端、「物置」に放り込まれたルイ＝バティスト・ルブルトン警視。

警官仕事の傍らで書いた推理小説が大ヒット、司法警察をネタにしたテレビドラマの脚本まで手がけ、上層部から睨まれているエヴァ・ロジエール警部。

捜査で組んだ相手がなぜか次々に殉職したり大怪我を負ったりして、ついには「死神」と恐れられるようになったジョゼ・トレズ警部補。

酒好きでお喋り好き、ほとんどの時間をさぼっているメルロ警部。

賭博対策部員だったのにカジノにハマってしまったエヴラール警部補。

ボクシングでパンチドランカーになってしまったハッカーのダクス警部補。

車好きでスピード狂、三カ月で三台の車を大破させたレヴィッツ巡査部長。

ヴァイオリン教師から警察に転職した変わり種、警察が嫌いで内部の不祥事をジャーナリストに流す密告屋・オルシーニ警部。

庁舎からも追い出され、オフィスはイノサン通りの古いアパルトマンだ。備品も車も支給されたのはボロばかりだったが、作家仕事で大金を稼ぐロジエールのおかげでムダに豪華なインテリアが続々運び込まれた。ロジエールの愛犬ピロットは駆け回るし、もはやカオスの域だ。

こんな個性的なメンツがフリーダムに動き回り、「物置」とバカにしてくる正規の捜査チームを出し抜いて事件を解決しちゃうんだもの、面白くないわけがない！

さて、では今回の内容に入ろう。

十一月末のある日、カペスタンはパリ司法警察局長のビュロンから殺人事件の現場に呼び出された。いつもは除け者なのに、なぜ今回に限って特別班に声がかかったのか？　実は被害者のセルジュ・リュフュスはBRI（捜査介入部）の元大物警視正にして、カペスタンの別れた夫の父親だったのである。

そこで特別班も捜査に加わることになったのだが、他の部署が公平に扱ってくれるわけがない。情報は隠され、邪魔者扱いされつつも、特別班のメンバーは手がかりを求めて動き始めた。事件の特徴は、殺人予告とも思われる標識が現場に残っていたこと。すると同じ時期に南仏プロヴァンスで似たような事件が起きていたことが判明した。さらにもう一件、同じ犯人と目される殺人事件が起きるが、被害者の共通点がわからない……という、いわばミッシング・リンクものである。

前作同様、いや、前作以上に特別班のメンバーそれぞれが個性を発揮して違法スレスレの方法で手がかりを集め、司法警察の刑事部やBRIと張り合いながら犯人を追い、背景を炙り出していく様は実に痛快だ。二転三転する展開、特に終盤の意外な展開と切ない真相はミステリファンを充分満足させてくれることだろう。

さらには南仏プロヴァンスの描写やパリのクリスマスの様子、少しずつ明かされるメンバーのプライベートなども本書の読みどころだが、何と言っても、特別班の「チーム感」が増しているのが嬉しい。

　第一作は、厄介者と蔑まれ、自信もやる気もなくしていたメンバーたちの再生の物語だった。自分たちはまだまだやれるじゃないかと自信を取り戻す物語だった。

　だが「再生」とは、決して「今の自分を変える」ということではない。

　本書が心地よいのは、彼らの個性や欠点が否定されずに並び立っているからだ。ダクスは相変わらず言われたことしかできないし、オルシーニは相変わらず妙な情報を知ってるし、メルロは相変わらずワインを飲みながら喋り続ける。レヴィッツは自分の体より車を優先するし、ロジエールの散財も止まらない。新たに特別班に加わったサン＝ロウは自分のことを一六一二年から王の銃士としてこの仕事をしていると思い込んでいる。

　だがカペスタンも、他の誰も、それをやめろ、治せ、とは言わないのだ。

　ダグスの気が回らないなら常にメモを貼っておけばいい。サン＝ロウが機嫌良く喋っているなら、聞きたければ聞くしそうでなければ流す。メルロが連れてきたネズミ（警察犬ならぬ警察ネズミにするらしい）にも文句は出ない。カペスタンはトレズの噂なんか気にせず進んでコンビを組むが、トレズ自身が周囲に気を使って行動を制限していることにまでは介入しない（そうそう、トレズといえば意外な特技が判明するぞ）。エヴラールがギャンブルから距離を置いていることも、ルブルトンがゲイであることも、そのまま、そこにあるまま、受け入れる。時には情報通のオルシーニやメルロを切り札として使ったりもする。

印象的な場面がある。自分を銃士だと思い込んでいるサン＝ロウが、カペスタンに「(精神病院での) 治療は失敗した」と考えているだろう、と指摘するくだりだ。

「実際、失敗などではない。そもそも治療の必要がないのだから。私は自分が何者かわかっておる。どこに閉じ込められようと私は私だ」

「ええ、もちろんです、警部。あなたはあなたです」(六十六頁)

このカペスタンの返事は相手を落ち着かせようととりあえず発したもので、深い意味はない。だが私にはこの考え方が、特別班の背骨になっているように思えた。

皆が今のままで否定されることなく、一度はダメ出しされた個性をそのまま発揮して、それで刑事部に勝つ――それが特別班なのだ。これは「こうでなくてはならない」「こうであるのが正しい」というひとつの物差しで人を判別する行為に対するアンチテーゼの物語なのである。

その象徴が、本書で刑事部やBRIと特別班の連絡係を務めるBRIのディアマン警部補だ。彼が何を抱えているか、それにどう対峙するか、特別班の活躍ともども、彼にも注目願いたい。

第一作『パリ警視庁迷宮捜査班』の原題 *Poulets grillés* は、直訳するとチキングリルである。鶏肉を網やフライパンで焼いた料理(オーブンで焼くとローストチキン)のことだが、実はフランス語でPouletは警官、grilléには「信用を失った」「暴かれた」といった意味があり、前作のタイトルはそこに由来している。

だが同時に、本来の意味でのチキングリルやローストチキンは、家族や仲間が集まったときの団欒の料理でもある。

第三十一章をご覧いただきたい。登場人物たちのクリスマスイブの様子が断章のように綴られる。仕事をする者もいれば、家族と過ごす者もいる。同僚のパーティに招かれた者もいれば、ひとりでワインを傾ける者もいる。長く離れていた大切な人とともに過ごす者もいる。そしてそのうち何人かは、ひとり、またひとりとイノサン通りのオフィスに集まり、プレゼントを交換する。なんて優しい、なんて素敵な、イブの描写だろう。なんだか泣けてくるほどに温かい。

彼らは確かにPoulets grillésかもしれない。けれどそう呼ばれることで彼らが手に入れたのは、この団欒なのだ。このチームなのだ。物語終盤でフーリガンに立ち向かう彼らのチームワークを見よ！

ちなみにPoulets grillésを翻訳ソフトにかけると「焼き鳥」と出た。それはいくら何でも違うだろうと思ったが、考えてみればユーモアとシリアス、軽さと重さ、笑いと涙、幸せと孤独が交互に訪れる様子はまるでネギマのようだし、鶏のあらゆる部位が一緒の皿に盛り合わされるところなど、意外と本書に合っている気がしてきた。焼き鳥、悪くない。

そして本書の原題は *Rester groupés* ――「一緒にいる」という意味である。愛すべき焼き鳥たちと一緒にいる心地よさを、どうか存分に味わっていただきたい。

VIVE LE DOUANIER ROUSSEAU
by Jean Joseph Kluger, Daniel Vangarde
© EDITIONS BLEU BLANC ROUGE
All Rights Reserved. International Copyright Secured.
Rights for Japan controlled by K.K. Music Sales

HAYAKAWA POCKET MYSTERY BOOKS No. 1960

山《やま》 本《もと》 知《とも》 子《こ》

早稲田大学政治経済学部卒，東京大学新聞研究所研究課程修了，フランス語翻訳家
訳書
『格差と再分配』トマ・ピケティ（共訳）
『貧困の発明』タンクレード・ヴォワチュリエ
（以上早川書房刊）他多数

山《やま》 田《だ》 文《ふみ》

英語翻訳家
訳書
『呼び出された男』ヨン＝ヘンリ・ホルムベリ編（共訳）
『3つのゼロの世界』ムハマド・ユヌス
『ボーダー　二つの世界』ヨン・アイヴィデ・リンドクヴィスト（共訳）
（以上早川書房刊）他多数

この本の型は，縦18.4センチ，横10.6センチのポケット・ブック判です.

〔パリ警視庁迷宮捜査班《けいしちようめいきゆうそうさはん》　―魅惑《みわく》の南仏殺人《なんふつさつじん》ツアー―〕

2020年10月10日印刷　　2020年10月15日発行

著者	ソフィー・エナフ
訳者	山本知子・山田　文
発行者	早川　浩
印刷所	星野精版印刷株式会社
表紙印刷	株式会社文化カラー印刷
製本所	株式会社川島製本所

発行所 株式会社 **早川書房**
東京都千代田区神田多町２－２
電話　03-3252-3111
振替　00160-3-47799
https://www.hayakawa-online.co.jp

（乱丁・落丁本は小社制作部宛お送り下さい　送料小社負担にてお取りかえいたします）

ISBN978-4-15-001960-0 C0297
JASRAC 出 2007695-001
Printed and bound in Japan
本書のコピー、スキャン、デジタル化等の無断複製は著作権法上の例外を除き禁じられています。

ハヤカワ・ミステリ〈話題作〉

1938 ブルーバード、ブルーバード　アッティカ・ロック　高山真由美訳

〈エドガー賞最優秀長篇賞ほか三冠受賞〉テキサスで起きた二件の殺人に黒人のレンジャーが挑む。現代アメリカの暗部をえぐる傑作

1939 拳銃使いの娘　ジョーダン・ハーパー　鈴木 恵訳

〈エドガー賞最優秀新人賞受賞〉11歳の少女はギャング組織に追われる父親とともに旅に出る。人気ＴＶクリエイターのデビュー小説

1940 種の起源　チョン・ユジョン　カン・バンファ訳

家の中で母の死体を見つけた主人公。昨夜の記憶なし。殺したのは自分なのか。「韓国のスティーヴン・キング」によるベストセラー

1941 私のイサベル　エリーサベト・ノウレベック　奥村章子訳

二人の母と、ひとりの娘。二十年の時を越えて三人が出会うとき、恐るべき真実が明らかになる……スウェーデン発・毒親サスペンス

1942 ディオゲネス変奏曲　陳 浩基　稲村文吾訳

〈著者デビュー10周年作品〉華文ミステリの第一人者・陳浩基による自選短篇集。ミステリからＳＦまで、様々な味わいの17篇を収録

1943 パリ警視庁迷宮捜査班
ソフィー・エナフ
山本知子・川口明百美訳
停職明けの警視正が率いることになったのは曲者だらけの捜査班⁉　フランスの『特捜部Q』と名高い人気警察小説シリーズ、開幕！

1944 死者の国
ジャン＝クリストフ・グランジェ
高野　優監訳・伊禮規与美訳
パリで起こった連続猟奇殺人事件を追う警視が執念の捜査の末辿り着く衝撃の真相とは。フレンチ・サスペンスの巨匠による傑作長篇

1945 カルカッタの殺人
アビール・ムカジー
田村義進訳
一九一九年の英国領インドで起きた惨殺事件に英国人警部とインド人部長刑事が挑む。英国推理作家協会賞ヒストリカル・ダガー受賞

1946 名探偵の密室
クリス・マクジョージ
不二淑子訳
ホテルの一室に閉じ込められた探偵に課せられたのは、周囲の五人の中から三時間以内に殺人犯を見つけること！　英国発新本格登場

1947 サイコセラピスト
アレックス・マイクリーディーズ
坂本あおい訳
夫を殺したのち沈黙した画家の口を開かせるため、担当のセラピストは策を練るが……。ツイストと驚きの連続に圧倒されるミステリ

ハヤカワ・ミステリ〈話題作〉

1948
雪が白いとき、かつそのときに限り
陸　秋槎
稲村文吾訳

冬の朝の学生寮で、少女が死体で発見された。その五年後、生徒会長は事件の真実を探りはじめる……華文学園本格ミステリの新境地。

1949
熊の皮
ジェイムズ・A・マクラフリン
青木千鶴訳

アパラチア山脈の自然保護地区を管理する職を得たライス・ムーアは密猟犯を追う！　アメリカ探偵作家クラブ賞最優秀新人賞受賞作

1950
流れは、いつか海へと
ウォルター・モズリイ
田村義進訳

元刑事の私立探偵のもとに、過去の事件についての手紙が届いた。彼は真相を追うが――アメリカ探偵作家クラブ賞最優秀長篇賞受賞

1951
ただの眠りを
ローレンス・オズボーン
田口俊樹訳

フィリップ・マーロウ、72歳。私立探偵はとっくに引退して、メキシコで隠居の身。そんなマーロウに久しぶりに仕事の依頼が……。

1952
白い悪魔
ドメニック・スタンズベリー
真崎義博訳

ローマで暮らすアメリカ人女優は、人気政治家と不倫の恋に落ちる。しかしその恋は悲劇を呼び……暗い影に満ちたハメット賞受賞作